W0400237

LES OMBRES
DE OAK ISLAND

Wiley Cash

LES OMBRES DE OAK ISLAND

Traduit de l'anglais (États-Unis)
par Jacques Collin

ÉDITIONS DU SEUIL
*57, rue Gaston-Tessier, Paris XIX*e

Du même auteur

Un pays plus vaste que la terre
Belfond, 2013

Les Chemins de la rédemption
Belfond, 2015

ISBN 978-2-02-150119-3

Titre original : *When Ghosts Come Home*
Éditeur original : William Morrow, New York

© Wiley Cash, 2021
© Éditions du Seuil, 2024, pour la traduction française

Le Code de la propriété intellectuelle interdit les copies ou reproductions destinées à une utilisation collective. Toute représentation ou reproduction intégrale ou partielle faite par quelque procédé que ce soit, sans le consentement de l'auteur ou de ses ayants cause, est illicite et constitue une contrefaçon sanctionnée par les articles L.335-2 et suivants du Code de la propriété intellectuelle.

www.seuil.com

Pour Mallory, de nouveau

Chapitre 1

Mardi 30 octobre 1984

Plus qu'il ne l'entendit, Winston le sentit survoler leur maison, puis s'enfoncer derrière les arbres de l'autre côté du pertuis. Il ouvrit les yeux dans la pénombre de la chambre. Avait-il dormi ? Il avait rêvé en tout cas. Et s'il n'avait pas rêvé, du moins son esprit avait-il revisité les mêmes scènes qu'au fil de tant et tant de nuits.

Il cligna des paupières, se frotta les yeux. Lorsqu'il tourna la tête vers Marie, elle s'était déjà assise dans le lit, ses joues creuses et ses mèches grisonnantes teintées du rouge des chiffres luminescents du réveil sur sa table de chevet. *Son cancer et sa détresse la rongent*, se dit Winston, avant de réaliser que cela s'appliquait tout autant à lui. Le matin même, Marie l'avait forcé à monter sur la balance après qu'il avait commencé à renâcler devant la saucisse et les œufs de son petit-déjeuner. « Soixante-quinze kilos ? s'était-elle exclamée. Lequel de nous deux a un cancer ? »

Pour l'instant, dans leur lit, elle le dévisageait comme si elle était terrifiée par ce qui venait de les réveiller.

– Tu as entendu ? demanda-t-elle.

– Oui.

Il se dégagea des couvertures, s'assit et posa les pieds par terre.

– On aurait dit un avion.

– C’est vrai, oui, répondit-il.

– Mais les avions n’atterrissent plus, à cette heure.

Winston tourna la tête et regarda le réveil, par-delà Marie. Il affichait 3 h 18.

– Effectivement, il est vraiment tard.

– On aurait dit qu’il volait bas, reprit Marie. Je ne crois pas en avoir jamais entendu un approcher de cette façon. Et jamais aussi tard.

Winston tira les bras en arrière et plaça ses paumes à plat contre le bas de son dos. Ses doigts explorèrent les protubérances de son épine dorsale, et ses pouces se refermèrent sur la peau douce de ses flancs que Marie aimait pincer lorsqu’elle lui disait qu’il avait besoin de prendre du poids. Il s’étira et soupira, recourba ses orteils dans le tapis. Puis il se leva et marcha jusqu’à la fenêtre de derrière qui donnait sur le pertuis. Le petit aéroport municipal du comté se profilait à travers les arbres de l’autre côté du bras de mer. Il écarta les lattes d’aluminium pour mieux regarder, s’attendant à moitié à découvrir une épave en flammes brûlant dans l’herbe, disparaissant peu à peu derrière la fumée qui s’accumulerait au bord de l’eau. Mais il ne vit que ce qu’il voyait chaque fois qu’il regardait par là : le jardin de derrière, vide et sombre ; les rouleaux de l’océan, d’un noir d’encre ; le délicat alignement spectral des pins.

Marie alluma sa lampe. La fenêtre se mua en miroir et Winston se retrouva face à lui-même, les yeux dans les yeux.

– Tu vois quelque chose ? demanda Marie.

– Plus maintenant, non.

– Désolée.

Elle éteignit, mais Winston avait déjà laissé retomber les lattes du store. Il récupéra son pantalon là où il l’avait laissé, plié en travers du dossier du fauteuil de relaxation de Marie, l’enfila, puis enfonça son tee-shirt sous la ceinture.

– Où vas-tu ?

– Je vais voir ce qu'il se passe, répondit-il. À l'aéroport.

– Pourquoi ?

– Pour me rendre compte. Pour me faire une idée de ce que peut être ce qu'on vient d'entendre.

– Ce n'est pas la peine que tu te déranges à une heure pareille. Envoie quelqu'un d'autre.

– Personne n'est aussi près.

Ce qu'il venait de dire était vrai – du moins, c'était suffisamment vrai pour en arguer. On était fin octobre. La saison estivale était achevée. Quasiment tous les touristes étaient rentrés chez eux. Le comté avait réduit leur budget dès juillet, et il avait dû limiter l'équipe de nuit à trois policiers patrouillant dans le comté, un d'astreinte chez lui, et un au poste en liaison. Cette nuit, il était d'astreinte, même si le répartiteur n'avait pas encore appelé.

– Envoie Glenn, proposa Marie.

– Glenn n'est pas d'astreinte, et je ne crois pas qu'il patrouille non plus. *Moi*, je suis d'astreinte, et je suis juste à côté.

– Je n'ai pas envie que tu y ailles. Il est bien trop tard.

– Peut-être, mais c'est mon boulot, rétorqua Winston. Du moins, tant qu'ils n'auront pas élu quelqu'un d'autre la semaine prochaine.

Il sourit à Marie, se tourna vers la commode et tira une paire de chaussettes du tiroir du haut.

– Continue à te complaire dans ton misérabilisme et ils éliront effectivement quelqu'un d'autre, répliqua Marie. Par ailleurs, si tu persistes à répondre à ces appels en pleine nuit, c'est moi qui vais faire campagne contre toi.

Winston s'assit dans le fauteuil de relaxation et enfila ses chaussettes.

– Tu t'allierais à mes ennemis politiques par dépit ? demanda-t-il. Je ne t'en aurais jamais crue capable, Marie Barnes.

– Comme quoi, même le cancer ne peut pas tout ôter à une fille comme moi, rétorqua-t-elle.

– Et c'est toi qui parlais de misérabilisme ?

Il se leva et fit le tour du lit. Il s'inclina et glissa sa main en coupe sous le menton de Marie, puis tira son visage vers le sien et se pencha pour l'embrasser.

– Je serai vite revenu. Rendors-toi, chérie, et tu ne verras même pas que je suis sorti.

– Je le sens toujours, quand tu n'es pas là. Quarante ans, et je sais toujours quand tu n'es pas là.

– Eh bien, disons que je ne serai pas parti longtemps.

– Quarante ans que tu me dis ça chaque fois.

– Si tu prends bien soin de toi et que tu te rendors, alors je pourrai continuer de te le répéter durant les quarante années à venir.

– C'est juste que je ne veux pas rester… commença-t-elle.

Mais elle s'interrompit et détourna la tête. Le silence se fit. Winston eût pu jurer pouvoir entendre le lointain clapotis du bras de mer derrière la fenêtre. Ou peut-être était-ce le tic-tac de l'horloge qui résonnait parfois dans sa tête. Marie se retourna vers lui après un instant.

– Je ne peux pas m'empêcher de penser à Colleen, annonça-t-elle finalement. J'aurais bien aimé qu'elle nous rappelle.

– Je sais, chérie.

Il résista à l'envie de briser le contact visuel, de laisser son menton retomber sur sa poitrine. Il envisagea de s'asseoir à côté d'elle sur le lit, mais il savait que cela ne ferait que retarder encore son départ.

– Je sais, reprit-il. Peut-être qu'elle appellera demain. Sinon, c'est nous qui l'appellerons. Ou peut-être que nous réussirons à joindre Scott au travail, pour lui demander comment il va.

Winston avait dit tout cela bien des fois depuis qu'ils étaient revenus du Texas, et il était las de toujours les répéter, mais il savait que, pour tout ce qui concernait leur fille, Marie avait besoin d'entendre certaines choses, et qu'il lui appartenait de les dire.

Quant à lui, ce qui était jusqu'alors une charmante scène d'alcôve – une scène dans laquelle Marie s'inquiétait pour lui en pleine nuit – avait viré à la répulsion, lorsqu'elle avait mentionné le prénom de leur fille. La peine qu'éprouvait Winston pour Colleen était mortifiante et il savait qu'elle s'était envenimée, qu'elle avait infecté et durci son cœur en réaction à l'affliction très personnelle de Marie, qui avait besoin de faire partager son chagrin. *A contrario*, sa tristesse à lui était une chose qu'il ne pouvait affronter que lorsqu'il était seul.

Il tendit la main vers elle, prit ses doigts entre les siens et les serra d'un petit geste nerveux.

– Nous l'appellerons chez elle demain, dit-il. Et, si c'est nécessaire, nous joindrons Scott au travail.

Marie lui adressa un sourire éteint et se laissa glisser jusqu'à son oreiller. Elle ferma les yeux, et Winston l'embrassa de nouveau sur le front. Il se releva et l'observa. Il la regarda lui tourner lentement le dos et remonter les couvertures sur ses épaules.

Lorsque retentit la sonnerie du téléphone sur la commode à l'autre bout de la pièce, Winston tressaillit comme s'il avait entendu claquer une porte ou un coup de feu. Marie ne broncha même pas.

– J'imagine que c'est Rudy, dit-elle.

– Je parie que tu as raison, rétorqua Winston, en s'efforçant de masquer la surprise qui lui avait coupé le souffle. Cette fois, il est vraiment temps que j'y aille.

Il quitta la chambre, traversa le couloir, descendit les escaliers et fila jusqu'à la cuisine, dans laquelle le téléphone sonnait toujours. Il décrocha.

– Je reçois beaucoup d'appels à propos d'une sorte de grand bruit du côté de l'aéroport, lui annonça Rudy. Un avion pourrait s'être écrasé.

– Nous l'avons entendu ici aussi, lui répondit Winston. J'allais appeler pour dire que j'y allais.

– Besoin de renfort ?

La voix de Rudy était rauque et voilée, comme d'habitude. Winston savait qu'il fumait et buvait du café toute la nuit quand il était de service au standard, mais Rudy était le meilleur qu'ils aient jamais eu à ce poste, et il faisait les nuits quand personne d'autre n'en voulait, alors Winston pouvait bien fermer les yeux sur son tabagisme.

– Non. Pas la peine d'aller réveiller quelqu'un qui ne l'est pas déjà, ni de prendre sur l'effectif des patrouilles.

– Très bien, shérif. Rappelez si vous avez besoin de quelque chose.

Winston récupéra ses bottes dans la buanderie. Il décrocha son blouson dans le placard du vestibule et l'enfila, déverrouilla le coffre-fort au fond de ce même placard pour y prendre revolver et holster. Il attrapa le talkie-walkie sur l'étagère du dessus et l'alluma, le souffle léger de son bruit blanc brisant le silence qui régnait dans la maison paisible.

Une fois équipé, Winston s'immobilisa au pied des escaliers, derrière la porte d'entrée, et prêta l'oreille, sans savoir ce qu'il cherchait à entendre.

– Marie, dit-il. Sa voix s'éleva de sa gorge comme un murmure. Marie, je reviens très vite.

Il n'y avait aucun bruit à l'étage. Le silence de la maison l'enveloppait, mais il savait que Marie était réveillée, les yeux clos. Il pouvait presque sentir son cœur battre depuis le rez-de-chaussée, et il envisagea un instant de remonter à l'étage pour la toucher une dernière fois – mais il préféra déverrouiller la porte d'entrée, l'ouvrir et s'enfoncer dans la nuit.

Le ciel noir et sa canopée parsemée d'étoiles pesaient sur Winston comme s'il avait pu lever les bras et les repousser. L'air était frais et lourd, et il pouvait sentir les arbres – pins, yaupons, chênes – ainsi que les mousses qui s'y suspendaient, l'odeur saumâtre du pertuis derrière lui, les puissants effluves salés de l'océan de l'autre côté de l'île. Le monde était quasiment silencieux, mais il entendait l'eau qui s'agitait.

Winston avait descendu la moitié de l'allée gravelée lorsqu'il vit en redressant un peu la tête que la Regal bordeaux de Marie était garée derrière sa voiture de patrouille. Au lieu de prendre le temps de la déplacer, il monta dans la voiture de Marie et démarra. La radio s'alluma, un débat nocturne sur la faiblesse des chances de Walter Mondale face à Ronald Reagan. Winston éteignit la radio et se tourna pour sortir la voiture de l'allée en marche arrière.

Sur la banquette arrière étaient empilés les affiches et tracts que Marie était allée chercher dans l'après-midi à Southport, tous ornés de la photographie d'une version plus jeune de Winston, un cliché qu'accompagnait le slogan *Votez pour un homme auquel vous pouvez vous fier*. La pre mière fois qu'il s'était présenté au poste de shérif, il était âgé de quarante-huit ans. Il en avait aujourd'hui soixante-trois. Quelque chose dans le fait de voir son visage plus jeune et de penser au visage plus jeune encore de Bradley Frye – l'homme qui allait probablement le battre – l'embarrassait.

Bradley Frye était le fils d'un promoteur immobilier local du nom d'Everett Frye, qui avait passé des décennies à bâtir sur cette partie du littoral de la Caroline du Nord. Immeubles résidentiels, centres commerciaux, résidences secondaires de luxe. Maintenant que le vieil Everett était mort, son fils semblait déterminé à déboiser et niveler à grande échelle pour multiplier ses résidences et lotissements sur les terres marécageuses et sablonneuses où forêts et marais se dressaient encore. Winston présumait que soit Bradley Frye gagnait une véritable fortune, soit il s'enfonçait dans un endettement inimaginable. Quoi qu'il en soit, il avait maintenant des visées sur les mandats électifs locaux, à commencer par le bureau du shérif. Même s'il s'était fait une petite notoriété en tant que joueur de basket au lycée du comté de Brunswick à la fin des années cinquante, Frye n'avait jamais quitté la région, une fois son diplôme en poche. Passé vingt ans, il s'était surtout fait connaître pour sa propension à boire et à draguer dans les fêtes de lycée. Winston savait aussi que, lorsque les écoles du comté avaient commencé à intégrer des Noirs à la fin des années soixante et au début des années soixante-dix, Frye avait été l'un de ces bons petits gars qui s'entassaient sur les plateaux de leurs pick-up pour aller intimider et rosser les étudiants noirs qui manifestaient juste en haut de la rue, à Wilmington. Ensuite, il avait essayé d'améliorer l'image que les gens avaient de lui – celle du brave gars bien de chez nous, riche fils à papa qui pouvait se permettre de jouer les nationalistes – en arborant des polos, des pantalons militaires et des chaussures de sécurité sur les sites de construction. Et maintenant, Bradley Frye, avec ses quarante et un ans, était le premier rival sérieux auquel Winston était confronté en près de douze années au poste de shérif, et quelque chose dans le fait de voir une version aussi jeune de son visage sur les affiches de campagne dans la voiture de Marie lui disait qu'il allait probablement perdre. Bradley Frye avait utilisé son héritage pour se construire une réputation d'homme d'affaires, et durant tout l'été, il avait couvert le comté d'affiches, de panneaux de soutien dans les jardins, de placards dans la presse… et même diffusé un message télévisé. L'élection n'était plus que dans une semaine, et Winston savait qu'en fin de compte, ce n'était qu'une question d'argent ; Bradley en avait et Winston n'en avait pas, et cela rendait la perspective de perdre encore plus angoissante, en particulier lorsqu'il considérait ce que la perte de leurs revenus et de leur couverture médicale signifierait pour Marie.

Il s'était inquiété qu'elle fût trop fatiguée pour passer prendre les affiches et prospectus après sa séance, et lui avait dit de ne pas le faire, mais il se demandait maintenant s'il n'avait pas plutôt craint de continuer de l'impliquer dans ce qu'il considérait de plus en plus comme une entreprise vouée à l'échec. Il sentit une forme de honte s'insinuer en lui et fit de son mieux pour la repousser et l'éradiquer, de la même façon qu'il avait appris à maîtriser son chagrin et sa peur.

Mais ces sentiments – honte et chagrin et peur – revenaient souvent le submerger et s'abattaient sur lui comme une masse décidée à lui faire sentir tout son poids pour peu qu'il ait un instant oublié de courber l'échine. Il savait que ce poids le maintenait à l'écart des autres, et en particulier de Marie et de Colleen. Depuis le jour où sa fille était née, Winston avait voulu être pour elle le père que son père n'avait pas été pour lui, mais il savait qu'il avait échoué, parce qu'en cet instant même, Colleen et lui étaient des étrangers, tous deux – ainsi que Marie – seuls et solitaires, isolés chacun dans sa douleur.

Chose à la fois cruelle et ironique, Winston se voyait dans ses rêves, depuis maintenant quelques années, comme étant son père, un homme qui avait quitté ce monde quand il n'avait que soixante-quatorze ans. Si la vie de Winston devait suivre la même voie, alors il ne lui restait plus que onze années à vivre, ce qui, certains jours, lui paraissait extrêmement long et d'autres, probablement pas assez.

Winston avait l'habitude, chaque année quand approchait le jour de son anniversaire, de s'employer à conjurer l'image du visage de son père au même âge. À quoi ressemblait son père, dans son esprit ? Il paraissait plus vieux, à l'évidence. Et probablement plus sage, aussi.

Parfois, quand il avait un moment de calme, Winston laissait son esprit errer et revenir aux derniers jours passés au chevet de son père. Ses parents avaient vécu toute leur vie dans la maison dans laquelle lui avait grandi, au bout d'un chemin de terre boisé d'une ville appelée Gastonia, à l'autre extrémité de la Caroline du Nord. La maison se trouvait en bordure du parc de Crowder's Mountain, et pour toute la période où son père était mourant, Winston et son frère cadet avaient installé un lit médicalisé dans la chambre de leurs parents, devant une baie vitrée qui donnait sur la forêt. C'était l'automne, un mois d'octobre qui, d'ailleurs, ressemblait beaucoup à celui-ci, et ils laissaient les fenêtres ouvertes pour aérer et permettre aux odeurs de sueur, de médicaments, de draps et vêtements souillés de s'évacuer dans la fraîcheur du monde extérieur. Mais cela avait un pendant : les réconfortantes odeurs de la forêt, avec ses décompositions, ses sous-bois et ses pins, s'immisçaient à l'intérieur, si bien que depuis et pour le reste de sa vie, chaque fois qu'il sentait l'odeur des pins, il associait la disparition de son père à la nostalgie saine et revigorante d'une forêt qui naît et meurt, et renaît continuellement.

Mais il continuait de faire ce rêve récurrent dans lequel il était son père, et il l'avait encore refait cette nuit, avant que le bruit que lui et Marie avaient entendu ne les réveille. Dans ce rêve, son père était dans le lit médicalisé de la maison de Gastonia, les mains serrées sur le drap tiré sur sa poitrine. Winston le regardait dormir et s'enfoncer vers la mort, sa langue sèche glissant occasionnellement sur ses lèvres sèches. Winston prenait un carré de tissu sur la table de nuit et l'humectait. Il passait le tissu humide sur la bouche de son père. Dans le rêve, Winston baissait les yeux vers ses propres mains et voyait celles de son père, puis il réalisait qu'elles étaient serrées sur le drap, qu'il était étendu dans son lit de douleur, et qu'il mourait seul.

Colleen resterait-elle à son chevet comme lui l'avait fait pour son père ? Winston se demanda si son paternel avait autant tenu à lui que lui à Colleen. En un certain sens, probablement, mais il lui paraissait impossible que son père ait pu lui porter un tel intérêt ou ait été capable de ressentir un tel amour, qui ne pouvait être qualifié que de destructeur.

Il y avait quelque chose d'embarrassant à imaginer son père l'aimant autant. Et pourquoi y songeait-il ? De quoi avait-il peur toutes ces nuits, à voir comme siennes les mains de son père ? Colleen présente ou pas à son chevet, humectant ou pas ses lèvres desséchées avec de l'eau fraîche ? Appréhendait-il le vide que son décès pourrait laisser dans la vie de sa fille ?

Colleen n'avait que vingt-six ans, mais elle avait déjà perdu un bébé, Winston et Marie ayant atterri trop tard à Dallas pour même voir sa dépouille. Que faisait-on, d'ailleurs, d'un bébé qui n'avait jamais respiré ?

Ils n'avaient pas assisté à des funérailles, et Colleen n'avait jamais mentionné une quelconque cérémonie. Il avait eu bien trop de scrupules pour lui poser la question ; il ne savait pas si Marie l'avait fait et il avait honte de ne pas s'en être enquis. Il avait passé bien des nuits, depuis, étendu dans son lit à se morfondre au sujet de Colleen et de son bébé perdu, son petit-fils. Alors, l'idée que sa disparition ou celle de Marie puisse encore aggraver son manque était trop pour lui, et un instant, il en vint à se dire que Marie et lui n'auraient pas dû avoir Colleen, créer cette vie qui les ferait souffrir et qui souffrirait d'eux en retour.

Bon sang ! Winston, se dit-il, *pourquoi même penser à cela maintenant ?* Cela venait-il du fait que Colleen avait perdu le bébé ? Du fait que Marie était de nouveau malade, cette fois plus gravement ? Ou était-ce dû à l'avion qu'ils avaient entendu – ou du moins à l'avion qu'ils avaient cru entendre ?

L'image d'un avion qui s'écrasait lui vint à l'esprit – pas de son, juste les images de gros moteurs en flammes plongeant vers le sol. *Mais ce n'était qu'un avion à l'approche qui volait un peu bas,* se morigéna-t-il. *Ou simplement un rêve.* Peut-être que Marie et lui avaient fait le même rêve, et qu'il allait arriver en pleine nuit dans un aéroport tout aussi silencieux et vide que son côté du lit à la maison.

*

La veille d'Halloween : pas encore très froide, comparée à ce qui allait venir, mais suffisamment, néanmoins, pour avoir renvoyé les touristes au travail, à l'école ou à tout ce que pouvait être leur vie hors de Oak Island. Même les Canadiens polis et discrets – ceux qui n'avaient pas poussé au sud jusqu'à Myrtle Beach, dont les épouses avaient ratissé les plages en maillot de bain une pièce en quête d'oursins plats, et dont les époux avaient maintenu le golf municipal ouvert jusqu'au milieu du mois – étaient rentrés chez eux.

L'île, longue de vingt kilomètres et large d'un peu plus de six dans sa plus grande largeur, parsemée de vieilles maisons individuelles, de cabanes de pêcheurs, de résidences secondaires et de caravanes, était fortement boisée et généralement paisible. Elle longeait d'est en ouest le coude sud-est de la Caroline du Nord. Pour ceux qui vivaient là, elle donnait l'impression d'un endroit qui n'avait pas encore été découvert ou avait déjà été oublié par le reste de l'État, ce sentiment allant croissant à en devenir presque palpable lorsque la saison changeait et que l'épais manteau d'un silence persistant s'abattait sur elle. Quand l'automne faisait place à l'hiver, l'île semblait toujours rétrécir, se faire plus isolée, plus insulaire.

Il n'y avait pas d'horloge dans la voiture de Marie, et Winston avait oublié sa montre là où il avait l'habitude de la poser, sur le comptoir avec son portefeuille et ses clés, mais il devait être presque quatre heures du matin lorsqu'il prit plein est sur Oak Island Drive. La plupart des commerces – une confiserie, une boutique de tee-shirts, un restaurant à pancakes, tous les motels – étaient fermés hors saison. Les rares endroits qui restaient en activité l'hiver n'ouvriraient pas avant le matin. Après que Marie et lui avaient quitté Gastonia en 1963 pour s'installer sur Oak Island, ils avaient pris l'habitude de dire que l'île roulait ses trottoirs le soir à six heures pour les ranger, ce qui n'était ironique que parce qu'il n'y avait pas de trottoirs. Winston pensait à l'époque et encore maintenant que l'île serait un endroit idéal pour qui voudrait se cacher, et c'était peut-être ce qu'il avait fait toutes ces années.

Une fois sur le pont qui traversait le pertuis, Winston regarda la lumière du phare de Caswell Beach, à la pointe est de l'île, balayer le bras de mer en cycles parfaits. Elle clignotait dans son rétroviseur, et un instant, il put à la fois la voir et la sentir dans ses yeux. Lorsque la voiture de Marie atteignit le point le plus élevé du pont, la balise lumineuse du petit aéroport lui apparut entre les arbres au loin, à sa gauche. Il avait dû déjà passer un million de fois à cet endroit exact, et chaque fois, il avait l'impression de quitter l'éclat puissant du phare pour la maigre lueur de la balise, un point de lumière submergé par les ténèbres du continent qui l'attendait dans la forêt, de l'autre côté de l'eau.

Lorsque Colleen était petite fille, et qu'ils atteignaient tant le sommet de ce pont que celui du pont basculant, encore plus haut et plus splendide, qui enjambe le fleuve Cape Fear, sa petite voix s'élevait de la banquette arrière pour demander : « Qu'est-ce qui arriverait si nous tombions d'aussi haut ? » et Winston réfléchissait à ce qui pourrait amener quelqu'un à plonger dans l'eau depuis une telle hauteur. Un suicide ? Un véhicule en feu ? L'effondrement du pont ? Il s'y voyait, Colleen et lui se tenant la main et grimpant sur le parapet avant de sauter dans l'eau étale. Quel que soit le nombre de fois où elle avait déjà posé la question, sa réponse était toujours la même : « Je te sauverais. »

Mais à mesure qu'elle avait grandi, sa question s'était faite de plus en plus précise : « Que se passerait-il si la voiture quittait la route ? » ou « Que se passerait-il si la voiture faisait des tonneaux ? » Plus elle posait de questions, plus sa peur prenait forme, et elle construisait des histoires de plus en plus détaillées sur les tragédies qui les attendaient. Winston connaissait toujours les réponses à ses interrogations, parce qu'il avait suivi une formation – et avait imposé cette même formation à tous ses adjoints, en fait – en sauvetage aquatique. Il y avait de l'eau partout dans le comté : des lacs, des canaux, des criques, et des pertuis déguisés en rivières. Il leur était déjà arrivé d'être confrontés à des voitures immergées, et il s'était imaginé ceinture de sécurité serrée, sur le siège conducteur d'une voiture sous l'eau et retournée, avec Colleen à l'arrière.

Il resterait une trentaine de secondes avant que la voiture ne s'emplisse d'eau. Il ôterait sa ceinture de sécurité, se retournerait et ferait de même avec la ceinture de Colleen. Il la ferait basculer vers les places avant et, pendant que la voiture se remplirait d'eau, il se servirait de son porte-clés brise-vitre à ressort (il en avait également équipé Marie et tous ses adjoints) pour casser la vitre et sortir. Il se souviendrait de suivre les bulles d'air vers la surface, Colleen serrée dans ses bras, et chercherait des yeux la lumière au-dessus de lui en retenant son souffle.

Mais il n'expliquait pas tout cela à Colleen lorsqu'ils traversaient des ponts, dans son enfance. Il la regardait dans le rétroviseur, à l'âge où elle s'asseyait encore à l'arrière, ou il tournait la tête quand elle avait été assez grande pour s'asseoir à côté de lui, l'eau s'étalant en contrebas derrière la fenêtre passager, et il répondait toujours la même chose : « Ne regarde pas en bas et ne regarde pas derrière toi. Regarde juste dans la direction où tu vas. »

*

Lorsque Winston gara la voiture de Marie sur le parking gravillonné quasi désert de l'aéroport, la seule chose qu'il y vit fut une Datsun blanche à deux portes, avec des plaques de Caroline du Nord.

Trouver une voiture garée ici la nuit le surprit, mais sans l'inquiéter. Peut-être qu'elle était tombée en panne sur Long Beach Road et que quelqu'un avait aidé le conducteur à la pousser jusqu'ici avant de le déposer chez lui. Peut-être que quelqu'un avait garé sa voiture avant de s'envoler aux commandes d'un avion de tourisme, encore que, vu le modèle, c'était peu probable.

Peut-être qu'elle était juste abandonnée.

Il n'avait pas pris sa voiture de patrouille et ne disposait donc pas de sa lampe torche standard, mais il mit les mains en coupe contre la vitre de la Datsun côté conducteur et regarda à l'intérieur. Il n'y avait rien à voir, sinon un paquet de chips chiffonné sur le siège passager, et le boîtier d'une cassette du *Thriller* de Michael Jackson posé sur la console centrale, à côté d'un gobelet en polystyrène qui semblait avoir contenu du café. Un siège enfant était installé à l'arrière et un sac de sport ouvert se trouvait juste à côté, mais d'après ce que Winston pouvait en voir à travers la vitre, il ne contenait rien d'intéressant. Cette voiture aurait pu appartenir à Colleen ou à quelqu'un de son âge, et son contenu ne révélait pas grand-chose quant à l'identité de son propriétaire ou la raison pour laquelle elle était garée sur le parking vide d'un aéroport en pleine nuit.

Winston prit le talkie-walkie à son ceinturon et appela Rudy.

– Comment ça se présente, là-bas ? demanda Rudy.

– Tout est calme, répondit Winston, mais il y a un véhicule sur le parking. Si vous voulez bien vérifier la plaque pour moi…

– Évidemment.

Winston fit le tour de la voiture et lut le numéro d'immatriculation.

– J'en ai pour une seconde, dit Rudy.

Winston raccrocha le talkie-walkie à son ceinturon et revint à l'avant de la voiture. Il croisa les bras sur sa poitrine et s'appuya contre l'aile de la Datsun. Il regarda en direction des arbres de l'autre côté de la piste, cherchant des yeux un mouvement, une lumière ou quoi que ce soit qui puisse être lié au bruit qui les avait réveillés, Marie et lui, mais il semblait n'y avoir rien à voir. Son nez saisit un peu de l'odeur fraîche et palustre du pertuis, qui se trouvait à quelque chose comme un kilomètre au sud, et il pensa à Marie, de l'autre côté du bras de mer, étendue dans leur lit sans trouver le sommeil, attendant le bruit de sa clé tournant dans le verrou de la porte d'entrée. Il pensa au bruit qui les avait réveillés en sursaut, à la façon dont il avait paru vibrer le long du toit, au vrombissement qu'il avait ressenti dans tout son corps. Il ne voyait pas quoi faire d'autre en attendant que Rudy le recontacte, alors il se tourna vers la piste.

*

Le parking sur lequel Winston attendait était plus près de l'extrémité sud de la piste, signalée par une balise blanche de chaque côté, et il savait que, si ce qu'ils avaient entendu était un avion, alors c'était à cet endroit qu'il avait touché le sol. La piste étant encore en herbe – elle ne serait pas goudronnée avant au moins deux ans –, il était inutile de chercher des traces qu'auraient pu laisser cet avion putatif ou n'importe quel autre. La piste se prolongeait jusqu'à une rangée de pins qui se détachait du ciel nocturne quelque six cents mètres plus loin. Une autre paire de balises indiquait le milieu de la piste, et une troisième encore illuminait son extrémité nord, mais toutes ces lumières étaient faites pour être vues depuis le ciel, pas du sol. Le soleil se lèverait dans quelques heures, mais Winston ne voulait pas attendre le jour. Il savait que si quelque chose se cachait à l'autre bout de la piste, il allait devoir partir à sa recherche.

Il manqua bondir lorsque son talkie-walkie reprit vie au son de la voix de Rudy.

– Je l'ai, annonça-t-il.

Winston prit la radio à son ceinturon et la porta à sa bouche.

– Allez-y.

– Il s'agit d'une Datsun de 1978, immatriculée au nom de Rodney Edward Bellamy. Vous voulez sa date de naissance et son adresse ?

– Gardez-les sous la main, mais ça ne me servirait pas à grand-chose ici, répondit Winston.

Ce n'était pas qu'il n'avait pas besoin de ces informations, mais il les connaissait déjà. Rodney Bellamy était allé à l'école avec Colleen.

Rodney était le fils d'Ed Bellamy, l'un des seuls professeurs noirs du comté de Brunswick, et l'une des personnes qui s'étaient opposées aux intimidations et aux violences liées à l'intégration dans les écoles. Bellamy était professeur d'histoire, mais également un leader *de facto* de la lutte pour les droits civiques, et Winston et lui avaient œuvré ensemble aussi souvent qu'ils s'étaient affrontés. Une décennie plus tôt, Ed avait incarné l'intégration dans les écoles du comté, et Winston avait fait tout ce qui avait été en son pouvoir pour éviter que sa juridiction ne soit confrontée aux violences qu'avait connues Wilmington, mais il y en avait évidemment eu. Winston n'avait pas pu tout empêcher, d'autant qu'il savait bien alors que la moitié de ses adjoints ne voulaient pas que leurs propres enfants doivent s'asseoir à côté d'enfants noirs, et désiraient encore moins que des hommes comme Ed Bellamy viennent leur expliquer la loi.

Winston était d'accord avec les positions que Bellamy avait prises au fil des années. Mais il savait également combien il était important, en particulier dans un endroit comme le comté de Brunswick, de prendre en considération le délicat équilibre entre l'autorité de la loi et la mémoire culturelle. Bellamy comprenait cela aussi, dans le sens où il comprenait que ce que des gens comme Winston pensaient en privé et ce qu'ils étaient prêts à admettre en public n'étaient pas toujours la même chose. Ed Bellamy était hardi et véhément parce qu'il pensait que c'était nécessaire pour obtenir des résultats. Winston était réfléchi et prudent pour exactement les mêmes raisons.

– Le propriétaire vit dans la Plantation, ajouta Rudy.

– Ouaip. Merci, Rudy.

Il raccrocha son talkie-walkie à son ceinturon puis partit vers l'autre bout de la piste, le bruit de ses pas absorbé par le sol qu'il foulait.

Plus tard, lorsqu'il se remémorerait cet instant, Winston prendrait conscience d'avoir perçu l'énormité de l'avion avant même d'arriver et de le voir pour la première fois. Il était stationné en biais tout au bout de la piste. Son fuselage argenté était long de peut-être dix-huit mètres, pour au moins vingt-sept mètres d'envergure. De près, il luisait comme un miroir sous la faible lueur de la lune et ses deux immenses hélices, une sous chaque aile, faisaient penser à des yeux fermés, comme si l'avion avait été endormi lorsque Winston l'avait trouvé, les portes de soute sur son flanc droit grandes ouvertes, évoquant une bouche aspirant de l'air. Winston n'y connaissait pas grand-chose en avions, hormis ceux qui l'avaient transporté quand il servait dans l'armée en Corée, mais il savait que celui-là était vieux – peut-être une relique de la Seconde Guerre mondiale – et qu'il était trop gros pour cette piste, ce qui expliquait sa position actuelle et le quart de tour que le pilote avait dû faire pour éviter de s'enfoncer dans les arbres dressés juste au bout de la piste, son train d'atterrissage arrière brisé en deux et sa queue reposant gauchement sur le sol.

Winston dégaina son revolver et le maintint pointé vers le sol, bras le long du corps.

– Bonsoir, clama-t-il.

Il attendit, mais n'entendit rien d'autre que ce qui lui paraissait être le silence sec et métallique de la présence envahissante de l'avion.

– Il y a quelqu'un ?

Il ne releva son arme que lorsqu'il perçut du coin de l'œil le faisceau sautillant d'une lampe torche. Quelqu'un marchait vers lui à travers l'étendue herbeuse depuis le parking à sa droite. Winston se tourna dans cette direction, et c'est alors que son regard s'arrêta sur le corps d'un homme noir étendu dans l'herbe au bord de la piste. Dans le faisceau haché de la lumière qui approchait, il vit que tout le devant de la chemise de l'homme avait été arraché, et que son torse était assombri et imbibé de sang. Ses yeux étaient ouverts, mais, pour Winston, il était évident qu'il était mort.

Il tourna son revolver vers la torche qui venait vers lui et se demanda qui avait bien pu abattre l'homme qui était étendu là, si c'était le fait de la même personne qui avançait sur lui maintenant. Il était surpris de la tournure qu'avaient prise les événements cette nuit, mais en cet instant, il n'y avait en lui aucune peur. Il était simplement prêt.

Derrière le faisceau lumineux, Winston réussit finalement à distinguer le visage enténébré de Glenn Haste, un capitaine de trente-quatre ans. Il travaillait pour le bureau du shérif depuis près de treize ans, et durant tout ce temps, Winston n'avait jamais vu sur le visage de Glenn la plus petite trace de peur ; mais là, ses yeux reflétaient sa panique. Winston baissa son arme et prit le temps d'expirer. Il réalisa que ses mains tremblaient.

– Bon sang, Glenn, dit-il. J'ai failli vous tirer dessus.

– Eh bien, shérif, je suis heureux que vous ne l'ayez pas fait.

Glenn dirigea sa lampe torche vers le cadavre étendu entre eux sur le sol, et Winston comprit soudain que la peur sur le visage de Glenn ne venait pas de ce qu'il avait manqué de se faire tirer dessus, mais du choc d'être tombé sur ce qui semblait être une fusillade. Glenn maintenait le faisceau de sa torche sur la poitrine de l'homme, le sang si frais qu'il brillait dans la lumière. Il tourna la tête vers Winston.

– Shérif ? demanda-t-il.

Winston, comprenant l'expression du visage de Glenn et la question sous-entendue dans sa voix, s'écarta machinalement du cadavre d'un pas. Il baissa les yeux vers l'homme mort, sentit monter en lui une crainte et une honte longtemps refoulées.

– Non, dit-il en indiquant le corps d'un mouvement de la tête. Non, ce n'est pas moi. Je l'ai trouvé là. Il était déjà mort quand je suis arrivé.

Il tenta de ranger son arme dans son holster, mais réalisa qu'il tremblait, et il dut tenir l'étui de sa main libre pour que l'arme pût s'y glisser. Il baissa les yeux, vit que la lumière de la torche de Glenn brillait dans les yeux ouverts et aveugles de l'homme mort.

– Aucun signe d'une arme, dit Glenn. Vous savez qui c'est ?

– Je crois. J'avais demandé à Rudy de vérifier les plaques de la Datsun, là-bas, sur le parking.

Winston s'accroupit à côté du corps et chercha un pouls. Il n'en trouva pas. Il tapota ses poches, puis tourna légèrement sa hanche sur le côté, jusqu'à atteindre ses poches arrière et attraper son portefeuille. Il le sortit et en tira un permis de conduire.

– Ouaip, reprit-il, avant de se retourner vers Glenn. Rodney Bellamy. (Il regarda de nouveau le permis.) Vingt-six ans. Domicilié dans la Plantation.

– Le fils d'Ed Bellamy, souligna Glenn.

– Ouaip, répéta Winston.

Il regarda l'intérieur du portefeuille, trouva deux billets de vingt et quelques coupures plus petites. Bellamy ne s'était pas fait dévaliser. Il remit le permis dans le portefeuille et glissa le tout dans la poche avant du cadavre.

Il ne savait pas quel sens cela pouvait avoir de trouver le fils d'Ed Bellamy, tué par balle sur une piste d'atterrissage en pleine nuit, mais il savait qu'il finirait par y en avoir un.

Winston respectait Ed Bellamy, et le craignait un peu, aussi. Deux raisons d'appréhender de devoir lui téléphoner pour lui annoncer ce qu'il était arrivé à son fils.

– Ça va, shérif ?

Winston regarda Glenn, puis il regarda ses mains. Il serra les poings pour cacher qu'il tremblait.

– Oui, dit-il. Oui. C'est juste que vous m'avez surpris, en vous approchant dans le noir comme ça. (Il regarda pardessus l'épaule de Glenn, comme s'il vérifiait si quelqu'un d'autre arrivait sur la piste. Puis il tourna de nouveau les yeux vers Glenn.) Qu'est-ce qui vous a même amené ici ? Rudy vous a envoyé ?

– Marie a appelé, répondit-il.

– Marie vous a appelé ? Chez vous ?

– Oui.

– Qu'a-t-elle dit ?

– Elle a dit que vous pensiez qu'un avion s'était écrasé. (Glenn détourna les yeux, comme si ce qu'il allait dire pouvait les embarrasser tous les deux.) Elle a dit qu'elle ne voulait pas que vous soyez tout seul ici. Je lui ai promis que je passerais voir.

Winston soupira et agita la tête. Il voulait être furieux contre Marie pour avoir appelé Glenn, pour avoir dépassé les bornes et donné l'impression que Winston n'était pas capable de faire son travail tout seul, mais il s'était passé tant de choses – le crash de l'avion, avoir manqué de tirer sur Glenn, la découverte du corps de Rodney Bellamy – qu'il put à peine conjurer un semblant de colère, aussitôt éteint.

Glenn sourit comme si leur embarras était déjà derrière eux.

– Eh puis, je voulais venir, parce que je n'ai jamais vu un crash aérien.

Winston se tourna sur sa gauche et indiqua de la main le bout de la piste.

– Eh bien, c'est votre jour de chance, semble-t-il.

Glenn releva sa torche et éclaira au-delà de Winston.

– Il est là, dit-il.

Les yeux de Winston suivirent le faisceau là où il illuminait le fuselage, les portes de soute ouvertes, les hélices immobilisées.

– Ouaip, le voilà. Un tout petit crash, mais un très gros avion.

– Il m'a l'air vide, fit remarquer Glenn.

– On va tout de même devoir aller vérifier, répliqua Winston.

*

Arme en main, les deux hommes rejoignirent l'avion. Ils s'arrêtèrent devant les portes de soute ouvertes au centre du fuselage, sur lequel Glenn tapa avec sa torche. Cela produisit un écho comme s'il avait frappé sur le fond d'un immense canoë métallique retourné. Le nez de l'avion, fermement soutenu par les roues sous les deux ailes, surplombait Winston à sa droite, mais le fuselage se réduisait vite à l'autre bout et reposait sur sa queue, le train d'atterrissage arrière s'étant totalement effondré.

L'avion paraissait à la fois imposant et fragile, et Winston ne pouvait pas croire que quelque chose d'aussi énorme puisse s'envoler dans le ciel, ni que quelque chose d'aussi puissant soit aussi facilement cloué au sol. Il tendit la main et la posa, paume ouverte, sur le fuselage, s'attendant presque à le sentir respirer. Il le tapota deux fois, comme s'il s'était agi du ventre d'un cheval avant de se mettre en selle.

– Il y a quelqu'un ? cria-t-il. Bureau du shérif du comté de Brunswick.

Il fit un signe de tête en direction de Glenn, qui leva son arme, dirigea sa torche vers les ténèbres de l'intérieur de l'avion et grimpa. Winston, arme également levée, resta à côté de la porte et écouta les craquements du fuselage tandis que les pas de Glenn allaient et venaient à l'intérieur.

– Il est vide, cria Glenn.

Winston rengaina son arme et franchit la porte. À l'intérieur, les sièges avaient tous été retirés, et Winston, debout au milieu du fuselage, saisit la scène d'un regard : les sièges des pilotes à l'avant ; la longue étendue vide du plancher qui remontait jusqu'à lui ; l'éclat ténu de la faible lueur de la lune à travers les hublots.

– Maintenant il est vide, reprit Winston, mais je serais prêt à parier qu'il ne l'était pas quand il a atterri.

– Qu'est-ce que vous voulez faire ? demanda Glenn en faisant glisser le faisceau de sa torche sur toutes les surfaces.

– Rentrer chez moi et me remettre au lit, répondit Winston.

– Moi aussi, s'esclaffa Glenn.

– Bon, on relève les empreintes digitales dans le cockpit et sur l'intérieur et l'extérieur des portes, puis on appellera la morgue.

– C'est comme si c'était fait, shérif.

Winston resta dans l'avion et envoya Glenn chercher dans sa voiture de patrouille une lampe torche supplémentaire et un des kits de relevé d'empreintes qu'ils avaient tous dans leur coffre. Un instant, alors qu'il était seul, Winston se tint entre les portes de soute ouvertes pour regarder le cadavre de Rodney Bellamy. C'était rarement le cas, mais tout ce qui était arrivé cette nuit l'avait surpris.

Une fois de retour dans l'avion, Glenn lui donna le kit, et Winston rejoignit le cockpit en grimpant la pente due à l'inclinaison de l'avion. Il poudra soigneusement les commandes, en portant une attention particulière aux parties des manches que les pouces et les doigts avaient probablement serrées quand l'avion avait frôlé les arbres. Puis il passa aux instruments. Glenn tenait la torche pendant que Winston travaillait. Lorsqu'il eut terminé, il déroula les adhésifs et les plaça aux endroits qu'il jugeait les plus susceptibles de lui donner de bonnes empreintes, mais lorsqu'il les retira et les plaça sous le faisceau lumineux de la lampe, il n'y avait pas une seule empreinte. Il réessaya, mais ne trouva rien.

– Peut-être qu'un fantôme était aux commandes, dit Glenn.

– Ou alors, ils portaient des gants et ont tout nettoyé, répliqua Winston. Mais il doit bien y avoir une empreinte exploitable quelque part dans cet avion.

S'ils trouvaient des empreintes, le bureau de Winston n'aurait aucun moyen de les traiter. Il lui faudrait les envoyer à Wilmington, voire à Raleigh. Même une fois le FBI impliqué – et Winston savait que c'était inévitable, qu'il tarde ou pas à les appeler –, il faudrait encore des jours avant que les empreintes ne révèlent quelque chose. Les nouvelles de l'apparition de l'avion et du meurtre de Bellamy allaient se propager rapidement, et Winston savait que tout le monde dans le comté allait observer la façon dont le bureau du shérif se conduirait, puis ils voteraient. Il restait exactement une semaine avant le jour de l'élection, et les chances qu'avait Winston d'influencer l'opinion des électeurs étaient minces. Mais pour l'instant, il avait tout le temps qu'il voulait, ici, sur la piste, en pleine nuit, Glenn et lui à l'intérieur d'un avion vide, hormis le bruit de leurs pas qui résonnait contre les parois de métal. Ils travaillèrent lentement. Aucune raison de se presser. À part eux, personne ne savait ce qu'il s'était passé. L'avion avait déjà atterri, et celui qui l'avait posé avait disparu. La seule personne qui l'avait peut-être vu était Rodney Bellamy, et il restait muet.

Chapitre 2

Elle n'avait pas mis de réveil parce que ce n'était pas le sien ; le réveil appartenait à Scott, et il était déjà réglé sur cinq heures du matin. Se lever à une telle heure lui permettait de manger quelque chose à la maison, de passer par la salle de sport où il s'était inscrit dès leur arrivée à Dallas, de prendre une douche, et d'être au palais de justice pour sept heures, c'est-à-dire près d'une demi-heure plus tôt que n'importe quel autre procureur adjoint de première année, avait-il confié à Colleen.

Ce matin-là, elle avait réussi à se glisser hors du lit à trois heures du matin sans rien de plus qu'un « Ça va ? » marmonné par Scott, depuis son côté, où il lui tournait le dos. « Oui ; c'est juste que je n'arrive pas à dormir », avait-elle répondu, mais il avait déjà replongé dans un sommeil profond.

Ils n'avaient pas construit la maison dans laquelle ils vivaient, bien que ce soit une chose qu'elle avait toujours rêvé de faire en couple, mais la maison n'avait que vingt ans et était assez neuve pour que le chêne des planchers ne grince pas et qu'on puisse ouvrir et fermer les portes sans bruit et sans danger ; l'ensemble étant bien loin de la maison dans laquelle elle avait grandi au bord du pertuis de Oak Island, avec ses murs en papier à cigarette, ses tapis élimés, son escalier branlant et ses sols en lino. Elle avait été presque silencieuse lorsqu'elle avait traversé leur chambre, ouvert la porte, rejoint le couloir et refermé la porte derrière elle.

La maison était demeurée paisible et sombre, le seul son provenant de l'horloge allemande que les propriétaires précédents leur avaient laissée. Elle se trouvait maintenant en haut des escaliers, à l'autre bout du couloir. Durant leur première nuit dans la maison, l'imposante horloge avait carillonné une mélodie sourde et retentissante qui les avait réveillés en sursaut, Scott et elle, comme s'ils avaient été électrocutés. Colleen s'était tellement habituée à être enceinte que la lourdeur de son ventre était devenue une caractéristique de son nouveau corps qu'elle ne perdait jamais de vue, mais elle l'avait oubliée cette nuit-là. Dans la confusion de son éveil intempestif, elle avait paniqué de sentir cette masse sur son abdomen, et ne s'était calmée que lorsque Scott avait trouvé sa main dans le noir et que tous deux étaient restés accolés, immobiles et silencieux, à écouter le carillonnement lent et grave d'une mélodie issue d'une autre époque et d'un autre continent, ténébreux et forestier, à mille lieues de leur nouvelle vie dans le Texas.

Le lendemain matin, Scott avait ouvert le battant vitré de l'horloge et neutralisé le carillon. Au fond du meuble, ils avaient découvert une pile de vieux exemplaires du *Dallas Morning News* remontant chacun à un événement historique : Pearl Harbor ; l'Armistice ; les assassinats de John et Robert Kennedy et de Martin Luther King ; l'atterrissage sur la Lune ; et chaque élection présidentielle depuis la Seconde Guerre mondiale, jusqu'au titre du 4 novembre 1980 annonçant la victoire facile du « Gipper » sur Jimmy Carter, et illustré d'une photo de Ronald Reagan et de son épouse saluant la foule depuis une estrade le jour de l'élection.

Elle et Scott avaient parcouru tous ces journaux, en se demandant pourquoi quelqu'un les avait conservés, apportés dans cette maison, puis abandonnés au fond de l'horloge. Leur conversation avait dévié vers les faire-part de naissance, et ils avaient décidé qu'à la naissance du bébé en septembre, ils l'annonceraient dans le carnet du jour des journaux de Wilmington pour les parents de Scott, de Oak Island pour ceux de Colleen, et de Dallas pour leur propre nouvelle famille, parce que cette ville serait celle du foyer du bébé.

Lorsqu'ils remirent les journaux au fond du meuble, ils les empilèrent du plus ancien au plus récent, exactement comme ils les avaient trouvés. Depuis, chaque fois que Colleen apercevait l'horloge, comme ce sombre matin où elle montait immuablement la garde au fond du couloir, elle pensait confusément, mais résolument, au temps, aux changements, aux tragédies, à la vie, et à toutes les façons que nous avons de nous accrocher à ces choses, de les ranger et de les ressortir au fil des années pour faire défiler les souvenirs qui y sont rattachés.

À droite de leur chambre se trouvait la porte ouverte de ce qu'ils appelaient leur bureau, une pièce remplie des caisses de tous les livres de leurs études de droit, avec un bureau et quelques sièges. En face, une chambre d'amis, le lit encore fait d'avoir hébergé les parents de Colleen quelques mois plus tôt. Ils étaient venus pour la naissance, une chose pour laquelle elle culpabilisait un peu, étant donné le prix des billets et le peu d'expérience qu'ils avaient des voyages en avion. Les parents de Scott étaient eux aussi venus de Caroline du Nord. Eux étaient allés à l'hôtel. Aucun n'était resté très longtemps.

La pièce à côté de la chambre d'amis était vide, mais celle du bout à droite abritait la chambre d'enfant à la décoration gaie et soignée, une pièce dont la porte était fermée depuis que Scott et elle étaient revenus de l'hôpital. Colleen était restée en bas, accoudée au comptoir de la cuisine, pendant que Scott montait tirer la porte de la chambre d'enfant, puis elle avait filé directement dans leur chambre. Le lendemain, elle était allée coller une serviette roulée au pied de la porte. Elle ne voulait pas entrer, mais ne voulait pas non plus que ce qu'il restait dans la pièce – les souvenirs, la magie, les espoirs, peut-être un esprit ou un fantôme – ne s'en échappe.

Pieds nus et aussi silencieusement qu'elle le pouvait, Colleen descendit l'escalier en colimaçon jusqu'au vestibule. Ils n'avaient jamais eu l'intention d'acheter une maison aussi imposante. Même avec un bébé en route, pourquoi auraient-ils eu besoin de trois cents mètres carrés, quatre chambres – et même d'une « salle commune » dans une maison qui avait déjà un salon ? Mais nous étions en 1984, Scott était procureur adjoint au tribunal fédéral de Dallas, l'argent ne semblait pas entrer en ligne de compte – il n'était jamais entré en ligne de compte pour Scott – et son père – qui lui avait obtenu un entretien d'embauche pour ce poste parce qu'il avait partagé une chambre d'internat à l'Université de Caroline du Nord avec le futur procureur général du Texas et était toujours resté en contact avec lui – avait beaucoup insisté sur l'investissement financier que représentait une première maison. Voilà comment ils s'étaient retrouvés avoir investi dans une maison presque vide, et bien trop grande pour deux personnes qui s'y trouvaient rarement ensemble hormis les nuits qu'ils passaient étendus en silence.

Colleen alluma la petite lumière fluorescente au-dessus de l'évier de la cuisine et ouvrit le placard à sa droite. Elle en tira la boîte de café lyophilisé Maxwell House dans laquelle ne se trouvait qu'une liasse de billets froissés. Elle prit cinq billets de vingt et quelques billets de cinq et dix dollars, puis elle referma le couvercle et la rangea dans le placard. C'était leur réserve d'urgence, et elle ne savait pas si ce qu'elle faisait pouvait être considéré comme une urgence. Une urgence pour elle, oui ; mais était-ce une urgence pour tous les deux ? Elle se sentait capable d'argumenter que c'était bien le cas, mais n'imaginait pas un seul instant que Scott serait d'accord.

Une vague de panique traversa tout son corps ; elle enroula ses bras autour de sa poitrine et enfonça ses poings – dont l'un refermé sur les billets serrés – sous ses aisselles, comme si elle voulait se réchauffer. Un instant, elle envisagea de s'enfuir vers les escaliers et d'aller se réfugier dans leur chambre, mais elle se souvint alors des billets dans sa main, et considéra qu'une invisible ligne rouge avait déjà été franchie et qu'elle ne pouvait plus revenir en arrière. Puis elle envisagea d'ouvrir le réfrigérateur et de prendre une bière pour se détendre les nerfs. Le four indiquait 3 h 12, et Colleen réfléchit à la pertinence de cette bière en comparant les heures de la nuit à celles qui la séparaient du matin. Elle était plus près de deux heures que de l'aube, et il y avait déjà eu, en fac et plus encore à l'université, des fois où elle et ses amis buvaient encore lorsque le soleil s'était levé ; même si cela remontait à plusieurs années, Colleen décida que ce n'était pas assez lointain pour lui être devenu inhabituel et qu'en l'instant, rien ne lui était plus habituel que le goût d'une bière que l'on boit en solitaire.

Elle ouvrit le réfrigérateur et en sortit une Coors Lite, la fraîcheur de la bouteille de verre l'apaisant instantanément. La nuit et la maison semblaient trop ténébreuses et trop silencieuses pour une telle sensation. Lorsqu'elle l'eut décapsulée et longuement bue, elle se sentit envahie d'un calme qui apportait de la clarté à ses actions. Elle resta debout là, confiante et pieds nus, en pyjama, à finir sa bière. Puis elle en prit une autre dans le réfrigérateur et quitta la cuisine pour retourner dans le vestibule.

Une valise faite, des chaussures et un jeu complet de vêtements étaient dissimulés dans le placard sous les marches. Colleen prit l'ensemble et alla se changer dans les toilettes du vestibule. Elle n'alluma pas la lumière, tant pour ne pas risquer de réveiller Scott que pour ne pas voir son visage dans le miroir pendant sa fuite. Elle craignait que se regarder dans les yeux puisse lui faire honte au point de la décourager, et elle ouvrit sa seconde bière en se disant qu'elle avait suffisamment eu honte comme cela. Elle but une gorgée, reposa la bouteille sur la tablette du lavabo et finit de s'habiller.

Dehors, le ciel était encore noir et les réverbères étaient toujours allumés, mais quelque chose dans l'air et dans les chants des oiseaux du quartier lui fit sentir que l'aube approchait. Avant de quitter la maison, elle était retournée dans la cuisine chercher la bouteille de bière qu'elle y avait laissée ; elle marcha vers le flanc de la maison, à côté de l'allée, là où ils rangeaient leur poubelle et y glissa les deux bouteilles, une par une, pour faire le moins de bruit possible. Sa valise en main, elle revint sur ses pas puis suivit l'allée de briques jusqu'à la rue, s'assit au coin et attendit. La veille, dans l'après-midi, elle avait commandé un taxi pour quatre heures du matin. La perspective de garer sa voiture à l'aéroport en laissant s'accumuler les frais de parking pendant qu'elle déciderait si elle allait ou non revenir et quand, ressemblait à un cadeau empoisonné pour Scott, qui ne méritait pas plus qu'elle se montrât égoïste qu'elle l'inverse. Ils étaient deux êtres faits de douleur et de chagrin, mais puisque le monde n'allait pas se montrer indulgent envers eux pour autant, Colleen se disait qu'ils pouvaient tout aussi bien faire preuve d'indulgence l'un envers l'autre lorsque c'était possible. Elle espérait que Scott pensait la même chose.

Les prémices de l'aube éveillaient quelque chose en elle, et Colleen se remémora la première fois qu'elle avait ressenti cela. Elle était encore en fac à Asheville et avait travaillé tard une nuit d'automne de sa première année, lorsqu'elle avait décidé de quitter sa chambre d'internat, bien après minuit, pour aller marcher dans le campus, silencieux et désert. Ce qui l'avait fascinée alors était ce qui la fascinait encore maintenant : personne au monde ne savait exactement où elle était. Ces prémices de l'aube lui appartenaient.

Mais elle ne pouvait s'empêcher de se demander ce que les voisins penseraient si quelqu'un regardait à travers ses persiennes et la voyait assise au coin de l'allée, au petit jour, une valise à ses pieds, leur véranda dépourvue de la moindre décoration, exempte des citrouilles-lanternes sculptées et brillantes, des bottes de foin et des épouvantails qui ornaient tant de pelouses et de vérandas du quartier. Même depuis la rue, même à cette heure de la nuit, il était évident que leur maison était une maison sans enfant.

Au fil de l'année précédente, les voisins l'avaient vue aller et venir, manifestement enceinte. Ils penchaient la tête en lui souriant et en lui faisant signe, lui demandaient comment elle allait, lui demandaient de leur rappeler pour quelle date l'événement était prévu. Puis un jour, elle n'avait plus été enceinte, sans pour autant avoir de bébé dans les bras. La plupart des voisins avaient réagi comme des animaux effarouchés, se pressant de leur voiture à leur porte d'entrée sans croiser son regard. Les rares qui lui parlaient penchaient toujours la tête de la même façon, mais avec des expressions de tristesse et de compassion exagérées, et elle avait réalisé qu'elle préférait les couards aux courageux.

Les différences entre les discours du médecin et des infirmières l'avaient préparée à ce que seraient les réactions des autres. Le médecin – un homme aux cheveux noirs qu'elle n'avait jamais rencontré auparavant – avait égrené une liste d'explications qui, il le reconnaissait lui-même, pouvaient ne même pas contenir la bonne : peut-être que son placenta s'était détaché, ou peut-être que le cordon ombilical était devenu strangulant, « et l'enfant… » Il s'était arrêté là. Les infirmières, par contre, avaient baissé la voix et parlé d'un air détendu, mais sans chuchoter, non sans pitié, mais avec assurance, après que le bébé avait été mis au monde dans un silence complet hormis le moniteur de tension artérielle de la mère. Ce n'était pas sa faute, avaient dit les infirmières. Elle n'avait rien fait de mal. Son fils était magnifique. Elle était mère. Elle le serait toujours.

« Qui sait ? Ces choses-là arrivent », avait dit le docteur.

Ces choses étaient arrivées, et elles lui étaient arrivées à elle, et quelques mois plus tard, elle avait l'impression qu'elles arrivaient toujours.

Elle se laissa aller en arrière en s'appuyant sur ses mains, étira ses jambes vers la rue, et les croisa au niveau des chevilles. Elle ferma les yeux et prit une profonde inspiration. Elle pouvait sentir la masse de la maison derrière elle, la présence de Scott dans leur lit l'attirant vers elle comme s'il était la force centrifuge de sa vie. *Comment rentre-t-on à la maison quand on a déjà la sienne ?* se demanda-t-elle. Et que ferait-elle une fois là-bas ? Elle pouvait prendre un autre taxi de l'aéroport jusqu'à Oak Island, frapper à la porte de ses parents et attendre qu'ils répondent. Elle pouvait faire comme s'il s'agissait d'une visite surprise plutôt que d'un geste de désespoir. Ou elle pouvait attendre qu'ils soient couchés, se servir de la clé de secours qu'ils cachaient sous un vieux pot de fleurs de la véranda. Elle rentrerait, glisserait sa valise sous le lit de son ancienne chambre, puis trouverait un endroit où se cacher. Elle pourrait ainsi rester chez elle sans que sa présence ne soit connue, écouterait les voix de ses parents sans que ces voix ne lui posent des questions auxquelles elle ne saurait pas répondre. Elle avait envie de remonter à la maison pour aller prendre une autre bière dans le réfrigérateur.

Elle garda les yeux fermés et, bien que le bout de ses doigts soit appuyé sur l'herbe dense de la pelouse de leur maison de Dallas, elle se sentit s'immerger dans un vieux souvenir.

Elle est cachée sous l'évier de la cuisine de leur vieille maison de Gastonia, en Caroline du Nord. Elle n'a que quatre ou cinq ans. L'intérieur de l'armoire est sombre et humide. Chaque fois que sa mère ouvre le robinet, Colleen peut entendre l'eau passer dans la tuyauterie avant de redescendre par la canalisation de la bonde. Sa mère prépare le dîner. Elle sait que Colleen est cachée là, mais ce soir, elle l'oubliera.

Leur maison est petite, et chaque soir, lorsque son père rentre du travail, elle entend les craquements de la porte d'entrée qui s'ouvre, l'adrénaline parcourt son corps comme un courant électrique, et elle l'écoute jeter ses clés sur la petite table du vestibule et ranger son arme et son holster dans la penderie. Il en referme toujours la porte en soupirant bruyamment, comme s'il était profondément déçu.

– Où sont-elles toutes ? se demande-t-il à voix haute dans la maison silencieuse.

Sa mère, qui est toujours dans la cuisine, fait une courte pause avant de répondre.

– Moi, en tout cas, je suis dans la cuisine. Mais je ne sais pas où est Colleen.

– Ah ! répond son père. Eh bien, j'espère qu'elle n'a pas fugué.

Il se met alors à farfouiller dans la maison, ouvre des placards, regarde sous les lits, et ne s'interrompt que pour informer sa mère des résultats de ses recherches, d'une voix qui se module selon de prétendues interrogations, surprises ou déceptions.

– Elle n'est pas dans sa chambre. Mais elle ne nous quitterait pas sans emporter ses jouets.

– Je ne sais pas, chéri. Comme je te l'ai dit, je ne l'ai pas vue.

Si le corps de Colleen avait été une braise, la chaleur émise aurait trahi sa position. Elle réprimait toujours des rires et refoulait des piaillements d'anticipation, et chaque soir, elle résistait à l'envie de jaillir de sa cachette pour surprendre son père quand elle l'entendait ou le sentait tout près de l'endroit où elle patientait. Parfois, il la surprenait en faisant des bruits comme s'il passait dans une autre pièce, puis revenait en silence pour arracher une couverture ou passer la tête derrière une porte en criant « Je t'ai trouvée ! » Elle se jetait sur lui, et il la soulevait dans les airs. Elle passait les bras autour de son cou et fermait les yeux. Elle pouvait sentir les derniers effluves de son après-rasage, la douce fumée de cigarette imprégnant ses vêtements, une odeur qu'elle n'avait jamais trouvée réconfortante que chez lui. Il la serrait contre lui, lui parlait à l'oreille. Elle s'imaginait qu'il fermait les yeux. « Je suis tellement heureux de t'avoir trouvée, disait-il. J'avais peur que tu ne nous aies abandonnés. »

Mais dans ce souvenir, il ne part pas à sa recherche une fois la porte d'entrée franchie, bien qu'elle l'attende tout de même. Le plancher de l'armoire a été tapissé et elle passe ses doigts sur le revêtement, sentant son vernis cireux et les endroits où le papier a commencé à gonfler et se déformer sous l'effet de l'humidité. Elle est adossée à un côté du meuble, les genoux relevés contre sa poitrine. Elle a à ses pieds des produits d'entretien, Brillo et Ajax. Il doit faire froid dehors, parce que l'odeur des conduits du chauffage au gaz lui est restée en mémoire.

Lorsque s'ouvre la porte d'entrée, son père n'appelle pas, n'ouvre pas la penderie pour ranger son manteau ou son ceinturon de service ou son holster. Elle entend ses pas lorsqu'il traverse le court vestibule et passe dans le salon. Les ressorts souffrent lorsqu'il s'assied dans son fauteuil. À l'extérieur de l'armoire dans laquelle elle se cache, elle sent que sa mère s'est elle aussi interrompue, comme si elle écoutait et épiait ces modifications de la routine de son père. Sa mère se remet au travail.

– Ce n'est pas trop tôt, dit-elle. (Elle marque une pause, attend, mais il n'y a pas de réponse.) Je ne sais pas où est Colleen.

Son père reste muet. Son fauteuil craque comme si son poids s'était déplacé, et Colleen se demande s'il s'enfonce, s'adosse ou se relève.

– Marie, dit-il d'une voix douce que Colleen n'a jamais entendue auparavant. Viens là.

– Winston ? demande sa mère.

Elle ouvre le robinet, et Colleen suppose qu'elle se lave les mains, avant de les essuyer avec une serviette.

– Qu'y a-t-il ?

– Viens-là, répète son père.

Elle écoute sa mère quitter la cuisine et traverser le petit vestibule pour aller dans le salon. Elle peut entendre leurs voix, mais pas assez pour comprendre ce qu'ils disent. Elle ouvre une des portes de l'armoire, mais elle n'entend pas mieux, alors elle la laisse se refermer.

– Quoi ? demande sa mère.

Sa voix est voilée, presque contrite.

– Chut, répond son père. Marie, viens là.

Elle entend sa mère pleurer, et Colleen s'imagine que son père tient sa mère dans ses bras de la même façon qu'il l'aurait fait avec elle s'il l'avait trouvée. Il a les yeux fermés. Il lui parle doucement à l'oreille.

Quelques minutes plus tard – ou peut-être plus longtemps, parce qu'il fait sombre lorsqu'elle sort de sous l'évier –, elle retrouve ses parents assis ensemble sur le canapé, main dans la main. Leurs visages sont des visages qu'elle n'a jamais vus auparavant. Il y a une mauvaise nouvelle. Un grand-parent est mort. Leur chien s'est fait écraser comme celui des voisins il y a quelques mois. La Russie va les bombarder.

– Que s'est-il passé ? demande-t-elle.

Ses parents la regardent, mais aucun ne lui dit rien. Son père lâche la main de sa mère, qu'elle remet sur ses genoux, comme pour la protéger. Son père tend la main vers Colleen. Son sourire n'est qu'une tentative de sourire.

– Que s'est-il passé ? redemande-t-elle. Pourquoi tu ne m'as pas cherchée ?

Il a toujours la main tendue. Elle lui tend la sienne. Il la prend, soulève Colleen et l'assied sur ses genoux.

– Moi, je t'attendais, dit-elle.

Son père l'enlace. Elle peut sentir son souffle sur le sommet de son crâne, la pointe de son menton posée en haut de son front. Sa mère frotte le dos de Colleen de haut en bas.

– Je sais, répond son père. Je sais que tu étais cachée, mais ce soir, je voulais que ce soit toi qui me trouves.

Colleen ne l'apprendrait pas avant des années, et il y avait encore bien des choses qu'elle ne savait toujours pas, mais ce jour-là, son père avait répondu à un appel pour une attaque à main armée en cours dans une pharmacie proche de leur quartier. Un homme se trouvait à l'intérieur et retenait la pharmacienne, la caissière et plusieurs clients derrière le comptoir. Il avait un pistolet. Son père était entré dans la boutique, arme à la main, et lorsque l'homme avait pointé son pistolet sur lui, son père avait tiré. L'homme était mort sur le coup.

Personne n'avait jamais raconté cette histoire à Colleen. Ce qu'elle en savait avait été reconstitué, mais elle était convaincue d'avoir commencé à la percevoir depuis sa cachette sous l'évier. Elle avait perçu la peur, le doute, la tristesse. Tristesse pour l'homme que son père avait abattu, tristesse pour sa famille, tristesse pour son père de l'avoir tué et tristesse pour sa mère et elle d'avoir un époux et un père qui avait tué quelqu'un. Soudain, elle comprit sans qu'on le lui ait dit que cette fusillade était ce qui avait poussé ses parents à quitter Gastonia et à s'installer sur la côte, à quatre cents kilomètres au sud-est. Et elle comprit également autre chose : le grand cloisonnement entre la vie de ses parents et la sienne. De bien des façons, elle se trouvait toujours sous cet évier, dans leur ancienne maison, celle dont elle continuait de rêver souvent, à écouter les voix de sa mère et de son père dans la pièce voisine, en s'interrogeant sur le mystère de leur langage, à attendre que l'un d'entre eux vienne ouvrir la porte de l'armoire pour la sortir de sa cachette, la soulever et l'amener dans la lumière de ce début de soirée, pour qu'elle puisse voir leurs visages et savoir qu'elle était bien dans sa maison.

Colleen n'ouvrit pas les yeux lorsqu'elle entendit une voiture remonter la rue dans sa direction, et ne les ouvrit toujours pas lorsque la voiture s'arrêta juste devant sa maison. Ce ne fut que lorsque la fenêtre côté conducteur descendit et qu'une voix d'homme demanda : « Madame Banks ? » qu'elle ouvrit les yeux.

– Oui, répondit-elle.

Elle se leva, attrapa sa valise et se dirigea vers le taxi sans se retourner.

– Je suis prête.

Chapitre 3

Le temps que le soleil apparaisse à l'horizon au-dessus des arbres, Winston et Glenn avaient déjà abandonné tout espoir de trouver des empreintes à l'intérieur de l'avion. Tout ce qu'ils avaient réussi à faire avait été de tirer deux autres adjoints du lit pour les faire venir à l'aéroport. Billy Englehart, un petit homme nerveux en milieu de trentaine qui n'avait rejoint le bureau du shérif qu'un an plus tôt, était arrivé le premier ; il avait apporté une bâche pour recouvrir la dépouille de Bellamy. Lorsqu'il avait été rejoint par Isaac Kepler, un homme plus âgé, grand et maigre, qui adressait rarement la parole à quiconque sinon par radio pendant ses patrouilles, tous deux avaient établi, avec des piquets et du ruban de scène de crime, un périmètre de sécurité qui incluait aussi bien l'extrémité de la piste que l'espace qui entourait le cadavre. Dans la morne lueur matinale, Winston et Glenn, ainsi que les deux adjoints, avaient ensuite arpenté la zone, pliés en deux, les yeux fixés sur le sol, pour y chercher des douilles ; Winston avait assigné aux deux adjoints les hautes herbes qui bordaient la piste, et il avait entendu Englehart jurer et se plaindre sans interruption.

Juste avant l'aube, Winston et Glenn avaient découvert des traces de pneus qui couraient depuis le parking et tout le long de la piste jusqu'à l'endroit où ils avaient trouvé l'avion.

Dans la lumière du matin, ils purent voir que les traces formaient ensuite un grand arc de cercle avant de retourner vers le parking. Il semblait que le véhicule, quel qu'il ait pu être, tirait quelque chose derrière lui, probablement une remorque.

– Quelqu'un attendait cet avion, dit Glenn.

Il ôta son chapeau et passa son avant-bras sur son front, alors qu'il ne faisait pas assez chaud pour qu'il transpire.

– Et quelque chose a été déchargé, ajouta Winston. Les traces qui repartent sont plus profondes que celles qui arrivent. Et ce n'est pas la voiture de Bellamy qui a laissé ces traces. L'écartement est trop grand, les pneus trop larges. Quelqu'un d'autre attendait l'avion lorsqu'il a atterri. Découvrir quels pneus ont pu laisser ces traces nous apprendra à quel genre de véhicule ils peuvent appartenir.

– Je parie que c'est une histoire de drogue, dit Englehart.

Winston se tourna et regarda Englehart. Lui et Kepler venaient juste de faire une pause dans leurs recherches. Pour l'instant, il était juste là, occupé à rembobiner le ruban de scène de crime. Il avait repoussé son chapeau en arrière, si bien que Winston pouvait voir ses cheveux paille.

– Ouaip, peut-être que c'était de la drogue, dit Winston.

Englehart ajusta le bord de son chapeau pour protéger ses yeux du soleil levant.

– Il n'y a pas d'autre raison d'abandonner un avion et de filer, reprit-il. Si ce n'était pas de la drogue, c'était autre chose du même genre : des clandestins, ou des armes, l'un des trois.

– Il y a plus d'argent dans la drogue, dit Kepler ; les premiers mots que Winston l'avait entendu prononcer depuis son arrivée.

Englehart tourna son regard vers la bâche qui recouvrait le corps de Bellamy et parla comme si l'homme en dessous pouvait l'entendre.

– Ça, c'est la vérité toute nue, n'est-ce pas, Rodney ? dit-il.

On leur avait signalé par radio juste avant l'aube que l'épouse de Rodney Bellamy avait contacté le bureau du shérif pour signaler sa disparition. Selon elle, il avait quitté le domicile conjugal en pleine nuit pour aller acheter des couches, et n'était jamais revenu. Winston avait passé les dernières heures à se demander comment Rodney avait pu se retrouver ici.

– Peut-être que « couches » est le nom de code des Noirs pour « cocaïne », dit Englehart.

Il s'esclaffa et regarda les autres autour de lui, mais personne ne parut le moins du monde trouver cela drôle.

– Laissez tomber les blagues, Englehart, dit Winston avant de se tourner vers Kepler. Et reprenez tous vos investigations.

Le sourire d'Englehart s'effaça d'un coup, tandis qu'il finissait de rembobiner son ruban. Winston ne l'avait jamais beaucoup aimé, mais il avait besoin d'adjoints, et il supportait depuis bien trop longtemps la paresse d'Englehart et ses plaisanteries de mauvais goût. Il eut envie de lui arracher le ruban des mains et de lui donner une leçon en le renvoyant chez lui, mais il savait que l'humour noir était une façon pour certains policiers de composer avec la mort et l'imprévisibilité : ils en riaient parce qu'il n'y avait aucun autre moyen de donner un sens à son aléatoire. Cette mort paraissait particulièrement arbitraire, et il y avait beaucoup de choses auxquelles Winston allait devoir donner un sens. Que Rodney Bellamy soit le fils d'Ed Bellamy lui rendait déjà les choses difficiles, mais maintenant il allait devoir en plus annoncer la nouvelle à une épouse qui se retrouvait seule avec un bébé. Il savait qu'Englehart ne pouvait rire d'une telle chose que parce qu'il ne s'en approcherait jamais réellement plus que maintenant, quand Winston ne pourrait, lui, que devoir aller beaucoup plus loin. Il le redoutait, redoutait de téléphoner à Ed au lycée, redoutait de lui annoncer la nouvelle et de lui demander de le retrouver chez son fils pour que sa veuve ne soit pas toute seule lorsqu'il le lui dirait.

Winston regarda par-delà ses adjoints et aperçut deux hommes qui remontaient la piste dans sa direction. « Et merde », se dit-il. Il s'agissait du président du comité du comté, Leonard Dorsey, et du directeur de l'aéroport, Hugh Sweetney.

Winston connaissait Hugh Sweetney depuis des années. Celui-ci avait été pilote pendant la Seconde Guerre mondiale, puis était revenu sur la côte de la Caroline du Nord une fois la guerre terminée. Il avait fait toutes sortes de métiers, jusqu'au moment où le comté avait construit un aéroport municipal avant de décider qu'ils avaient besoin de quelqu'un pour le diriger. Sweetney était calme et discret, tout le contraire de Leonard Dorsey : un homme bruyant, suant et nerveux, originaire de Raleigh, qui avait suivi ses parents sur la côte lorsqu'ils avaient pris leur retraite, quand lui avait la trentaine. Il avait plus de cinquante ans maintenant, et il avait fait fortune en plaçant des assurances et en sachant donc tout sur tout le monde ; cet argent et ce savoir lui avaient servi de levier en politique.

– Bonjour, shérif, dit Dorsey. On dirait que quelqu'un a failli manquer de longueur de piste, cette nuit.

Il sourit gauchement, le genre de sourire que l'on affiche lorsque l'on sait que l'on interrompt une activité qui ne devrait pas être interrompue. Il dépassa Winston et ses hommes pour s'approcher de l'avion, puis tourna la tête vers Sweetney.

– Qu'avons-nous donc là, Hugh ? lui demanda-t-il.

Sweetney s'avança à son tour, saluant Winston au passage d'un signe de tête et d'un sourire en guise de *Bonjour*, puis il rejoignit Dorsey, croisa les bras et regarda l'avion, dont le fuselage de métal reflétait la lumière de ce début de matinée. Sweetney libéra l'une de ses mains pour frotter sur son menton une barbe grise de quelques jours.

– C'est un DC-3, finit-il par dire. Il a été modifié pour ces portes de soute. La production de ce modèle a cessé en 1950. C'est un bon avion. (Il regarda derrière lui la piste qui s'étalait en direction du pertuis.) Il n'avait vraiment rien à faire sur une piste de cette longueur-là, par contre. Celui qui le pilotait le savait, évidemment, mais c'est un bel atterrissage, vu les conditions. (Il tourna la tête vers l'endroit où la roue arrière s'était effondrée.) C'est une roulette de queue, et ils ont cassé le train arrière en essayant de virer, là, au bout. Ils ont eu de la chance de ne pas faire un cheval de bois. (Il regarda Dorsey, puis Winston.) L'avion a l'air en bon état, et ce train ne devrait pas être trop difficile à réparer.

– Très bien, dit Dorsey, comme si quelque chose avait été réglé. (Il regardait Sweetney, ne parlait qu'à lui.) Donc, on peut le sortir de là dès aujourd'hui, c'est ça ?

– Certainement pas, intervint Winston. (Il vint se placer devant Dorsey.) On ne peut pas le bouger.

– Pourquoi ça ? demanda Dorsey en croisant les bras, son regard allant de Winston à ses adjoints.

– C'est une scène de crime, répondit Winston en indiquant du doigt le cadavre sous la bâche. Et vous vous tenez en plein milieu. Il y a un homme mort, là-bas, Dorsey. Et qui sait d'où venait cet avion. Il y a bien des questions auxquelles il faudra trouver des réponses avant de le bouger.

Dorsey se tourna et avança d'un pas vers Winston. Il baissa la voix comme s'il parlait à un enfant :

– Écoutez, shérif, vous vous chargez de résoudre toutes les énigmes qui ont besoin d'être résolues. La seule chose que je sais, c'est que nous avons un avion bloqué au bout de cette piste, et un aéroport qui ne peut pas fonctionner tant qu'on ne l'a pas enlevé. (Il se tourna vers Sweetney.) C'est bien ça, Hugh ?

Sweetney baissa les yeux et regarda vers l'avion. Il soupira.

– On ne pourra pas rouvrir la piste tant qu'il sera là, dit-il. C'est évident. Mais ce n'est pas moi qui sortirai cet avion de cet aéroport. Il a besoin d'un minimum de quatre cents mètres pour décoller. On en a tout juste six cents. C'est loin de suffire s'il y a le moindre problème. En fait, c'est déjà un putain de miracle que quelqu'un ait réussi à le poser de cette façon-là.

*

Une fois leurs consignes données, Winston et Glenn reprirent le chemin du parking. Winston n'avait pas parlé à Marie depuis qu'il était parti en pleine nuit, et il supposait qu'elle était réveillée, et soit angoissée, soit contrariée, voire furieuse. Mais lui aussi était en colère. Elle n'avait pas à appeler Glenn en pleine nuit pour lui demander d'aller voir ce qu'il faisait. Winston n'avait pas besoin d'être assisté. La plupart du temps, il avait juste besoin qu'on lui fiche la paix.

Ils s'arrêtèrent devant la voiture de patrouille de Glenn.

– J'aimerais que cela reste sous notre juridiction aussi longtemps que possible, dit Winston.

Il aurait pu faire référence à l'élection et dire : *Cela va compter pour beaucoup*, mais Glenn le savait, et il aurait pu dire : *Il faut que nous donnions l'impression d'être aux commandes*, mais Glenn savait cela aussi. Winston ôta son blouson, ouvrit la portière conducteur de la Regal de Marie, et le jeta sur le siège passager.

– Je vais passer au bureau d'Hugh pour appeler Marie, puis j'irai à Southport voir si je peux parler à l'épouse de

Bellamy. Ce n'est pas le moment de lui poser des questions, mais je dois lui annoncer la nouvelle. Je vais aussi téléphoner à Ed, voir s'il peut me rejoindre chez elle.

– Bonne chance, dit Glenn.

– Oui, merci, répondit Winston. J'en aurai besoin.

Winston demanda à Glenn d'appeler la morgue pour qu'ils viennent chercher le corps de Bellamy, et d'organiser une équipe au bureau pour vérifier les locations de camionnettes et d'entrepôts. Il voulait également des polaroïds des traces de pneus, en espérant que cela les mènerait à un véhicule ou à une remorque qui auraient été loués. Il avait temporairement abandonné l'idée de trouver des douilles ; il avait préféré envoyer Englehart patrouiller, et avait chargé Kepler de surveiller le périmètre autour de la dépouille de Bellamy tout en gardant un œil sur l'avion. Dorsey et Sweetney étaient restés sur la piste, et de là où ils se trouvaient, Winston et Glenn pouvaient embrasser la totalité de la scène : la bâche recouvrant le cadavre de Bellamy, avec Kepler un peu plus haut ; Dorsey dans son costume brun clair bouffant et Sweetney en pantalon de toile et chemisette, se détachant dans le soleil matinal du fuselage argenté du DC-3, sa queue effondrée quelques mètres plus loin.

Glenn se retourna.

– Eh bien, regardez-moi ça, dit-il.

Winston se retourna à son tour et vit le van du journal télévisé de Channel 9 faire son entrée sur le parking. Il fut surpris qu'ils aient mis si longtemps, et il ne faisait aucun doute que d'autres équipes des chaînes de télévision allaient bientôt arriver de Wilmington.

Il abandonna Glenn là où il se trouvait et se dirigea vers le van, s'arrêtant devant la présentatrice qui se précipitait vers la piste, micro déjà en main, le câble enroulé autour de l'avant-bras.

– Je suis désolé, dit-il en agitant les bras devant lui pour l'empêcher de passer, mais c'est une scène de crime. (Il vit que le cameraman déchargeait son matériel à l'arrière du van.) Vous pouvez tourner autant que vous voulez depuis le parking, mais n'allez pas plus loin. Vous aurez bientôt un communiqué.

Winston n'avait aucun autre commentaire à faire. Il était hors de question de dire un seul mot à la presse sur l'enquête tant qu'il n'avait pas pris le temps de parler à Ed Bellamy et à la veuve de Rodney. Depuis l'endroit où l'équipe de tournage s'installait, ils pouvaient voir l'avion stationné en biais sur la piste, son train arrière brisé. Ils voyaient également que le bureau du shérif avait bâché quelque chose dans l'herbe. N'importe quel imbécile pouvait facilement se faire une idée de ce qu'il s'était passé, mais les vraies questions étaient *comment* et *pourquoi*, et Winston ne savait pas encore quoi répondre à cela.

Il entra dans le bureau désert de Sweetney, prit le téléphone et appela chez lui. Marie répondit à la première sonnerie.

– Tu vas bien ? demanda-t-elle.

– Oui, répondit Winston. Et toi ? Tu as réussi à dormir un peu ?

– Oui, oui… mais quand je me suis réveillée, tu n'étais toujours pas rentré. J'étais terrifiée.

– Eh bien, tu aurais dû savoir que Glenn viendrait à la rescousse, pour aider un vieux à faire son travail.

– Tu es en colère contre moi parce que je me suis inquiétée ?

– Non, je suis en colère contre toi parce que tu as essayé de faire mon travail à ma place, Marie. C'est moi le shérif, pas Glenn. Je n'ai pas besoin qu'un gosse vienne voir ce que je fais au milieu d'une…

– Il est plus âgé que Colleen, l'interrompit Marie. Et si c'est un gosse, tu n'aurais pas dû le nommer capitaine.

– Là n'est pas la question, rétorqua Winston d'une voix plus forte qu'il ne l'aurait voulu. (Il regarda autour de lui pour s'assurer que personne n'était entré dans la pièce sans qu'il s'en aperçoive, puis reporta son attention sur le combiné.) Là n'est pas la question, répéta-t-il. Je suis candidat à ma réélection, Marie. Mes adjoints ont besoin de croire que je suis le meilleur choix pour ce boulot. Ils n'ont pas besoin de se dire une seule fois que je ne suis plus à la hauteur.

– Eh bien, je ne suis pas un de tes adjoints. Je suis ta femme.

– Donc, tu penses que je ne suis plus à la hauteur ? Tu voudrais juste que j'abandonne et que je me retire ?

– Ce n'est pas ce que je dis, Winston. Je voudrais juste que tu comprennes que quand tu pars seul en pleine nuit…

– Quand je pars seul en pleine nuit, c'est en tant que putain de shérif de ce comté, coupa Winston. J'ai la ferme intention de continuer à être shérif, et je vous demande, à toi, à Glenn et à je ne sais qui d'autre encore, de me laisser faire mon boulot tant que je suis élu pour le faire.

– OK, dit Marie. Je veux que tu gardes ce boulot.

– Merci, répondit Winston.

Il y eut un blanc, et il regretta d'avoir élevé la voix et montré à Marie à quel point il était contrarié. Les éclats de colère l'avaient toujours embarrassé, en particulier les siens, mais cela ne signifiait pas pour autant qu'il était prêt à s'excuser.

– J'ai entendu dire qu'il y avait un cadavre, reprit finalement Marie.

– Qui te l'a dit ?

– Un petit oiseau.

Winston aurait voulu être surpris que la nouvelle se soit propagée aussi vite, mais il ne l'était pas. L'île était petite ; le téléphone la rendait plus petite encore. L'identité du mort n'allait plus tarder à être connue de tous.

– C'est Rodney Bellamy, dit Winston.

Il entendit le hoquet de Marie dans le combiné, et sut qu'elle prenait maintenant le temps de se remettre, probablement en regardant le jardin de derrière par la fenêtre de la cuisine, d'assimiler la nouvelle et de se demander que répondre.

– Le fils d'Ed Bellamy, dit-elle.

– Je sais.

– Il est allé à l'école avec Colleen.

– Je sais, répéta Winston. Et il venait juste d'avoir un bébé. Sa femme a dit qu'il était parti chercher des couches, cette nuit. Je l'ai trouvé tué par balle au bout de la piste de l'aéroport. Il y avait aussi un avion abandonné. (Il soupira.) Il était peut-être chargé de drogue à ras bord. Il pouvait bien y en avoir des tonnes, on n'en sait absolument rien.

– Tu as parlé à Ed ?

– Pas encore. Je vais appeler le lycée et lui demander de me rejoindre chez Rodney, pour que je puisse annoncer la nouvelle à son épouse.

– Je suis désolée que tu aies à faire cela, chéri.

La voix de Marie n'était qu'un murmure, et il perçut son adoucissement envers lui après leur dispute. Il eut envie de s'adoucir à son tour, mais sentit une coquille protectrice qui l'endurcissait d'avance, due à la nouvelle qu'il allait devoir partager avec la veuve de Rodney.

– Oui, c'est une chose horrible qui doit être faite, mais je rentrerai à la maison tout de suite après. Tu veux que je rapporte quelque chose ?

– Non, rentre juste dès que tu peux. Je t'aime.

– OK. Moi aussi, je t'aime.

Il raccrocha puis parcourut le bureau de Sweetney du regard en quête d'un annuaire. Il en trouva un dans un tiroir, et le feuilleta jusqu'à trouver le numéro du lycée.

Winston appela le secrétariat puis, tandis qu'il attendait que résonne la voix d'Ed dans l'appareil, il se figura Bellamy dans sa salle de classe, où il était allé à de nombreuses reprises lorsque Colleen était lycéenne, et quelques fois depuis. Il imagina Ed Bellamy assis à son bureau, corrigeant des devoirs ou survolant un manuel, ses épaisses lunettes tournées vers la page compulsée, ses cheveux noirs coupés en brosse commençant à grisonner autour des tempes. Un assistant envoyé par le secrétariat entre dans la salle de classe, chuchote à l'oreille de Bellamy qu'on le demande au téléphone. Bellamy relève la tête, dit aux élèves de continuer de travailler en silence, puis sort dans le couloir.

S'il avait servi en Corée, Winston était par contre déjà trop vieux pour le Viêt-nam, et il savait que cela avait été une bonne chose ; Ed était plus jeune que lui, et il n'avait pas eu cette chance. Il avait conservé le maintien d'un soldat : rigide, austère, vigilant, direct. Et c'est ainsi que Winston se le figurait en l'imaginant descendant le couloir du lycée, les pieds tapant sur les sols couverts de linoléum ramolli, ses épaules droites défilant devant les rangées de casiers vert olive qui couvraient les murs des deux côtés.

– Allô ? dit soudain une voix d'homme dans le combiné. Ed Bellamy à l'appareil.

Il était arrivé plus vite que Winston ne l'avait supposé, et le son de sa voix l'avait pris par surprise.

– Ed, dit-il, ici Winston Barnes.

Un silence.

– Ed, je suis vraiment désolé, mais j'ai de très mauvaises nouvelles.

Un autre blanc, puis Winston entendit de nouveau la voix de Bellamy.

– Oh ! Seigneur, dit ce dernier. Oh ! Seigneur, oh ! Seigneur…

– Ed, je suis désolé de devoir vous annoncer cela, mais Rodney a été… (Winston s'interrompit, se reprit.) Rodney est décédé.

– Oh ! Seigneur, murmura de nouveau Bellamy. Oh ! Doux Jésus…

Quelque chose dans le ton de Bellamy fit supposer à Winston que ses yeux étaient fermés, son visage baissé, sa main libre portée à son front.

Winston marqua une pause, réfléchit à ce qu'il allait dire ensuite. Il entendit Bellamy ravaler un sanglot à l'autre bout de la ligne.

– Ed, pouvez-vous me dire comment s'appelle son épouse ?

La ligne demeura silencieuse. Winston attendit.

– Janelle, finit par répondre Bellamy.

– C'est terrible, mais il faut que je lui parle, que je lui apprenne ce qu'il s'est passé. Je crois qu'il serait préférable que vous soyez là lorsque je le lui annoncerai.

– Elle m'a appelé ce matin, dit Bellamy. Elle m'a dit qu'elle ne l'avait pas revu depuis cette nuit. (Il repoussa un autre sanglot. Winston l'entendit déglutir, s'éclaircir la gorge.) Comment est-il… Où l'avez-vous trouvé ?

– Un coup de feu, Ed. Je suis à l'aéroport.

– Un coup de feu ? À l'aéroport ?

– Oui, Ed. Et c'est à peu près tout ce que je peux vous dire, parce que je n'en sais pas plus.

– Je veux le voir.

– Je sais, Ed. Et vous le verrez. Je serai heureux de passer vous prendre au lycée. Nous pourrons aller chez Janelle ensemble.

– Non, répondit Bellamy d'une voix plus tendue. (Winston comprit que ses pensées se portaient de son propre chagrin vers celui qu'allait ressentir la veuve de Rodney.) Je vous retrouverai là-bas, mais accordez-moi quelques minutes. Attendez-moi avant de frapper à sa porte.

– D'accord, Ed. On se retrouve là-bas.

Il reposa le combiné sur son support et parcourut le bureau de Sweetney des yeux. Une bibliothèque entière était réservée aux maquettes d'avion méticuleusement construites et peintes. À côté se dressaient deux meubles de rangement métalliques. Le plateau du bureau de Sweetney était net et ordonné, le fauteuil repoussé en arrière comme si quelqu'un venait de se lever pour s'en aller. Un second fauteuil était placé de l'autre côté du bureau, pour recevoir. Winston envisagea de s'asseoir et de rappeler chez lui pour reparler à Marie, mais décida de ne pas le faire. Il savait que son esprit cherchait des excuses pour temporiser, pour ne pas monter tout de suite dans la voiture de Marie et rejoindre le quartier de Southport appelé Plantation Grove afin d'y annoncer la pire nouvelle que l'épouse de Rodney Bellamy entendrait jamais. Winston décida de ne plus attendre, sortit du bureau et alla retrouver la lumière du soleil.

Dehors, une équipe de Channel 3 avait installé une caméra sur le parking, au bord du terrain qui jouxtait la piste. La présentatrice nouvellement arrivée regarda en direction de Winston qui venait de sortir du bureau de Hugh. Elle ne semblait pas avoir plus de vingt ans, son imposante chevelure blonde à peine soulevée par la brise. « Shérif ? » tenta-t-elle, mais Winston refusa d'un geste. Elle finirait bien par aller parler à la présentatrice de Channel 9, et comparer ce qu'elles savaient. Elles réaliseraient rapidement qu'elles n'avaient d'autre choix que d'attendre son communiqué.

Winston regarda vers la piste. Kepler se dressait toujours comme un épouvantail au-dessus du cadavre de Bellamy, la brise agitant presque imperceptiblement la bâche qui le recouvrait. Winston vit également que Dorsey et Sweetney revenaient vers le bureau, et lorsque son regard croisa celui de Dorsey, celui-ci leva la main pour indiquer les équipes de télévision rassemblées sur le parking. Winston fronça les sourcils et secoua la tête en signe d'avertissement. Il était hors de question qu'il laisse Dorsey prendre la responsabilité de l'enquête. Dorsey acquiesça qu'il avait compris, et Winston emprunta le trottoir jusqu'à la Regal de Marie, toujours garée à côté de la Datsun de Bellamy. Avant de s'asseoir derrière le volant, Winston entendit Dorsey l'appeler, mais il laissa la brise emporter le son de sa voix loin de son oreille.

*

La mort n'avait conduit Winston au domicile de quelqu'un qu'en de rares occasions durant sa carrière de policier à Gastonia et en tant que membre du bureau du shérif du comté de Brunswick, et presque jamais pour un meurtre. Il consolait généralement des mères, des pères et des conjoints avant de donner plus de détails sur un accident de voiture, une noyade ou un autre événement malheureux. Il ne lui arrivait pas souvent de devoir expliquer qu'une autre personne avait pris la vie de leur parent ou enfant ou, dans ce cas précis, de leur époux.

Une fois sorti de l'aéroport, il s'efforça de calculer combien de temps il avait fallu à Bellamy pour quitter le bureau du proviseur, retourner chercher ses clés dans sa salle de classe, trouver un remplaçant pour s'occuper de ses élèves pour la journée, et combien de minutes prendrait un père en deuil pour parcourir les trente kilomètres qui séparaient le lycée de la maison de Rodney dans la Plantation. Quinze ? Vingt ? Certainement pas moins.

Winston descendit Howe Street en direction du centre-ville de Southport aussi lentement qu'il le put, l'eau s'étalant devant lui au bout de la rue. Ici, l'océan Atlantique fusionnait avec le fleuve Cape Fear, orienté au nord-ouest vers Wilmington et au sud-est vers l'Intracoastal Waterway, laquelle séparait Oak Island du continent ; et ici, des siècles plus tôt, régnaient les pirates. Aujourd'hui, la ville endormie dépendait plus des trésors des touristes qu'elle n'avait dépendu de ceux des pirates à l'époque. Au bout de Howe, Winston prit à droite et longea le port devant lequel des bateaux de toutes sortes et de toutes tailles hivernant à sec et des restaurants fermés hors saison demeuraient immobiles, vides et enténébrés. Il prit encore une fois à droite et acheva son demi-tour pour remonter vers North Lord Street, qui le mena dans la Plantation, où il trouva une petite maison blanche au jardin bien entretenu, une berline beige garée au petit bonheur la chance derrière, un pick-up dans l'allée. Un peu de la tension que Winston avait accumulée disparut, de savoir que Bellamy était arrivé avant lui.

Winston gara la voiture de Marie dans la rue, devant la maison. Juste un peu plus haut, un garçon noir jouait avec un petit chien au bord d'un jardin. Le garçon, qui semblait avoir trois ou quatre ans, devait tenir dans la main quelque chose que le chien voulait, parce que l'animal faisait des bonds pour l'attraper, et que le garçon riait en gardant le poing serré au-dessus de sa tête. Un instant, Winston se revit beaucoup plus jeune à Gastonia, assis derrière un volant, la mission l'ayant amené à se garer alors dans cette autre rue tout aussi tragique que celle qui l'amenait dans la Plantation aujourd'hui. Le petit garçon ouvrit sa main et le chien prit quelque chose dans sa paume. L'enfant s'essuya sur sa chemise, puis regarda dans la rue en direction de Winston. Il partit en courant vers la maison, le chien sur ses talons, et Winston sortit de la voiture.

Il supposa que le pick-up garé dans l'allée était celui de Rodney, et qu'il avait pris la Datsun de son épouse la nuit dernière. L'ironie de cette découverte lui pesa sur la poitrine à un point qui le surprit. Il referma la portière et traversa la pelouse. Il perçut les sanglots de Janelle avant même d'avoir mis le pied dans la véranda.

La plupart du temps, le carillon d'une sonnette était tonitruant et joyeux, plein de mystère, de curiosité et d'espérance. Les sonnettes portaient en elles un effet de surprise manipulateur – presque maléfique – lorsque l'on vient annoncer un décès. Winston avait passé beaucoup de temps à y réfléchir au fil des années, et il y repensa de nouveau en cet instant, lorsqu'il frappa trois fois presque silencieusement à la porte de Janelle Bellamy. À l'intérieur, les pleurs parurent cesser, et Winston craignit que, dans son chagrin soudain, Janelle croie qu'il était Rodney rentrant à la maison, qu'il y avait eu une terrible erreur et que son époux était encore vivant. Il craignit qu'elle ouvre la porte et tombe sur lui.

Mais, lorsque la porte s'ouvrit, ce fut Ed Bellamy qui lui fit face, les yeux humides et le visage déjà effondré, par un épuisement que seul le chagrin peut provoquer. Il salua Winston d'un signe de tête. « Shérif », compléta-t-il.

Ils se serrèrent la main et, un instant, Winston fut tenté de lui donner l'accolade, mais il se contenta d'entrer dans le salon, et Bellamy referma la porte derrière lui. L'intérieur de la petite maison rappela à Winston le leur à Gastonia : le salon rempli de meubles d'occasion ; le petit couloir à gauche menant à une cuisine et probablement une buanderie ; le couloir de l'autre côté du salon, avec la porte de la salle de bains ouverte à droite, et les portes fermées des trois chambres un peu plus loin. Quelque chose dans cette maison – la disposition des meubles ou l'odeur de moquette neuve – lui faisait penser que Rodney et Janelle Bellamy ne vivaient pas ici depuis très longtemps, et que si elle y restait, elle devrait y vivre sans lui.

Bellamy marcha jusqu'au canapé et s'assit. Il ferma les yeux et prit sa tête dans ses mains. Winston, n'ayant pas été invité à s'asseoir, resta debout.

– Ed, dit-il, je voudrais que vous sachiez à quel point je suis désolé. Je ne peux même pas imaginer…

Il s'interrompit lorsque Janelle ouvrit l'une des portes du couloir et entra dans le salon. Winston s'aperçut que la femme qu'il avait entendue sangloter quelques instants plus tôt avait disparu. Le visage de cette femme était resplendissant, ses yeux brillants ne révélant pas la moindre trace de larmes hormis les rougeurs qu'elles y avaient laissées. Son expression ne dégageait aucune tristesse, mais aucune surprise non plus de voir le shérif du comté de Brunswick debout dans son salon. Dans ses bras, elle tenait un bébé agité qui semblait n'avoir guère que quelques mois. Elle le berçait tout en marchant. Elle haussa un sourcil en direction de Winston et manqua lui sourire, sa seule fausse note.

– Il n'a pas beaucoup dormi la nuit dernière, dit-elle. (Sa voix était claire et précise, et Winston pouvait sentir sa retenue, ainsi que la panique qui la nourrissait. Elle tapota le dos du bébé, le frotta de haut en bas de sa paume ouverte.) Aucun de nous n'a dormi. (Ce fut l'instant où son expression changea, où elle redevint la femme que Winston avait entendue.) Il est juste parti chercher des couches, dit-elle, son visage s'effondrant, sa bouche avalant presque ses lèvres, comme elle retenait un grand sanglot.

Le bébé dans ses bras se mit à pleurer plus fort. Bellamy quitta le canapé, fit le tour de la petite table et tendit les bras pour prendre l'enfant. Janelle s'écarta de lui, se mit à chuchoter :

– Chut, tout va bien. Papa est juste parti chercher des couches. Papa est juste parti chercher des couches.

C'en était trop pour Winston, mais la seule chose qu'il pouvait faire pour l'instant était de tourner la tête.

*

Le nom de Winston résonna dans le talkie-walkie alors qu'il tournait pour s'engager dans Howe Street. Il s'arrêta au bord de la route, se sécha les yeux, inspira longuement, et prit l'appareil posé sur le siège passager. À l'autre bout se trouvait Randy Taylor, un policier à la retraite qui faisait souvent office de répartiteur le matin, quand Rudy était rentré chez lui. Tout le monde au bureau surnommait la radio le « Randy & Rudy Show », et, même si personne ne l'avait jamais dit à Randy ou Rudy, Winston pensait qu'ils le savaient tout de même et que cela les mettait en joie.

– Shérif ? répéta la voix.

– Je suis là, répondit Winston.

Il prit de nouveau une longue inspiration, se frotta les yeux puis le visage de sa main libre.

– Leonard Dorsey veut vous parler, dit Randy.

– Vous savez de quoi il s'agit ? demanda Winston.

– Il ne l'a pas dit, mais je suppose que c'est en rapport avec cet avion.

– Il est toujours à l'aéroport ?

– Oui.

– Eh bien, vous m'obligeriez en appelant le bureau de Hugh. Dites-leur que j'arrive.

– Dix-quatre, conclut Randy.

Winston jeta le talkie-walkie sur le siège passager, où il atterrit sur les affiches de campagne que Marie avait fait imprimer. Il resta assis là, au bord de la route, à regarder les voitures entrer et sortir de Southport. Il baissa sa vitre, sentit la chaleur du matin. Il inspira encore longuement.

Même s'il s'efforçait d'en chasser les souvenirs des images et des sons, Winston pouvait encore voir et entendre Janelle sangloter, le bébé pleurant dans ses bras. Il aurait voulu faire quelque chose, mais il n'y avait rien qu'il puisse faire, sinon regarder Ed Bellamy prendre la jeune femme dans ses bras en détournant la tête de l'endroit où se trouvait Winston. Winston savait qu'il avait maugréé des condoléances et des promesses de faire tout ce qui était en son pouvoir, mais il avait conscience que Janelle et Bellamy n'avaient soit pas écouté, soit pas entendu à cause des cris du bébé et de leur propre chagrin. Winston ne les en blâmait pas : à leur place, il n'aurait pas écouté non plus.

À un moment, la porte d'une autre chambre s'était ouverte dans le couloir, celle juste après la salle de bains, et le visage d'un adolescent avait apparu, croisant le regard de Winston. Ses cheveux étaient coupés ras, et sa peau était plus sombre que celle de Janelle, mais leurs visages se ressemblaient. Winston se demanda s'ils étaient frère et sœur, bien que le garçon paraisse beaucoup plus jeune. L'adolescent l'avait observé un temps, son regard allant et venant de Winston à l'endroit où Bellamy s'efforçait de consoler sa belle-fille et son petit-fils. Il n'avait pas dit un mot. Il était simplement retourné dans sa chambre et avait fermé la porte derrière lui.

Lorsque Winston avait pris congé, Ed Bellamy l'avait suivi jusqu'à la voiture de Marie.

– Qu'est-ce que vous pouvez me dire, Winston ? avait-il demandé.

– Pas grand-chose. Non que ce soit interdit ou que je n'en aie pas envie, mais tout simplement parce qu'il n'y a rien à dire pour l'instant, Ed.

– Où l'avez-vous trouvé ?

– Dehors, à l'aéroport.

– *Où ça*, à l'aéroport ?

– Près de la piste, avait expliqué Winston. Un avion a atterri là en pleine nuit. Celui qui l'y a posé l'a abandonné et a disparu.

– Et c'est lui qui… avait réagi Bellamy, mais il s'était interrompu, dans l'impossibilité de prononcer des mots auxquels il ne s'était pas encore préparé.

– Peut-être. Nous ne savons tout simplement pas, Ed. Mais je vous promets que je ferai tout mon possible pour le découvrir.

– Les gens vont penser que c'est une histoire de drogue.

– C'en était peut-être une. Nous n'en avons pas la moindre idée.

– Rodney ne touchait pas à la drogue.

– Je n'ai pas dit qu'il y touchait, Ed.

– Et moi, j'ai dit qu'il n'y touchait pas. Je ne veux pas voir ou entendre le contraire mentionné où que ce soit.

– Pour l'instant, tout ce que je sais, c'est que votre fils a été tué, et je veux découvrir qui a fait cela, avait répondu Winston.

Il avait regardé en direction de la maison, et vu que les rideaux étaient écartés dans la pièce de laquelle l'adolescent était sorti. Le garçon avait dû comprendre que Winston l'avait vu, parce que les rideaux s'étaient refermés.

– Qui est ce garçon, à l'intérieur ?

Bellamy avait lui aussi regardé en direction de la maison, se détachant un bref instant de sa colère et de son chagrin.

– Il s'appelle Jay. C'est le frère cadet de Janelle. Il est venu d'Atlanta.

– Quel âge a-t-il ?

– Quatorze ans. Il a eu de petits ennuis, là-bas. Leurs parents ne savaient pas trop quoi faire de lui. (Bellamy avait soupiré et mis ses mains dans ses poches.) Elle et Rodney l'ont récupéré l'été dernier.

– Qu'avait-il fait ?

– Je ne sais pas, shérif. (Le regard de Bellamy était revenu vers Winston dans ce que l'on ne pouvait que considérer comme une expression de dureté.) Le genre d'ennuis que s'attirent les garçons, quel que soit l'endroit, j'imagine. J'ai essayé de dire à Rodney de ne pas le prendre. J'ai essayé de lui dire à quel point… (Il s'était interrompu un moment, avait croisé les bras puis levé une main pour se masquer la bouche. Winston avait attendu. Bellamy avait de nouveau croisé les bras. Il avait regardé Winston dans les yeux.) J'ai essayé de lui dire à quel point il était difficile dans ce pays de faire d'un garçon noir un homme.

*

Sur le chemin de l'aéroport, Winston passa par le *drive* du Hardee's pour prendre un café. Il savait qu'il avait besoin de manger quelque chose, mais ne se voyait même pas ingérer un biscuit, bien qu'il soit conscient que le café n'allait pas bien passer, sur un estomac vide.

Lorsqu'il reprit à gauche et s'engagea dans Long Beach Road, il vit le Food Lion dressé un peu plus loin sur le côté gauche de la rue, et décida d'aller se garer sur son parking. Pour ce que Winston en savait, c'était le seul magasin ouvert vingt-quatre heures sur vingt-quatre et qui vendait des couches. Si Rodney Bellamy était parti en pleine nuit, c'était pour venir ici. Winston traversa le parking, le cou tendu et mobile, les yeux fouillant l'horizon au sud-ouest, cherchant à entrevoir le ciel au-dessus de l'aéroport. Il gara la voiture de Marie au bout du parking, près de la rue, puis descendit et resta là un moment, à boire à petites gorgées le café chaud et amer.

De là où il se trouvait, il pouvait voir la balise lumineuse de l'aéroport. Elle aurait été encore plus visible en pleine nuit, vu sa puissance et en l'absence des phares de voitures dans la rue. Si Rodney Bellamy s'était tenu à l'endroit où Winston se tenait maintenant, il aurait eu une vision entièrement dégagée de l'approche de l'avion. Winston marcha jusqu'au centre du parking, et s'aperçut que l'on voyait encore la balise, même si l'on n'embrassait plus la totalité de l'espace aérien au-dessus de la piste. Mais l'avion avait été assez bruyant pour les réveiller, Marie et lui, assez bruyant pour faire vibrer leur maison – ou au moins pour leur donner l'impression qu'elle avait vibré –, donc, si Rodney l'avait entendu, il avait pu courir vers la rue assez vite pour le voir disparaître derrière la lointaine rangée d'arbres.

Mais qu'est-ce qui l'avait entraîné là-bas ? L'impression d'avoir vu un avion s'écraser ? Winston n'aurait pas su l'expliquer, mais il savait que Rodney n'était pas impliqué dans des affaires de drogue. Cela n'avait aucun sens. Janelle et lui n'étaient revenus s'installer à Southport que depuis peu. Il n'aurait pas eu le temps de s'embarquer dans une opération de cette taille. Était-ce simplement la malchance qui l'avait placé sur ce parking à l'instant exact où l'avion arrivait ? Était-ce simplement la curiosité qui l'avait poussé à remonter en voiture pour aller s'enquérir de ce qu'il avait vu et entendu ? Peut-être que, comme Winston, il s'était attendu à trouver un atterrissage en catastrophe, un avion en feu, des victimes parsemant la piste. Au lieu de quoi quelqu'un lui avait tiré dans la poitrine et l'avait laissé mourir. Qu'avait-il pu penser durant ces secondes ? Winston avait la nausée rien que de l'imaginer, mais, surtout, il détestait l'idée qu'Ed Bellamy et la veuve de Rodney allaient passer le reste de leur vie à se poser ces questions, bien après que le rôle de Winston dans l'enquête se serait achevé.

Il avala le reste de son café et repartit vers la voiture. Comme il retournait à l'aéroport, il se dit qu'il vaudrait mieux avoir quelque chose à dire aux équipes de télévision qui ne partiraient pas tant qu'il n'aurait pas fait son communiqué. Il prit un carnet dans la poche de son blouson et jeta quelques mots sur ce qu'il savait, ce qu'il pouvait annoncer sans spéculer.

Lorsqu'il arriva à l'aéroport, il vit la voiture de Bellamy toujours stationnée au même endroit, le ruban de police qui en interdisait maintenant l'accès volant au gré du vent. Il se gara sur une place libre devant le bureau de Sweetney. La Cadillac blanche de Dorsey et le pick-up de Sweetney n'avaient pas bougé depuis le matin. Il y avait aussi sur le parking la voiture de patrouille de Kepler, et quelques autres véhicules que Winston ne reconnut pas. Le van d'une troisième chaîne de télévision s'était joint aux deux autres, et s'était garé sur l'herbe au bord du parking. Il s'agissait d'une chaîne de Myrtle Beach.

Dorsey avait dû attendre l'arrivée de Winston, parce que dès qu'il descendit de la voiture, carnet en main, Dorsey ouvrit la porte du bureau de Sweetney et l'appela. Il lui fit signe d'entrer. « Venez donc par là, Columbo », dit Dorsey, avant de retourner à l'intérieur et de laisser la porte se refermer derrière lui.

Winston parla à quelques journalistes et leur promit de revenir dans quelques minutes. À l'intérieur, il trouva Sweetney assis derrière son bureau et Dorsey debout à côté de la bibliothèque remplie de maquettes, les étudiant comme si elles pouvaient révéler quelque chose sur l'avion abandonné un peu plus loin. Dorsey tourna la tête et indiqua d'un geste du menton le siège libre.

– Asseyez-vous, shérif, dit-il.

– Non, j'ai du travail et il faut que je parle à ces journalistes, dit Winston. (Il sentit quelque chose changer dans la pièce.) Dorsey, j'espère que vous ne m'avez pas fait venir ici pour me dire que vous avez déjà papoté avec eux.

– Certainement pas, Winston ; ce n'est pas mon genre. (Dorsey glissa ses mains dans ses poches et regarda ses pieds. Winston pouvait entendre ses doigts jouer avec ses clés ou des pièces de monnaie. Hormis cela, il n'y avait pas un bruit.) Les agents du FBI sont arrivés, finit-il par lâcher.

– Je me disais bien qu'ils arriveraient tôt ou tard, répondit Winston.

– En fait, c'est moi qui les ai appelés, dit Dorsey en sortant les mains de ses poches pour croiser les bras. Je voulais juste que vous le sachiez, au cas où ça viendrait dans la conversation.

– C'est *vous* qui les avez appelés ? reprit Winston.

Dorsey remit ses mains dans ses poches. Il se balança sur ses talons.

– Écoutez, Winston, je sais que vous vous présentez pour votre réélection, mais cette histoire est trop grosse pour vous, pour nous.

Winston referma le carnet qu'il avait dans la main, le glissa dans sa poche arrière, et se dirigea vers la porte. Il l'ouvrit et sortit. Derrière lui, il entendit Dorsey saisir le battant avant qu'il se referme. Dorsey le rattrapa, marcha à côté de lui.

– Écoutez, Winston. Il s'agit des fédéraux. Ils peuvent s'en occuper. Ce n'est pas la peine de le prendre mal…

Mais Winston continua de marcher, sans même se tourner vers lui. La première personne qu'il croisa sur la piste fut l'adjoint Kepler.

– Shérif, le salua Kepler. (Il ôta son couvre-chef et le tint dans ses mains comme s'il était entré dans une église pour des funérailles.) J'ai essayé de leur dire d'attendre votre retour, mais ils m'ont répondu qu'ils reprenaient l'enquête, et que...

Winston ne le laissa pas finir :

– Restez-là, dit-il. Je reviens.

Winston trouva les deux agents dans l'avion, l'un debout à l'intérieur du fuselage, l'autre dans le cockpit, les yeux tournés vers les résidus noirs et poudreux de la recherche d'empreintes de Winston. Winston les connaissait tous les deux. Il grimpa entre les portes de soute et s'éclaircit la gorge.

– Messieurs, dit-il.

Tous deux le regardèrent, mais seul celui qui se trouvait à l'intérieur du fuselage lui sourit. L'agent Avery Rollins avait quelques années de moins que Winston, mais ses cheveux gris et sa barbe grise le faisaient paraître plus âgé que lui. Winston et Rollins avaient travaillé ensemble à de nombreuses reprises au fil des années – la plupart du temps pour des affaires dans lesquelles de la drogue était acheminée par bateau, les trafiquants se servant des pertuis et des appontements de la même façon que les pirates à une autre époque – et leur relation était simple et facile, chacun ayant compris que l'autre avait un travail à faire et le faisait bien. Rollins portait un polo blanc et la veste coupe-vent bleu marine type, avec insigne du FBI sur la poitrine et « agent spécial du FBI » imprimé en jaune dans le dos. Il avait un Sig Sauer standard à la hanche de son pantalon cargo beige. L'autre agent, celui qui se trouvait dans le cockpit, était habillé et équipé exactement de la même façon. Il s'appelait Josh Rountree, un homme petit et trapu, aux cheveux bruns et à la moustache taillée de près, qui se montrait toujours froid et distant. Winston ne l'avait jamais vu sourire, ni entendu dire un mot qui ne soit pas lié à l'enquête en cours. Il faisait trop chaud pour ces vestes, en particulier à l'intérieur de l'avion, mais Winston vit cela pour ce que c'était : une démonstration de force pour montrer que le gouvernement fédéral avait maintenant la haute main sur l'affaire.

– Winston, dit Rollins. (Les deux hommes se serrèrent la main.) Vous connaissez l'agent Rountree.

– Oui, répondit Winston.

Rountree se tourna, et Winston le salua d'un hochement de tête.

– C'est votre bureau qui a fait ça ? demanda Rountree en indiquant de la main la poudre à empreintes qui couvrait le cockpit.

– Oui, répondit Winston. C'est moi. Je suis arrivé en premier sur la scène de crime.

Puis, comme pour se protéger de toute éventualité, il ajouta une chose qui le surprit et lui fit honte :

– Il faisait nuit. On ne savait pas encore vraiment ce qu'il se passait.

– Vous avez trouvé quelque chose d'exploitable ?

– Pas une seule empreinte.

Rountree soupira et agita la tête, comme si ce qu'il découvrait était le spectacle le plus décevant qu'il ait vu depuis des jours. Winston regarda Rollins, qui lui fit un clin d'œil accompagné d'un léger sourire, comme pour l'encourager à renoncer à toute forme de jugement ou de déception. Winston apprécia le geste et fit de son mieux pour rendre son sourire à Rollins, comme s'ils partageaient tous deux discrètement une blague sur le sérieux excessif de Rountree, mais il savait que la réaction de ce dernier lui resterait un bon moment à l'esprit.

Au fil des années durant lesquelles il avait travaillé avec l'agence locale du FBI de Wilmington, Winston avait trouvé que la plupart des agents se ressemblaient, en particulier ceux qui arrivaient de bureaux comme ceux de Charlotte ou Raleigh. Ils débarquaient comme un cheveu sur la soupe en espérant trouver un moyen d'améliorer leur situation personnelle, de progresser dans le Bureau, et méprisaient les policiers locaux encore plus que les habitants du cru. Winston avait toujours considéré que Rountree était ce genre d'agent, mais Rollins était différent. Il avait épousé une femme de Wilmington et s'y était installé il y avait maintenant quelques années de cela pour fonder une famille.

– J'ai entendu dire que vous avez eu une sacrée nuit, la nuit dernière, dit Rollins.

– On peut le voir comme ça, répondit Winston. J'ai aussi eu une sacrée matinée.

– J'imagine, ajouta Rollins en mettant ses mains sur les hanches et en regardant l'intérieur de l'avion vide. J'imagine.

Dans le cockpit, Rountree, le dos tourné, avait ouvert un petit carnet, dans lequel il écrivait quelque chose. Rollins regarda Winston et lui indiqua d'un signe de tête les portes ouvertes du cockpit ; Winston fit demi-tour et descendit de l'avion. Rollins le suivit. Les deux hommes marchèrent un peu pour s'en éloigner. Ils s'arrêtèrent au bord de la piste, à l'endroit où le corps de Rodney Bellamy demeurait étendu sous la bâche. Les employés de la morgue mettaient du temps à arriver, et Winston était contrarié que la dépouille soit encore sur la piste, en particulier maintenant que le FBI était là pour s'en apercevoir.

– Écoutez, Winston, dit Rollins. Vous savez que nous allons…

– Je sais, je sais.

– J'imagine bien que vous auriez l'usage d'une grosse affaire avant l'élection, et je crois que nous pouvons travailler ens…

– Je sais, répéta Winston. J'avais juste espéré…

Mais il s'interrompit, trop gêné pour le dire, pour dire qu'il voulait prouver quelque chose à sa communauté avant qu'ils ne décident de son sort. Mais il ne pouvait pas le dire, parce qu'il était stupide de le penser, et plus encore de l'admettre à voix haute.

– Non, ce n'est rien, reprit-il.

– Bien, dit Rollins.

Il tira une paire de lunettes de soleil Aviator de sa poche de poitrine et la mit, puis il ôta son coupe-vent, le plia, et le laissa doucement tomber à ses pieds. Il tourna la tête vers la droite et regarda un temps la piste, puis ses yeux revinrent se poser sur la bâche.

– Voyons cela, maugréa-t-il.

Il se mit à genoux sur sa veste, souleva un coin de la bâche et regarda en dessous. Winston détourna les yeux. Il avait déjà suffisamment vu la dépouille de Rodney la nuit précédente.

– Qu'est-ce que vous pouvez m'en dire ? demanda Rollins.

– C'est un homme d'ici, du nom de Rodney Bellamy, répondit Winston. Noir, environ vingt-cinq ans. Son épouse dit qu'il est allé chercher des couches pendant la nuit. Ils viennent d'avoir un petit garçon.

– C'est bien triste.

– Oui, vraiment.

Du coin de l'œil, Winston vit Rollins lâcher la bâche, ramasser son coupe-vent et se relever.

– Comment s'est-il retrouvé ici en pleine nuit ? Vous pensez qu'il manigançait quelque chose ? demanda-t-il en faisant un signe de tête en direction de l'avion. Peut-être qu'il aidait à décharger la cargaison et que quelque chose s'est mal passé ?

– Je ne crois pas, répondit Winston.

Son regard était revenu vers la bâche, et il se souvint avoir vu le visage de Rodney la nuit dernière dans la lumière de la torche, puis il se souvint des visages du père de Rodney, de sa veuve et de son fils, qu'il avait vus le matin. Il voulut dire à Rollins que Rodney Bellamy n'était pas juste un autre Noir tué par balle, mais cela avait-il même un sens ? Et pourquoi éprouvait-il le besoin de le dire, d'envisager même de dire une telle chose ?

– Je crois qu'il est allé acheter des couches, et je crois qu'il a vu un avion en approche basse en pleine nuit. Il a dû venir ici pour vérifier.

– Des arrestations ou des condamnations ?

– Non, rien du tout. Propre comme un sou neuf. Il l'a toujours été, pour autant que je sache. Ma fille est allée à l'école avec lui, et je connais son père. Il enseigne au lycée. C'est un homme bien.

– Beaucoup d'hommes bien ont de mauvais enfants, Winston.

– Pas celui-là.

Winston sentit une présence derrière lui. Il se retourna et vit Rountree debout à quelques pas. Il tenait toujours son carnet, mais il rentra la pointe de son stylo d'un clic, avant de le ranger dans sa poche de poitrine.

– Je vais l'envoyer au bureau par télétype, dit-il en regardant Rollins. L'avion doit être maintenu dans un hangar couvert, mais aucun n'est assez grand ici. Avec un peu de chance, ce sera possible à Wilmington.

– Vous allez le piloter ? demanda Winston.

Il avait voulu plaisanter, mais ses mots avaient été teintés de la colère qu'il ressentait encore contre Rountree, de l'avoir battu froid au sujet des empreintes digitales.

– Non, répondit Rountree, son visage n'affichant ni humour ni amusement. Mais nous trouverons quelqu'un qui le fera. (Il indiqua le corps de Rodney d'un geste du menton.) Nous trouverons aussi ce qu'il lui est arrivé.

Winston suivit le regard de Rountree vers la bâche aux pieds de Rollins. Et c'est alors qu'il la vit, que tous la virent. Peut-être que l'angle des rayons du soleil était parfait, ou peut-être que jusqu'alors, aucun regard ne s'était posé exactement à cet endroit. Quelle que soit la raison, les trois hommes repérèrent la douille au même instant. Elle se trouvait dans l'herbe, juste à quelques mètres de la limite de la piste, mais Rountree fut le premier à s'avancer. Il tira son stylo de sa poche et en glissa la pointe dans la douille vide. Il se redressa et l'exhiba comme s'il tenait une tique avec une pince à épiler. Personne ne dit un mot jusqu'à ce que le regard de Rountree passe de la douille au bout de son stylo au visage de Winston.

– Je croyais que votre bureau avait fouillé la zone, shérif.

– Je le croyais, moi aussi.

Rollins s'avança et écarta ses lunettes de soleil de ses yeux.

– On dirait du 9 mm, dit-il.

– Je crois, oui, dit Rountree. (Il tira un sachet hermétique de sa poche, l'ouvrit sèchement et laissa tomber la douille à l'intérieur.) Peut-être que je vais bien nous avoir trouvé une empreinte digitale, finalement, ajouta-t-il.

Winston et Rollins restèrent silencieux tout en regardant Rountree sceller le sachet et ranger son stylo dans sa poche de poitrine. Winston observa les deux agents, et comprit que s'il voulait avoir un rôle dans cette enquête, il allait lui falloir le prendre.

– Je voudrais faire un point média sur tout cela, dit-il. Et laisser un homme en faction ici vingt-quatre heures sur vingt-quatre jusqu'au départ de l'avion.

Le bureau de Winston fonctionnait déjà avec des effectifs réduits, et maintenir une surveillance constante sur la piste autour d'un avion qui n'allait pas repartir de sitôt ne ferait qu'empirer la situation, mais il l'avait déjà suggéré, et il était trop tard pour se rétracter.

– Ça me va, dit Rollins. En ce qui concerne les journalistes, je préfère que ce soit vous plutôt que moi. Et j'apprécie l'offre de faire garder l'avion.

– Il vaudrait mieux que ce ne soit pas les mêmes hommes que ceux qui étaient censés chercher les douilles, ajouta Rountree.

Rollins soupira comme s'il préférait que Rountree n'ait pas dit ce qu'il venait de dire. Il regarda Winston.

– Tout cela me convient, dit-il. Notre vie en sera d'autant simplifiée jusqu'à ce que nous puissions déplacer ce machin. Je vous appelle dès qu'on en sait plus sur la suite des événements.

Winston hocha la tête en direction de Rollins.

– Je vais aller parler à ces journalistes, qu'ils puissent s'en aller, dit-il.

Il abandonna les agents sur la piste et retourna vers le parking. Il s'arrêta au passage pour dire à Kepler de le suivre.

– Restez juste à côté de moi en ayant l'air intelligent quand je commencerai à parler, ajouta-t-il.

– Je ferai de mon mieux, répondit Kepler avec un haussement d'épaules.

Comme les deux hommes avançaient, une ambulance du Dosher Memorial traversa le parking. Les journalistes s'écartèrent et l'ambulance s'engagea sur la piste. Elle ralentit lorsque le chauffeur repéra Winston et Kepler dans leurs uniformes, mais Winston lui fit signe de continuer en indiquant l'endroit où les agents se trouvaient toujours autour du corps de Bellamy, au bout de la piste. Il regarda quelques instants l'ambulance rouler, ni lui ni Kepler ne prononçant un mot, puis il repartit vers le parking où les journalistes l'attendaient, microphones, magnétophones et caméras prêts à tourner.

Il ressentit quelque chose de familier, quelque chose qu'il avait ressenti de plus en plus souvent ces deux dernières années : le sentiment qu'il pouvait quitter son poste sur-le-champ et reprendre le cours de sa vie. Une fois passé le choc de l'instant, personne ne lui en voudrait d'abandonner ce poste et de prendre sa retraite, tout particulièrement avec Marie qui tentait de se relever de sa maladie et avec tout ce qu'il était arrivé à Colleen. Winston savait qu'il serait facile – et peut-être plaisant – de céder à cette pulsion. Il avait l'impression de retenir son souffle au lieu de respirer, et il se demanda pourquoi il faisait une chose qu'il n'avait pas envie de faire. Mais que se passerait-il s'il s'en allait ? S'il s'en allait littéralement, et laissait là les journalistes, l'enquête et Kepler pour tout simplement monter dans la voiture de Marie et rentrer chez lui ? Leurs frais de santé ne seraient plus couverts, déjà. Il n'y aurait plus de salaire régulier. Il deviendrait rapidement évident que la décision spectaculaire de laisser derrière lui le stress de sa charge infligerait un stress incomparablement plus grand au reste de sa vie. Mieux valait laisser les choses en l'état, au moins jusqu'à la proclamation des résultats de l'élection, quand les choix que pourrait faire Winston à cet instant auraient été faits pour lui.

Les présentatrices télé et les cameramen le virent approcher, et se dirent qu'il se passait quelque chose. Ils se massèrent au bord de l'asphalte. Il reconnut la spécialiste des affaires criminelles du *Wilmington Star News* et la correspondante du *State Port Pilot* juste un peu plus bas dans la rue, à Southport. Presque tous tenaient qui un micro, qui un magnéto, qui une caméra.

Winston tira son carnet de sa poche arrière et le feuilleta jusqu'à trouver la page sur laquelle il avait résumé la situation sur le parking de la supérette. Il prit une profonde inspiration.

– Bonjour, dit-il. Je suis le shérif Winston Barnes. La nuit dernière, un peu après quatre heures, le bureau du shérif est intervenu sur l'aéroport, où nous avons découvert un avion abandonné sur la piste ainsi qu'un cadavre.

– Qu'y avait-il dans l'avion ? demanda la présentatrice blonde de Channel 3. Pouvez-vous nous dire qui le pilotait ?

Winston leva la main pour signifier qu'il n'avait pas fini de parler, puis il poursuivit :

– Depuis, la victime a été identifiée comme étant Rodney Bellamy, de Southport, et la famille de M. Bellamy a été informée. Nous n'avons connaissance d'aucun lien entre Bellamy ou son décès et cet avion, mais je voudrais insister sur le fait qu'une enquête est en cours, et que l'aéroport restera fermé tant qu'elle ne sera pas achevée. Si quelqu'un dispose d'informations sur les événements de la nuit dernière, nous l'invitons à contacter… (Il regarda un pick-up Chevrolet à double cabine entrer sur le parking. Était sérigraphiée sur son flanc l'inscription *Frye & Son Construction*. Le pick-up se gara au bout de la rangée de voitures à la droite de Winston.) Si vous savez quoi que ce soit, veuillez contacter le bureau du shérif. Je ne répondrai à aucune question aujourd'hui. Merci.

Évidemment, cela n'empêcha en rien la horde de journalistes de hurler son nom et de lui crier des questions tandis qu'il s'éloignait, accompagné de Kepler. Winston leur adressa à tous un sourire pincé et quelques hochements de tête patients, mais il ne s'arrêta pas pour leur parler, et ils ne le suivirent pas.

Ils longèrent le bord du parking en direction de la voiture de Marie ; au moment où Winston sortait les clés de sa poche, Bradley Frye descendit de son pick-up. Winston le regarda lisser son pantalon et s'assurer que sa chemisette était bien enfoncée sous la ceinture. Il remarqua le revolver que Frye portait à la hanche. *Qu'est-ce qu'il croit faire avec ça ?* pensa Winston.

– Shérif… Adjoint… dit Frye en saluant Winston et Kepler l'un après l'autre d'un signe de tête.

Sa peau lisse et bronzée, ses yeux bleus et la raie de ses cheveux blonds lui donnaient dix ans de moins que ses quarante et un ans. Sa chemisette blanche et son pantalon de toile étaient propres, lisses, et fraîchement repassés.

Au premier abord, Bradley Frye pouvait passer pour un fils de bonne famille, mais quiconque restait cinq minutes avec lui ne pouvait que réaliser que les Frye étaient des nouveaux riches qui mettaient leur argent dans des pick-up et des bateaux clinquants, ou des terrains lotis sur lesquels les maisons poussaient comme des champignons. Winston était plus habitué à arrêter des hommes comme Bradley Frye pour conduite en état d'ivresse ou pour avoir sollicité des prostituées qu'à les affronter dans des élections.

– Brad, répondit Winston en lui serrant la main.

Kepler fit de même. Winston remarqua une certaine gêne chez Kepler et il lui en sut gré, de cette forme de reconnaissance de l'étrangeté de se trouver entre les deux candidats rivaux, sur une scène de crime, à portée de voix des médias locaux.

– Je me suis dit que j'allais passer voir si je pouvais aider, dit Frye. Il semblerait que vous ayez du travail par-dessus la tête, ce matin.

Il regarda vers la piste, puis vers la grappe de journalistes. Certains d'entre eux filmaient la partie de la piste où l'ambulance s'était garée. Deux ambulanciers y chargeaient à l'arrière une civière sur laquelle se trouvait le corps enveloppé de Rodney. Juste à côté, Rollins et Rountree observaient.

– Aucun problème, répondit Winston. Tout se passe bien. N'est-ce pas, adjoint Kepler ?

– Tout à fait, shérif, répondit calmement Kepler. Tout se passe bien.

– Mais nous apprécions votre sollicitude, reprit Winston en dévisageant Frye.

– J'ai entendu dire que vous aviez le corps d'un garçon noir mort, sur la piste, dit Frye.

Winston commença par l'ignorer et se tourna vers Kepler.

– Vous voulez bien retourner là-bas ? J'enverrai bientôt quelqu'un pour vous relever.

Kepler acquiesça, fit demi-tour et repartit vers la piste.

Puis Winston se retourna vers Frye.

– Un homme, dit-il.

– Quoi ?

– C'était un homme. Vous avez dit « un garçon », mais c'était un homme.

– Oui, d'accord, dit Frye. Vous pensez que c'est une histoire de drogue ?

– Nous ne pensons rien du tout pour l'instant, Brad. Nous avons une enquête en cours. On tirera des conclusions bien assez tôt.

– Eh bien, j'imagine qu'on verra la semaine prochaine ce que les électeurs ont à en dire, hein, shérif ? dit Frye avec un grand sourire.

– J'imagine, oui.

Frye plissa les yeux et regarda en direction de l'avion sur la piste. Il sourit encore.

– Je vois que le FBI est là. Ça doit signifier qu'il s'agit bien de drogue. (Frye croisa les bras.) De la drogue venant du Mexique. Et des Noirs ici, prêts à la décharger et à la répandre sur tout le comté.

– C'est une belle théorie, dit Winston. Maintenant, si vous voulez bien m'excuser, j'ai du travail.

Frye posa la main sur l'épaule de Winston pour le retenir alors qu'il tentait de passer et d'atteindre la portière passager de la voiture de Marie. Winston regarda vers les journalistes.

La plupart d'entre eux étaient maintenant occupés à enrouler des câbles ou à charger leur équipement dans les vans.

– Vous l'avez abattu ? demanda Frye.

– Ne me touchez pas, Brad, dit Winston.

– Je sais que vous avez descendu un garçon noir à Gastonia. C'est très bien, si vous avez eu celui-là aussi. (L'ambulance passa, en direction du parking.) Dites-moi juste ce que vous voulez que je fasse. Pas mal de mes gars seraient plus qu'heureux de vous filer un coup de main. Je n'ai pas l'intention d'attendre d'avoir prêté serment en tant que shérif pour protéger ce comté.

Winston chassa la main de Frye d'un geste de l'épaule. Il baissa les yeux en direction de l'arme à la ceinture de Frye, un coûteux Browning Hi Power à crosse nacrée que son propriétaire ne savait probablement pas tenir, et encore moins utiliser.

– Commencez donc par laisser ce revolver chez vous, dit-il. Le port d'arme en public est illégal, et je détesterais devoir emprisonner mon adversaire si près de l'élection.

– Vous détesteriez ?

– Oui, mais je le ferai. Reprenez le pick-up de votre père, Brad. Allez travailler.

*

Marie attendait derrière la moustiquaire de la porte lorsque Winston s'engagea dans l'allée. Elle lui fit signe de la main, et il força un sourire au lieu de lui faire signe à son tour. La vérité, c'était que ses mains tremblaient, et qu'elles n'avaient pas cessé de trembler depuis sa confrontation avec Bradley Frye. Comment Frye avait-il su ce qu'il s'était passé à Gastonia ? Comment quiconque pourrait-il le savoir ?

Voir cette histoire ressurgir maintenant était une épreuve que Winston avait du mal à affronter, quand elle s'ajoutait à ses inquiétudes pour Marie, à son chagrin pour Colleen et à l'apparition de cet avion qui semblait être tombé du ciel pour atterrir à côté du cadavre de Rodney Bellamy. Et maintenant, l'enquête lui était confisquée et transmise au FBI, et tout le monde le regardait comme Marie le regardait en cet instant depuis la porte.

Il descendit de la voiture, et elle ouvrit la porte au moment où il posait le pied dans la véranda.

– Tu vas bien ? demanda-t-elle.

– Oui, répondit Winston.

Il prit sa main, la serra, puis passa dans le vestibule, ouvrit le placard et rangea son holster et son revolver. Lorsqu'il eut suspendu son blouson, il réalisa qu'il portait toujours son tee-shirt blanc de la nuit précédente. Il alla dans la cuisine où Marie avait préparé une assiette avec un sandwich au jambon et quelques chips. Elle entra juste derrière lui. Il continua jusqu'à l'évier et se lava les mains.

– Comment les choses se sont-elles passées, avec la femme de Rodney ? demanda Marie.

– Mal, répondit Winston. Mal, comme on pouvait s'y attendre.

– Tu as vu le bébé ?

– Oui.

Il arracha un essuie-tout du rouleau suspendu sous le placard mural.

– Tu as parlé à Ed ?

– Oui, Marie. (Winston se tourna et la regarda. Il continua de s'essuyer les mains.) Je lui ai parlé. C'était horrible. Tout. Tout était horrible.

Il se pencha, ouvrit le meuble sous l'évier pour jeter la feuille de papier spongieux dans la poubelle qui était dissimulée là.

– Je suis désolée. Évidemment. Ce ne pouvait être qu'horrible, évidemment. (Elle regarda la table sur laquelle l'assiette attendait.) Je t'ai fait un sandwich. Je me suis dit que cela te ferait du bien de manger quelque chose.

– Je n'ai pas vraiment faim, dit Winston.

– Oui, mais je pense que tu devrais…

– Pourquoi as-tu appelé Glenn, Marie ? Vraiment ? Pourquoi l'as-tu appelé ?

Il la regarda s'écarter de lui comme si sa question était une chose matérielle qui l'avait frappée. Elle porta ses mains à sa poitrine pour toucher un collier, mais il n'y avait rien, à cet endroit-là. Alors elle se lissa les cheveux et bâtit l'expression de son visage comme si elle se préparait à encaisser ce qu'il allait dire, quoi que ce fût.

– Nous en avons déjà parlé, Winston. Je me suis excusée.

– Ce n'est pas ce que je t'ai demandé, Marie. (Il appuya le bas de son dos contre le comptoir, mit ses mains derrière lui pour se tenir.) Je t'ai demandé pourquoi tu l'as appelé. Tu ne me crois pas capable de faire mon travail ?

– Bien sûr que tu peux faire ton travail, Winston.

– Eh bien, on dirait que personne d'autre ne le pense. Le FBI de Wilmington reprend l'affaire, Marie. Ils se chargent de l'enquête, donnent l'impression que je ne saurai pas le faire. Si je ne conserve pas ce boulot, je perds notre assurance, et que se passera-t-il, alors, Marie ? Pour nous, pour toi ? Je ne peux pas travailler pour Bradley Frye.

– Et je ne te demanderai pas de le faire, répondit-elle. Nous trouverons un moyen de nous en sortir. (Elle leva les mains au ciel puis les laissa retomber sur ses flancs.) Je vais me remettre à travailler. Je pourrai m'y remettre, à la rentrée. Il doit bien y avoir…

– Travailler ? Marie, il y a des jours où tu ne peux même pas sortir du lit. Nous ne savons pas ce que l'avenir nous réserve.

L'expression de Marie changea. Elle perdit de sa dureté, s'attendrit, mais pas sur lui.

– Eh bien, je suis désolée, Winston. Désolée de te faire faux-bond.

– Bon sang !

Il marcha vers la table et s'assit du côté où elle avait posé son repas. Il attrapa une moitié de sandwich, puis la laissa retomber dans l'assiette.

– Là n'est pas le problème, Marie. Le problème, c'est que j'ai besoin de garder ce boulot. Il faut que les gens aient l'impression que je suis toujours capable de le faire. Leonard Dorsey a appelé le FBI, et Bradley Frye est arrivé sur la scène de crime comme s'il avait déjà prêté serment. (Il attrapa de nouveau le sandwich, prit une bouchée. Il mâcha mais n'en perçut même pas le goût.) J'ai l'impression qu'on est en train de me le prendre, Marie. (Il avala, la regarda.) Et je n'aurais jamais cru que tu ferais partie de ceux qui s'y appliqueraient.

– Qu'est-ce que tu veux dire, je suis en train de te prendre quelque chose ? (Marie vint s'installer à table, s'assit en face de lui.) Je n'essaie pas de te prendre quelque chose. Jamais de la vie. Le fait que j'ai appelé Glenn n'avait rien à voir avec ta position. Ça avait à voir avec le fait que je t'aime et que je ne voulais pas que tu sois tout seul là-bas si ce n'était pas nécessaire. Bon sang, Winston, quelqu'un a abattu Rodney Bellamy la nuit dernière. Et tu étais là-bas. Dans les ténèbres. Ça aurait pu être toi.

Marie posa les mains sur la table et croisa les doigts. Winston observa ses mains, ses poignets, considéra à quel point ils étaient maigres, avant de disparaître dans les manchettes boutonnées de son chemisier. Il savait qu'elle s'inquiétait pour lui, et savait qu'il s'en prenait à elle parce qu'il ne pouvait pas s'en prendre à Leonard Dorsey ou à Bradley Frye ou au FBI ou, bon Dieu, à Rodney Bellamy pour s'être trouvé sur la piste la nuit dernière.

– Je suis désolé, dit-il. Désolé. C'est juste que…

– Pas la peine d'expliquer, l'interrompit-elle. (Elle releva les yeux vers lui, ses lèvres dessinant un léger sourire.) Et, incidemment, c'est moi qui avais raison.

– À quel sujet ?

– Sur le fait que c'était un avion.

– Je ne me souviens pas avoir dit le contraire, dit-il en esquissant à son tour un sourire.

– Au moins, j'ai été la première à le dire.

– Je ne mangerai pas tout.

Il prit l'autre moitié du sandwich, la tendit à travers la table. Marie l'attrapa et s'accorda une petite bouchée.

– Je parie que c'est une histoire de drogue, dit-elle. (Elle prit une serviette en papier dans le présentoir au centre de la table, la déplia, s'essuya la bouche puis la chiffonna dans sa main.) De la drogue en provenance d'Amérique du Sud. C'est probablement ce que le FBI pense aussi, et c'est la raison pour laquelle ils interviennent. (Elle dévisagea longuement Winston, comme si cela pouvait lui faire révéler tout ce qu'il avait vu, entendu et ressenti durant les heures où il s'était trouvé loin d'elle.) Tu ne me le diras pas, n'est-ce pas ? finit-elle par demander.

Winston sourit vraiment pour la première fois de la journée et regarda son assiette de chips. Il savait que la nouvelle avait maintenant fait le tour de l'île. Les amies de Marie avaient probablement appelé la maison toute la matinée pour l'interroger, une fois qu'elles avaient appris qu'un avion avait été abandonné à l'aéroport après un atterrissage de fortune. Tout le monde devait déjà savoir qu'un cadavre avait été trouvé.

– Debbie dit que cela arrive tout le temps, là où sa sœur habite, en Floride. Ils arrêtent continuellement des Colombiens qui essaient de faire venir de la cocaïne par avion.

Winston haussa les sourcils pour simuler un intérêt.

– C'est ce que dit Debbie ?

– Oui.

– Eh bien, j'espère que ce ne sont pas les mêmes Colombiens. Je parlerai à Debbie avant de faire mon rapport.

– Ne te moque pas, dit Marie.

Elle lui sourit, et ce sourire lui fit du bien.

– Debbie a-t-elle déjà vu des photos de ces gars de Colombie ? Si c'est le cas, je la nomme adjointe et je lui donne une arme. Qu'elle monte la garde la nuit sur la piste de l'aéroport.

– Je lui ferai monter la garde ici, dans notre allée, dit Marie. Elle t'empêchera de sortir la nuit, et je pourrai dormir tranquille.

Le téléphone sonna dans la cuisine.

– J'imagine que c'est Debbie, avec des tuyaux de première bourre, ajouta-t-il.

Marie se leva et lui lança sa serviette chiffonnée à la tête.

– Reste assis, dit-elle. Je vais répondre. Tu as suffisamment enquêté pour aujourd'hui.

Elle décrocha le combiné mural à côté de la porte vitrée coulissante. Elle tournait le dos à Winston.

– Allô ? dit-elle, avant de se retourner et de le regarder. Oui, chérie.

Ces mots, le ton de sa voix et la lueur dans ses yeux révélèrent à Winston que Colleen était à l'autre bout du fil. Il se leva de table, mais Marie dressa l'index, un signe pour lui faire comprendre qu'elle voulait entendre la voix de sa fille aussi longtemps que possible. Son tour viendrait ensuite. Elle croisa les bras et s'adossa au mur ; la lumière naturelle qui l'éclairait à travers la porte vitrée jouait sur sa peau, creusait ses fossettes et faisait briller ses cheveux.

– Comment ça se passe, à Dallas ?

Winston se rassit et prit une autre bouchée de son sandwich, parce qu'il avait soudain faim et parce qu'il ne savait pas quoi faire d'autre que manger en attendant. Il regarda Marie, qui fronça les sourcils.

– Oh, dit-elle. À Wilmington ? (Elle posa la main sur le bas du combiné.) Elle est à l'aéroport de Wilmington, ajouta-t-elle en direction de Winston.

Winston se leva et alla rejoindre Marie, son esprit échafaudant déjà de multiples scénarios et possibilités. Colleen et Scott avaient-ils organisé une visite surprise ? Se séparaient-ils ? Avait-elle besoin qu'on aille la chercher ?

– Que s'est-il passé ? demanda-t-il, mais Marie leva une nouvelle fois le doigt pour le faire taire.

– Ne t'inquiète pas, chérie, dit Marie d'une voix qu'il n'avait pas entendue aussi douce depuis bien longtemps. Nous allons venir te chercher. (Elle regarda Winston, ouvrit de grands yeux comme si elle attendait de lui qu'il dise quelque chose que lui seul pouvait dire ou fasse quelque chose que lui seul pouvait faire.) Ton père est déjà en route.

Chapitre 4

– Ces Blancs vont probablement te manger tout cru, avait dit Kelvin. C'est ce qu'ils font avec les Noirs, là-bas, dans la campagne profonde.

Jay était censé ne plus voir Kelvin après ce qu'il s'était passé et il savait que ses problèmes actuels empireraient encore grandement si ses parents les apercevaient ensemble. Après tout, c'était déjà de la faute de Kelvin si la décision d'envoyer Jay à la campagne avait été prise en tout premier lieu. Il n'aurait jamais dû lui faire confiance, mais Kelvin avait quinze ans, un an de plus que lui, et il avait un frère aîné appelé Terry, qui avait déjà fini le lycée et travaillait dans un magasin de chaussures du centre commercial de Decatur. Terry les traitait tous les deux de gosses chaque fois qu'il les voyait traîner chez Kelvin après l'école.

« Vous avez enfin trouvé vos zizis, les gosses ? »

« Vous en êtes encore aux dessins animés, les gosses ? »

« Vous allez en maison de correction, les gosses ? »

Et, un temps, Jay en avait été convaincu, qu'ils étaient bons pour la maison de correction.

Le plan avait été qu'ils entreraient dans la boutique de M. Wright, au coin de la rue, comme ils y étaient entrés tous les jours depuis qu'ils étaient assez grands pour revenir de l'école à pied. Kelvin distrairait M. Wright en lui parlant, pendant que Jay se glisserait jusqu'au fond de la boutique où il prendrait deux bouteilles de MD 20/20 dans le rayon des vins panachés, et les glisserait dans la taille de son pantalon avant de serrer sa ceinture très fort. Si quelque chose tournait mal, Kelvin emploierait leur mot de code – *Thriller* – et la mission serait annulée. Jay avait demandé pourquoi ils ne pouvaient pas échanger leurs places, pourquoi ce ne serait pas lui qui distrairait M. Wright pendant que Kelvin subtilisait l'alcool. Kelvin avait aussitôt écarté cette suggestion. « Tu ne parles pas aussi bien que moi », avait-il argué. Mais c'était ce que leur avait raconté Terry qui avait tout déclenché.

Terry leur avait dit que les filles aimaient le MD 20/20, qu'il appelait « Mad Dog », particulièrement les parfums Banana Red et Electric Melon. Il leur avait dit que si une fille buvait du Mad Dog, elle vous laissait l'embrasser et la toucher où vous vouliez. Jay n'avait jamais embrassé une fille et ne savait que penser de ce conseil, mais Kelvin avait dit qu'il avait déjà embrassé plein de filles, et qu'il savait que ce que Terry disait était vrai. Kelvin avait ajouté qu'il avait un ticket avec Robin Francis, une fille grande et maigre avec des dents proéminentes et un appareil dentaire, qui vivait un peu plus bas dans sa rue. Il avait dit à Jay qu'ils apporteraient le Mad Dog chez Robin la prochaine fois qu'elle inviterait une copine. Il avait dit que Jay verrait bien.

– Je choisirai Robin ou pas, selon la copine qui sera avec elle, avait dit Kelvin.

– Je n'embrasserai pas Robin, avait répondu Jay. (Il avait surtout dit cela par défi, mais aussi parce qu'il ne pouvait pas imaginer embrasser qui que ce soit, encore moins une fille plus grande que lui, avec un appareil dentaire.) Je ne veux pas de toute cette mécanique métallique dans ma bouche, qui va cogner contre mes dents.

– Allez, vieux, s'était esclaffé Kelvin. Bécoter ces dents, c'est comme bécoter une machine à écrire. (Il avait levé les mains comme s'il posait les doigts sur un clavier, et commencé à taper.) Clic, clic, clic, ding ! (Au faux bruit de sonnette, il avait projeté ses hanches en avant, avant de se remettre à taper. Jay avait ri.) Allez, vieux, avait-il répété. Tu vas adorer.

Seul dans son lit, ce soir-là, Jay avait fixé le plafond en écoutant les bruits du match des Braves sur le poste de télévision du salon et les grincements du fauteuil de cuir inclinable de son père lorsqu'il se penchait vers la table basse pour se servir des cacahuètes salées dans le pot de Planters qu'il gardait toujours là. Plus tard, il entendrait le claquement que produirait sa mère en refermant son livre avant de quitter le canapé pour aller dans leur chambre se coucher, son père la suivant peu après. Une fois la maison devenue silencieuse, Jay était resté étendu là, s'imaginant embrasser Robin Francis, son souffle doux et chaud du goût fruité du Mad Dog, comme Terry l'avait promis, les broches de son appareil luisantes et acérées. *Clic, clic, clic, ding !* s'était-il dit.

Mais une fois à l'intérieur de la boutiquc dc M. Wright, tous les doutes qu'il avait eus au sujet du plan de Kelvin, de son histoire d'embrasser Robin Francis, de la promesse de la douceur sucrée du MD 20/20 et de toutes les choses qu'il ferait faire aux filles selon Terry, remontèrent d'un coup dans sa poitrine comme une nausée qu'il aurait presque pu vomir.

Il s'était faufilé jusqu'au bout de la boutique et se tenait devant les rayons réfrigérés comme s'il n'arrivait pas à décider quel soda il allait choisir ; il avait regardé dans le miroir convexe et circulaire suspendu en haut, dans le coin. Il pouvait y voir Kelvin debout devant le présentoir des magazines comme s'il éprouvait les mêmes difficultés à choisir quoi lire que Jay à choisir quoi boire. Il pouvait également voir

M. Wright dans le reflet du miroir, du moins il pouvait voir ses mains là où elles étaient posées sur le comptoir, près de la caisse enregistreuse. Sous cet angle, le visage de M. Wright était masqué par les étagères à cigarettes suspendues au plafond de façon à être facilement à portée du commerçant. Jay l'avait vu trouver un paquet de cigarettes pour un client sans même lever les yeux de là où son autre main prenait les billets, avant de taper sur la caisse enregistreuse et rendre la monnaie, une fois le tiroir ouvert.

Jay n'avait pas besoin de voir le visage de M. Wright pour se souvenir de ce à quoi il ressemblait. Il avait l'âge du père de Jay – d'ailleurs, ils étaient bons amis. Sa peau était d'un brun moyen, il avait une moustache fine et une chevelure fournie. Toute son enfance, Jay avait vu son père, M. Wright et d'autres hommes du quartier assis dans l'allée de sa maison, sous l'auvent de l'abri à voitures, les samedis après-midi, à fumer des cigarettes, se raconter des souvenirs, boire de la bière, et parler des choses qu'ils faisaient tout le temps ensemble : aller au bowling ou à la pêche, jouer aux cartes, tout ce que faisaient des hommes quand ils n'étaient pas au travail et qu'ils passaient un moment sans leurs femmes et leurs enfants. Ces séances dans l'allée étaient quasiment la seule occasion qu'avait Jay de voir son père sourire. Il lui arrivait même de rire. En fait, il riait parfois à en pleurer, les larmes luisant sur sa peau lisse et sombre, sa casquette révélant son crâne chauve chaque fois qu'il l'ôtait pour la taper sur sa cuisse ou sur la poitrine d'un ami qui riait avec lui, pliés sur leurs chaises, battant du pied par terre.

Jay avait regardé le miroir et attendu d'entendre Kelvin parler à M. Wright pour détourner son attention de ce qu'ils allaient faire – de ce que Jay allait faire. Mais Jay regardait le miroir et voyait Kelvin, debout devant le présentoir des magazines, qui ne disait pas un mot. Les mains de M. Wright n'étaient plus visibles, et sauf à aller voir au coin, Jay ne pouvait pas savoir ce qu'il faisait.

Il avait regardé son propre visage dans le miroir et s'était vu pour ce qu'il était : un garçon maigre et dégingandé aux traits doux, aux yeux et à la peau aussi noirs que ceux de son père. Sa peur était visible malgré tous les efforts qu'il faisait pour la cacher. Il ne voulait pas voler M. Wright, ni boire du Mad Dog, ni sentir les dents proéminentes et l'appareil dentaire de Robin Francis dans sa bouche. Mais suivre le plan, même si celui-ci n'avait pas encore réellement commencé, était plus facile que d'admettre la vérité à voix haute, surtout s'il s'agissait de la dire devant Kelvin.

Le prénom du père de Jay était James, alors M. Wright avait toujours appelé Jay « Petit J », et il avait toujours appelé Kelvin « Petit K », quoique Jay n'eût aucune idée de ce que pouvait être le prénom du père de Kelvin. Il ne savait rien du père de Kelvin hormis qu'il ne vivait pas avec Kelvin, Terry et leur mère. Kelvin n'aimait pas vraiment parler de son père, et Jay n'avait jamais insisté. Il comprenait. Il ne voulait pas parler de son père non plus.

Ce n'était pas que Jay n'aimait pas son père ou pensait que son père ne l'aimait pas : plutôt le contraire. Il savait qu'il était aimé, en particulier par sa mère, à sa façon, douce et paisible. Elle était bibliothécaire, et aussi longtemps qu'il vivrait, Jay penserait aux bibliothèques quand il penserait à sa mère : l'odeur fraîche et propre des livres dans leur reliure ; les chuchotements ; l'assurance que tout ce qu'on voulait et tout ce dont on avait besoin pouvaient être obtenus tant que l'on avait la patience d'attendre qu'un adulte vous le trouve ou le cherche pour vous.

L'amour du père de Jay était différent, grommelant et marqué de qualificatifs comme « parce que » et « mais ». *Mon garçon, je fais cela parce que je t'aime*, et *Mon fils, je t'aime, mais.* Janelle, sa sœur, avait déjà été tout ce qu'il savait que son père voulait maintenant qu'elle soit – bonne élève, sportive, maîtresse d'elle-même, assurée. Janelle avait presque treize ans lorsque Jay était né, et il s'était figuré que son père avait passé une enfance entière à se dire qu'il avait fait du mieux qu'il avait pu et qu'il avait, de fait, réussi. Et quand Jay était arrivé, son père n'avait tout simplement pas su s'il serait capable de recommencer. Ce n'était pas que son père était vieux ; il n'avait que quarante-huit ans, encore que cela ne signifiât pas grand-chose pour Jay. Mais il *paraissait* vieux. Quand les autres parents écoutaient Michael Jackson et Lionel Ritchie, le père de Jay écoutait les Temptations, les Platters et les Supremes, et gardait la radio allumée toute la journée sous l'auvent, en particulier quand ses potes étaient là, à se raconter leurs histoires les samedis après-midi.

Jay avait levé la main droite et l'avait posée sur la poignée de la porte vitrée qui protégeait les boissons réfrigérées. Il l'y avait laissée un moment, les doigts serrés convulsivement sur la poignée, s'attendant à entendre M. Wright tonner depuis l'autre bout du magasin : « Petit J, qu'est-ce que tu fais au fond de la boutique ? », mais ç'avait été la voix de Kelvin qu'il avait entendue.

– Monsieur Wright, avait demandé Kelvin, combien coûte ce magazine ?

– Lequel ?

Jay aurait bien voulu regarder de nouveau dans le miroir, mais il aurait fallu s'écarter du présentoir, alors qu'il était déjà devant, et même la main déjà posée dessus, et il savait qu'il ne pouvait plus faire demi-tour sans attirer l'attention sur lui.

– Lequel ? redemanda M. Wright.

– Celui-là.

– Qu'est-ce que c'est ? Un exemplaire de *Mad* ?

– Oui, monsieur, répondit Kelvin.

Jay avait ouvert la porte de verre, senti une bouffée d'air frais en sortir et envelopper ses doigts. Il s'était avancé et avait laissé la porte ouverte reposer contre sa hanche droite. Il avait tendu les bras pour prendre une bouteille de Mad Dog dans chaque main. Il en avait attrapé une de Banana Red et une autre bouteille – il ne saurait jamais quel parfum –, puis il avait soulevé le devant de sa chemise, enfoncé les bouteilles dans la taille de son jean. Ses mains tremblaient pendant qu'il tentait fiévreusement de dénouer sa ceinture pour la resserrer plus fort, lorsque Kelvin avait crié « *Thriller, Thriller !* » Jay avait entendu le fracas de la porte qu'on ouvrait violemment ainsi que celui de sa clochette, puis le bruit des enjambées de Kelvin qui était sorti sur le trottoir et avait filé vers le parking à toute vitesse.

Jay s'était écarté du meuble, ses mains immobilisant les bouteilles coincées dans son pantalon, et avait tenté de s'enfuir. Il avait remonté en courant l'allée qui longeait la vitrine, et aperçu dans sa vision périphérique la silhouette de M. Wright émergeant de derrière son comptoir. Jay avait l'épaule contre la porte du magasin lorsqu'il avait senti la main musclée de M. Wright se refermer sur son avant-bras gauche. L'homme avait tiré Jay vers lui, et celui-ci avait lâché les bouteilles, qui entre-temps étaient remontées de la taille du jean à son estomac, contre lequel il les serrait. L'une des bouteilles s'était libérée et était allée se fracasser contre le linoléum, répandant un liquide rose fluo sur le sol, sur le pantalon de M. Wright et sur celui de Jay.

– Bon sang ! s'était exclamé M. Wright, desserrant momentanément son emprise sur l'avant-bras de Jay.

Jay avait perçu le relâchement des doigts de M. Wright ; il avait libéré son bras et s'était tourné vers la porte, mais sa chaussure avait glissé sur le sol mouillé, et il s'était retrouvé sur le dos, les quatre fers en l'air, dans l'odeur nauséeuse de l'alcool et les morceaux de verre. M. Wright l'avait aidé à se relever, ses doigts puissants de nouveau refermés sur son bras.

– Allez, Petit J, allez. Relève-toi.

Le premier appel que M. Wright avait passé avait été pour la mère de Jay.

– Je devrais appeler la police, avait-il dit à Jay, le combiné serré contre l'oreille, pendant qu'il attendait que quelqu'un au secrétariat de la bibliothèque décroche. (Jay, le dos de sa chemise et son jean gorgés de Mad Dog, était assis sur le tabouret de bois que M. Wright gardait derrière le comptoir. M. Wright était debout, adossé à la vitre qui donnait sur les pompes à essence et le parking désert.) Tu ferais bien de réaliser la chance que tu as que je connaisse ton père. Et tu ferais bien de réaliser la chance que tu as que ce ne soit pas lui que j'appelle.

Mais M. Wright avait tout de même fini par appeler son père, parce que sa mère était en réunion et qu'elle ne pouvait pas quitter son travail pour venir le chercher, et parce qu'il refusait de le laisser quitter la boutique sans avoir d'abord parlé à l'un de ses parents. Mais il avait eu l'air aussi inquiet à l'idée de téléphoner au père de Jay que Jay l'était lui-même. Son père était mécanicien pour les services administratifs du comté de DeKalb, et Jay se l'était figuré, appelé alors qu'il travaillait sous l'une des voitures du comté hissée sur un pont élévateur, ses outils en main. Il savait que son père allait relever la tête en entendant son nom, poser ses outils et s'essuyer les mains avec le chiffon qui pendait toujours de sa poche arrière, qu'il soit au travail ou à la maison. Il allait traverser le garage, prendre le téléphone, s'éclaircir la gorge, et entendre l'un de ses meilleurs amis lui annoncer l'horrible chose que son fils venait de faire.

– J, avait dit M. Wright, c'est Connie. Je suis à la boutique. J'ai Jay avec moi. Je vais le laisser te parler.

Jay avait refusé de dénoncer Kelvin, alors même qu'il savait que M. Wright savait qu'ils avaient fait le coup ensemble, et qu'il savait qu'il allait raconter à son père exactement ce qu'il s'était passé.

Et c'est pour cette raison que le commentaire de Kelvin – celui sur les Blancs qui allaient le manger tout cru – lui avait mis les boules.

– Mec, c'est quand même ta putain de faute si j'ai des problèmes avec mon vieux.

– Mince, avait répondu Kelvin, personne ne t'a mis un flingue sur la tempe. Personne ne t'a demandé de laisser tomber cette bouteille pour donner l'impression que tu t'étais pissé du Mad Dog dessus.

Cela faisait des semaines qu'ils répétaient cette même dispute, mais la partie où Jay se pissait dessus était nouvelle.

– Tu n'aurais pas dû t'enfuir en me laissant là, comme ça. Un ami ne fait pas ça.

– Il sortait de son comptoir.

– Il sortait de son comptoir parce que tu faisais n'importe quoi, que tu hurlais des conneries et que tu t'es enfui en courant.

– Merde.

– Si tu avais gardé ton calme, on aurait siroté ce Mad Dog avec Robin et une de ses copines, avant de faire tu-sais-quoi. Mais tu t'es conduit comme un imbécile.

– Merde, avait répété Kelvin.

Mais en fait, ce n'était pas une scène que Jay arrivait à s'imaginer, ni le « tu-sais-quoi », ni le sirotage de l'alcool à l'odeur sirupeuse et caustique. L'odeur s'était gravée dans son nez et, quel que soit le nombre de fois où il lavait ses vêtements, il continuait de la sentir, et c'était fort à propos, parce que l'odeur du Mad Dog produisait sur son estomac la même chose exactement que ce que le souvenir de cette journée lui faisait ressentir : malaise, nausée, solitude.

Le retour à la maison dans le pick-up de son père avait été silencieux et embarrassant. « Je n'arrive pas à croire que tu voulais voler Connie comme un putain de malfrat » était tout ce que son père avait dit. Au lieu de poursuivre, il avait allumé une Winston Light et ouvert sa vitre. Il n'avait parlé qu'une seule autre fois, lorsque Jay avait allumé la radio et que le cliquetis de la station *sixties* s'était fait entendre dans les vieux haut-parleurs du pick-up. « Éteins-moi ça », avait dit son père. Alors Jay avait éteint.

La décision avait été prise promptement et sereinement, sans consulter Jay. Ses parents avaient prévu de se rendre en Caroline du Nord en juin pour voir le nouveau-né de sa sœur pour la première fois, et si Jay n'avait jamais été laissé seul à la maison et avait supposé qu'il ferait partie du voyage, il était maintenant évident qu'ils ne risquaient pas de le laisser seul à la maison après ce qu'il s'était passé. Donc, un matin, quelques jours après la fermeture de l'école pour les vacances d'été, Jay et son père étaient assis dans la cuisine pour le petit-déjeuner, lorsque son père referma son journal et regarda de l'autre côté de la table, là où il était assis et faisait tourner ses œufs brouillés dans son assiette avec un bout de toast devenu presque mou.

– Il va falloir bien remplir ta valise, quand nous irons chez Janelle, lui avait dit son père.

– Qu'est-ce que ça veut dire ?

– Tu vas rester là-bas un moment.

Jay avait regardé sa mère qui leur tournait le dos, debout devant le comptoir. Elle versait du café dans une bouteille thermos pour le déjeuner de son père.

– Maman… avait dit Jay.

– Écoute ton père, avait-elle répondu.

Jay s'était retourné vers son père.

– Combien de temps ?

– Suffisamment pour apprendre à ne plus voler, avait répondu son père, avant de se reculer sur son siège, de croiser les jambes et de rouvrir son journal. Ou jusqu'à ce que je trouve Kelvin et que je le tue.

– James, les deux mains applaudissent autant l'une que l'autre, avait dit sa mère. Kelvin n'est pas un iota plus responsable que Jay.

– Je parie que lui n'est pas envoyé à la campagne, avait commenté celui-ci.

– Tu as probablement raison, avait répliqué son père, et c'est pour cela que tu devrais remercier Dieu de ne pas être Kelvin.

– Ce n'est pas juste, s'était exclamé Jay.

Il avait laissé tomber le morceau de toast dans son assiette et s'était violemment jeté en arrière contre le dossier de sa chaise.

Son père avait lentement refermé son journal, de façon délibérée, comme s'il retardait quelque chose qu'il n'avait pas envie de faire ou que, peut-être, il voulait savourer.

– Mon garçon, si tu brises cette chaise, je te brise les reins. (Il avait posé son journal sur ses genoux, levé son poing fermé de façon à ce que Jay puisse le voir.) J'ai trois responsabilités en ce qui te concerne, et aucune d'entre elles n'est d'être juste avec toi. (Il avait déroulé son index.) La première : ta sécurité, ce qui inclut de te garder en vie. (Son index s'était détendu.) La deuxième : ta santé, ce qui inclut de te nourrir, de te loger, de t'habiller. (Son annulaire s'était libéré à son tour.) La troisième : ton bonheur. (Il s'était renfoncé dans son siège et avait rouvert son journal.) Ce qui ne m'intéresse plus trop, ces temps-ci.

– Ce n'est tout de même pas juste, avait grommelé Jay.

Son père avait reposé le journal sur la table, à côté de l'endroit où se trouvait sa casquette. Il s'était levé. Jay avait pris une profonde inspiration, comme si son corps l'avait averti qu'il risquait d'avoir besoin d'un supplément d'oxygène pour mieux courir. Son père ne lui avait jamais fait de mal, mais Jay n'avait jamais fait une aussi grosse bêtise. Il pouvait se souvenir que son père l'avait frappé sur les mollets avec une ceinture quand il était plus jeune, mais cela ne lui avait pas vraiment fait mal, et même à l'époque, il savait déjà que ce châtiment avait pour objectif d'instiller la peur et non la douleur. Mais là, si son père le frappait, que ce soit main ouverte, poing fermé ou avec une ceinture, il ne s'agirait que de douleur.

Son père s'était levé, le dominant de toute sa hauteur.

– Ta mère et moi travaillons trop dur pour nous inquiéter de ce que tu crois être juste. Connie Wright travaille trop dur pour s'en inquiéter, lui aussi. Tu nous as tous volés, Jay, et nous avons tous profondément, très profondément, honte de toi.

Il était resté debout là un moment, et Jay avait craint qu'il en dît plus. Mais au lieu de parler, il avait levé la main et tâté la poche de poitrine de sa chemise de travail du comté, comme pour vérifier que son paquet de cigarettes se trouvait bien là où il était toujours, avec ses stylos et son manomètre en métal luisant. Il avait attrapé son couvre-chef et se l'était vissé sur le crâne. Il avait pris au passage son panier-repas sur le comptoir puis il était sorti de la cuisine ; Jay avait entendu les bruissements de la cellophane de son paquet de cigarettes lorsqu'il en avait fait jaillir une, et celui du briquet qu'on allume. Son père avait ouvert la porte et il était sorti, laissant derrière lui une trace de fumée presque indétectable. Jay l'avait écouté démarrer son pick-up et faire marche arrière dans l'allée.

Sa mère était toujours debout, adossée au comptoir, les bras croisés sur la poitrine. Lorsque Jay l'avait regardée dans les yeux, il avait su que ce que son père avait dit au sujet de leur honte était vrai pour elle aussi.

Il avait également réalisé que ses parents ne s'intéressaient effectivement pas à son bonheur, parce que la perspective d'aller vivre au fin fond de la campagne, à Southport, Caroline du Nord, ne le rendait pas heureux.

Quant au voyage en lui-même, ses parents n'étaient restés chez Rodney et Janelle qu'un long week-end avant de repartir à Atlanta sans lui, même si Jay avait bien vu que sa mère aurait voulu rester plus longtemps et s'assurer que tout allait bien pour Janelle et le bébé, mais les vacances n'avaient jamais été trop le style de son père, il ne s'accordait quasiment jamais de repos, et, le samedi venu, il en était déjà à se demander ouvertement si lui et la mère de Jay ne feraient pas mieux de repartir le dimanche après-midi plutôt que le lundi matin.

– Il y a moins d'encombrements le dimanche, avait-il argué.

– Non, James, avait répondu sa mère.

Elle n'avait pas dit un mot de plus, n'avait même pas détourné les yeux du visage du bébé endormi dans ses bras.

Rodney, l'époux de Janelle, avait senti la fébrilité de son beau-père et la tension que cela induisait chez Janelle et sa mère, alors le dimanche, il avait emprunté à un ami une barque à fond plat type *jon boat* pour l'entraîner à la pêche. La veille, Janelle avait tenté d'emmener la famille à la plage, mais cela avait été une épreuve. Le bébé n'avait pas cessé de pleurer à cause du sable et du soleil, le père de Jay était resté assis sur une chaise longue à lire un journal qu'il avait plié en un petit carré afin d'éviter qu'il ne lui soit arraché par le vent qui venait de l'océan, sa seule concession vestimentaire ayant été un short. Pour le reste, il portait toujours ses chaussures de sécurité noires, ses chaussettes noires, et sa chemise à manches longues boutonnée à la taille, ainsi, évidemment, que sa casquette.

Ils avaient été la seule famille noire sur la plage ce jour-là, et Jay avait senti le regard des touristes blancs sur eux. Il n'avait pu s'empêcher de repenser à la blague de Kelvin sur ce que faisaient les Blancs aux Noirs, dans la campagne profonde.

Une fois que Rodney et lui avaient plongé dans l'océan, affronté les premiers brisants et choisi de flotter doucement loin du rivage, Jay lui avait demandé :

– Où sont les Noirs ?

Rodney s'était tourné vers la plage, son sable gris parsemé de corps d'un blanc de papier mâché à l'exception d'une grappe sombre, là où la mère et la sœur de Jay étaient assises sur des serviettes et son père sur sa chaise, luttant contre le vent comme il essayait de tourner la page de son journal. Rodney avait ri et regardé Jay.

– Au travail, avait-il répondu. Ou peut-être à la chasse, ou à la pêche. (Ses yeux étaient retournés vers la plage.) Personne sur cette plage n'est d'ici. Les gens d'ici ne vont pas à la plage.

– Et que font-ils ?

– Je ne sais pas. La même chose que toi à Atlanta, j'imagine.

Jay savait que cela ne pouvait pas être vrai. À Atlanta, il jouait à des jeux vidéo chez Kelvin, traînait au centre commercial, tirait des paniers sur le terrain qui se trouvait non loin de chez lui. Il avait regardé Rodney, qui flottait maintenant sur le dos, les yeux fermés et les bras en croix, comme pour accueillir la lumière du soleil. Il lui était impossible d'imaginer Rodney comme un jeune de son âge ni de s'imaginer, lui, grandir dans un endroit comme celui-ci.

Puis ses parents étaient partis, le laissant derrière eux dans une petite maison avec une sœur beaucoup plus âgée, qui était devenue mère et lui paraissait encore plus étrangère qu'elle ne l'avait jamais été. Il était également entouré d'un neveu qui lui donnait l'impression d'être beaucoup trop jeune pour être considéré comme un oncle, et d'un beau-frère dont les manières calmes et posées lui donnaient l'impression d'être plus jeune encore.

Le mois de juin s'achevait, et si Jay ne savait pas combien de temps il allait rester avec sa sœur et sa famille, le fait que Janelle l'ait emmené au centre commercial de Wilmington pour lui acheter un cartable et de nouvelles chaussures lui en donnait une bonne idée. Puis début août, à l'annonce des affectations par les écoles du comté, Rodney l'avait conduit au lycée de South Brunswick, où son père, un vieil homme bourru et revêche qui lui rappelait son père à lui, avait les mêmes lunettes usées et était allé à l'université, lui avait fait faire le tour de l'école presque sans dire un mot.

Il n'y avait pas eu grand-chose à faire durant ces journées d'août éclatantes et brûlantes durant lesquelles Jay attendait, terrifié, que l'école commence. Rodney partait travailler chez Brunswick Electric tôt le matin, et le temps que Jay émerge de la chambre d'amis, Janelle avait déjà nourri et recouché le bébé pour sa première sieste de la journée. Jay attrapait des céréales sans goût dans le placard et du lait dans le réfrigérateur avant de s'asseoir à la petite table de la cuisine pour se préparer un petit-déjeuner froid.

Parfois, Janelle s'asseyait avec lui pendant qu'il mangeait, et lui posait des questions sur la vie à Atlanta. Comment étaient maman et papa ? Que faisaient-ils, lui et ses amis, quand ils ne cambriolaient pas les boutiques du quartier ?

Quelles matières aimait-il à l'école ? Jay comprenait bien que ces questions constituaient des tentatives de le connaître, mais elles ne faisaient rien pour réduire le fossé que produisaient leur différence d'âge et le fait qu'ils semblaient avoir été élevés par deux couples distincts, ce dont il résultait que leurs vies avaient toujours été et seraient toujours différentes.

Les rares fois où il s'était trouvé tout seul dans la maison, Jay en avait profité pour en explorer le contenu, ce qui signifiait, plus précisément, qu'il fouillait les tiroirs et placards de la chambre de Janelle et Rodney. Ce qu'il y avait trouvé l'avait embarrassé : les sous-vêtements de Rodney, les culottes de Janelle, un paquet de préservatifs et une liasse de lettres d'amour que Rodney avait écrites à Janelle et qui incluaient des descriptions de relations sexuelles qui paraissaient plus réelles et plus romantiques – et donc plus gênantes – que tout ce que Terry et Kelvin avaient pu lui raconter à Atlanta.

Le plus souvent, Jay passait du temps dans l'étroit dressing de Rodney et Janelle, où les vêtements de Rodney étaient suspendus à gauche et ceux de Janelle à droite. Au-dessus des penderies, des étagères montaient jusqu'au plafond, et c'était là, sur la plus haute étagère du côté de Rodney, que Jay avait trouvé le fusil.

Il était rangé à l'intérieur d'une mallette rigide bleu électrique, mais Jay avait su ce qu'il y avait à l'intérieur dès que ses doigts étaient passés sur l'étui de plastique dur aussi finement granulé qu'une peau avec la chair de poule. Il avait trouvé la poignée, avait extrait la mallette et l'avait posée par terre, au milieu du dressing. Lorsqu'il l'avait ouverte, il avait perçu l'odeur du canon de métal graissé, celle de sa crosse de bois poli. L'arme était dure, froide et belle, et il s'était figuré Rodney la portant dans les forêts du comté de

Brunswick, repérant un chevreuil, un écureuil, un lapin ou un ours, quoi que soit ce que les hommes comme Rodney chassaient avec ce genre d'arme. Jay avait grandi en entendant son père raconter les histoires de chasse de son enfance dans la campagne de Norcross, en Géorgie, et il se souvenait que lorsque Janelle avait commencé à sortir avec Rodney, leur père avait dit qu'il y avait enfin quelqu'un avec qui il pouvait partager ces histoires, quelqu'un qui les apprécierait de la même façon que lui. Jay s'était senti exclu, avait eu l'impression que Rodney s'ajoutait à la longue liste de ceux qui avaient plus en commun avec son père que lui, mais il avait également été certain qu'il n'aurait jamais pu aimer la chasse autant qu'eux. Mais maintenant, en regardant cette arme qui suppliait d'être soulevée, Jay avait finalement compris. Il avait eu envie de la charger, de viser et de tirer, même s'il se passerait encore des semaines avant qu'il ne fasse quoi que ce soit de tout cela. Dans l'intervalle, il se contenterait de laisser la mallette ouverte sur le sol du dressing, de ne jamais aller plus loin que le lit de Rodney et Janelle, et de ne jamais pointer l'arme dans une autre direction que son propre reflet armé dans le miroir suspendu au-dessus de la commode.

Lorsque sa sœur était à la maison, il n'y avait pas grand-chose que Jay puisse faire, sinon pédaler sur le vieux vélo de Rodney, remontant et redescendant sans fin la route humide et chaude bordée de vieilles maisons silencieuses, ou dribler avec son ballon de basket dans l'allée qui, heureusement, était pavée, contrairement à tant d'autres allées de la Plantation, simplement revêtues de gravier et de brisures de coquillages, ou d'un sable blanc poudreux. Il avait l'intention de s'inscrire au basket à l'automne ; il rêvait d'intégrer l'équipe universitaire, mais se préparait pour l'équipe junior. Rodney l'avait prévenu que les ados du comté prenaient le basket au sérieux, mais Jay se figurait qu'aucun d'entre eux ne valait probablement ceux contre lesquels il avait joué à l'école ou dans le club de son quartier. Même les Blancs contre lesquels il jouait les samedis après-midi à la YMCA, lorsqu'il pouvait convaincre son père ou sa mère de le déposer en voiture, avaient été bons, voulant tous être Larry Bird, agressifs et campant sur la ligne des trois points, et tapant dans leurs mains à l'adresse de quiconque avait le ballon. Jay avait essayé de calquer son style de jeu sur les meneurs au pied léger plutôt que sur les joueurs pivots, plus lourds : Isiah Thomas, Walt Frazier, et même Michael Jordan, l'étudiant de l'Université de Caroline du Nord à Chapel Hill qui venait de se faire un nom au printemps, en marquant le panier décisif qui avait permis à son équipe de remporter le championnat universitaire américain face à Georgetown.

Un après-midi torride, alors qu'il driblait dans l'allée en pensant à ce que le ciment faisait aux semelles de ses nouvelles Adidas noires, il avait marqué une pause et repéré le battement régulier d'un ballon que l'on faisait rebondir non loin. Puis il avait entendu le bruit métallique caractéristique du ballon qui roule à l'intérieur de l'arceau du panier avant de tomber à travers le filet. Il était allé au bout de l'allée, son ballon serré contre sa hanche, et s'était tenu là, en tendant alternativement le cou vers l'un et l'autre côté de la rue silencieuse, pour trouver d'où venait le bruit.

Depuis qu'il était venu vivre dans la maison de sa sœur, il n'avait vu aucun autre jeune dans sa rue ; la solitude lui pesait tout autant que la crainte de ne plus voir un garçon de son âge avant la rentrée scolaire, fin août.

À sa droite, après quelques maisons, une rue perpendiculaire s'enfonçait plus avant dans le lotissement. À sa gauche, la rue de Janelle se poursuivait pour longer plusieurs maisons avant de virer au chemin de terre – de sable, en fait – et de disparaître dans les bois. Le bruit du ballon qui rebondissait et frappait le panier semblait venir de ce côté-là ; alors Jay était parti dans cette direction, son ballon toujours contre sa hanche, comme s'il tenait un nourrisson.

Le bruit s'était fait plus fort et Jay hésita une fois au bout de la rue. Il ne s'était jamais aventuré aussi loin à pied ni n'y avait été amené en voiture. Plus bas, il pouvait voir des dépendances, des machines agricoles et des terrains déboisés, et il s'était demandé s'il n'était pas tombé sur une sorte de ferme. Il avait continué d'avancer et avait dépassé des pins bordés de fourrés denses envahis de vigne vierge et d'épais arbrisseaux sarmenteux jusqu'à une clairière qui ouvrait sur un petit terrain pavé ; un garçon blanc de l'âge de Jay s'y entraînait à marquer contre une planche de bois sur un panier qui, à vue de nez, était fixé quelques pouces en dessous de la hauteur réglementaire.

Jay était resté à l'observer jusqu'au moment où le garçon avait dû sentir son regard. Il avait arrêté de tirer, ramassé son vieux ballon poussiéreux et s'était tourné vers Jay. Les yeux du garçon étaient grands et sombres ; ses cheveux bruns étaient coupés court presque partout, mais longs sur la nuque. Il était vêtu d'un short noir et d'un débardeur en maille noir tellement incrusté de poussière qu'il paraissait gris.

Le garçon avait regardé le ballon que Jay portait et s'était contenté d'un signe de tête en guise de salut.

– Tu veux tirer ? avait-il demandé.

Jay n'avait ni parlé ni bougé. Il avait attendu que le garçon fasse demi-tour et reprenne ses tirs en suspension, puis il avait quitté le chemin de terre pour s'avancer sur le demi-terrain rudimentaire et se placer du côté opposé au garçon blanc, qui continuait ses tirs en suspension, le ballon revenant chaque fois vers lui comme si son trajet était prédéterminé.

Jay avait tenté son premier tir, et le ballon s'était placé juste à l'intérieur de l'arceau avant de tourner sur le bord et de ressortir.

– L'arceau est serré, c'est la raison pour laquelle je tire contre la planche, pour qu'il rentre avec le rebond.

– Et il est bas, en plus – de quelques pouces, avait dit Jay, les premiers mots qu'il avait prononcés.

– Oui, mais ça facilite les dunks, avait rétorqué le garçon.

Il n'avait pas regardé Jay depuis qu'il l'avait invité à tirer, et ne le regardait toujours pas maintenant.

Jay avait repris son ballon en en driblant. Il s'était arrêté et avait regardé le garçon.

– Tu peux le dunker ?

– J'pourrais p't'êt', avait dit le garçon.

Il avait marqué un temps d'arrêt puis poursuivi :

– Et toi ?

– J'pourrais p't'êt' accrocher l'arceau, avait répondu Jay.

Il avait posé son ballon et s'était redressé. Il avait chargé en direction du panneau, sauté sur son pied gauche, refermé le bout de ses doigts sur le bord de l'arceau, et l'avait tiré juste assez pour le faire vibrer contre le panneau. Lorsqu'il était retombé, il s'était tourné vers le garçon, attendant quelque chose, mais sans savoir quoi.

– Tu veux jouer au 21 ? avait demandé le garçon.

– Oui, avait répondu Jay. Servons-nous de mon ballon.

Le garçon était fort, plus fort que Jay, ce qui était étonnant, vu la maigreur de ses bras et de ses jambes, et ce que son débardeur révélait de sa poitrine chétive et décharnée. Il tirait bien, mais Jay était un peu plus rapide, et meilleur dribleur. Pourtant, même avec ces avantages antinomiques, ils n'avaient quasiment pas pu se départager, leur concours allant jusqu'à une belle que le garçon blanc avait remportée grâce à des lancers francs qui l'avaient mené à 21.

Le garçon s'appelait Cody, il avait quinze ans et à la rentrée, il irait en seconde à South Brunswick. Sa mère travaillait à la cafétéria du lycée, mais Jay n'avait ni demandé ni appris ce qu'elle y faisait. Le père de Cody était une sorte d'homme à tout faire, du moins c'était ce que Jay avait réussi à se figurer étant donné les outils et travaux en cours éparpillés à l'extérieur du mobile home dans lequel Cody vivait avec ses parents. Il était fils unique – ce que Jay avait aussi l'impression d'être actuellement.

Ils avaient passé les dernières semaines de l'été de cette façon, à jouer au 21, Cody prétendant être Larry Bird et Jay, Magic Johnson, ce qui aurait été plus amusant s'ils avaient eu un troisième acolyte. Jay faisait de son mieux pour garder propres ses nouvelles baskets Adidas, celles que Janelle lui avait achetées au centre commercial avec l'argent que leurs parents lui avaient laissé, mais au moins il les formait à son pied avant le début de la saison, et il se disait que, en tant que nouveau sur le terrain, il valait mieux être bon que beau. Chaque après-midi, en rentrant de chez Cody, Jay nettoyait ses chaussures dans l'évier de la cuisine, frottait le cuir noir avec un papier essuie-tout humide. C'était là que Rodney l'avait trouvé un soir où il rentrait tôt du travail.

Rodney tenait le bébé dans ses bras, le câlinait doucement, lui faisait des grimaces fantaisistes. Les yeux humides et noirs du bébé étaient fixés sur son père, ses petits poings se serraient et se desserraient. Rodney avait tourné le torse de façon à ce que Jay puisse voir le bébé qu'il berçait.

– Tu veux tenir ton petit neveu ?

– Nan… (Il tira sur le col de son tee-shirt humide.) Je suis en sueur.

– Qu'est-ce que tu fais ?

– Je nettoie mes chaussures. Enfin, j'essaye.

– Tu es allé tirer des paniers avec le fils Rivenbark du bout de la rue ?

Jay ne connaissait pas le nom de famille de Cody, n'avait jamais posé la question et ne l'avait jamais entendu le dire, mais pour ce qu'il en savait, Cody était le seul garçon de la rue à part lui.

– Cody ? demanda-t-il.

– Le garçon blanc, là-bas.

– C'est Cody, oui. On joue au basket, de temps en temps.

Rodney avait regardé le bébé, puis il avait relevé les yeux en direction de Jay. Jay pouvait sentir ce regard percer jusque sous la peau de son visage.

– Fais quand même attention, s'était-il contenté de dire.

Attention à quoi ? s'était demandé Jay. Jouer avec un Blanc ? Jouer avec un pauvre ? Se blesser avant les sélections ? Il avait eu envie de demander à Rodney ce qu'il avait voulu dire mais, réflexion faite, avait préféré se taire et continuer de nettoyer ses chaussures en comprimant l'essuie-tout pour que l'eau sale s'écoule dans l'évier.

– Ses parents, avait finalement ajouté Rodney en haussant les épaules. Tu sais, fais juste attention.

Le lendemain, lorsqu'il était revenu de ses tirs chez Cody, il avait trouvé Rodney qui gâchait du ciment dans une brouette. Il avait déjà creusé un trou avec une tarière pour installer le panier de basket qu'il avait acheté au magasin de sport de Southport. Le poteau reposait dans l'herbe, et l'arceau rouge brillant était déjà fixé au panneau de fibre de verre blanc appuyé contre le pick-up de Rodney.

Rodney, le tuyau à la main pour ajouter lentement de l'eau à la mixture poudreuse de la brouette, avait indiqué d'un signe de tête les pièces étalées autour de lui.

– Pas mal, non ? avait-il dit en prenant le ballon des mains de Jay pour le lancer d'une main dans l'arceau qui était presque au niveau du sol. Attends que je te montre ce que sait faire un vieux comme moi !

Mais Rodney n'avait plus jamais retouché un ballon après ça. Il partait travailler avant que Jay ne se lève pour l'école, et ne revenait que le soir juste avant le repas. Jay avait toujours des devoirs, et Janelle insistait pour qu'il les termine sans quitter la table de la cuisine, une fois le dîner achevé.

Jay et Cody tiraient et se mesuraient l'un à l'autre sur le nouveau panier, s'interrompant instinctivement avant que Rodney ne revienne du travail, sans que Jay ait jamais dit pourquoi ni Cody demandé.

Janelle ne parlait jamais non plus de Cody, et Cody ne la croisait jamais, ne posait jamais le pied dans la maison, ayant même un jour préféré rentrer plus tôt chez lui pour aller aux toilettes alors que Jay l'avait invité à se servir des leurs. Jay allait même jusqu'à compter combien de fois Cody l'avait regardé boire au jet avant de lui proposer de se désaltérer. Il lui avait fallu six jours pour accepter une première fois.

À l'occasion, Janelle avait demandé à Jay s'il s'était fait des amis à l'école, et il avait la plupart du temps répondu « Pas vraiment », ou « Pas encore », ce qui, en un sens, était vrai. Comme ils n'étaient pas dans la même classe, lui et Cody ne se voyaient pas beaucoup à l'école, et même lorsqu'ils s'étaient croisés dans le hall ou dans la cour après le déjeuner, ils avaient à peine esquissé un salut de la tête avant de regarder ailleurs.

Une fois les sélections passées – qui ne les avaient retenus ni l'un ni l'autre, ni dans l'équipe universitaire ni dans l'équipe junior, Cody parce qu'il avait décidé de ne pas les tenter et Jay parce que les garçons du cru qui s'étaient présentés étaient plus grands, plus rapides et globalement meilleurs qu'il ne l'avait prévu –, ils avaient arrêté de jouer au basket, tant chez l'un que chez l'autre. Jay s'était un peu renfermé et restait de plus en plus chez lui à regarder la télévision à mesure que les journées raccourcissaient et se rafraîchissaient, allant tout de même à l'occasion à Southport avec le vieux vélo dix-vitesses de Rodney pour s'acheter un Coca et un paquet de chips à l'épicerie quand il avait un peu d'argent ou que Janelle voulait bien lui en donner. Elle s'efforçait de se montrer gentille avec lui, et il avait conscience que c'était parce qu'elle regrettait qu'il n'ait pas été sélectionné pour le basket, qu'elle savait que ses amis lui manquaient et qu'il ne s'en était pas fait de nouveaux pour les remplacer. Les jeunes du comté de Brunswick, qu'ils soient noirs ou blancs, semblaient se méfier de lui, avec ses cheveux ras, ses shorts longs et le phrasé accéléré avec lequel il leur répondait quand ils lui parlaient. Les ados qu'il rencontrait au lycée marchaient et parlaient lentement, riaient discrètement et rarement, et portaient des jeans et des tee-shirts, quelle que pût être la température extérieure.

Rodney avait paru percevoir la solitude de Jay avec plus d'acuité que quiconque, et il était évident aux yeux de Jay qu'il avait attribué cette situation au fait de ne pas avoir été incorporé dans une des équipes de basket.

– Écoute, mon gars, lui avait dit Rodney, je n'avais pas été sélectionné en première année non plus, puis j'ai joué les trois suivantes en équipe universitaire.

Jay s'était enfoncé dans les coussins du canapé et avait rentré la tête dans les épaules.

– Je ne serai plus là l'année prochaine, alors cela n'a pas d'importance.

– Bah, Michael Jordan a raté sa première année aussi, et regarde où il en est maintenant.

Mais Jay savait qu'il ne serait jamais Michael Jordan. Ce qu'il était, c'était un adolescent dégingandé, sans amis, qui avait déjà perdu tout intérêt pour le basket, passait le plus clair de son temps à regarder la télé ou pédaler sur un vieux vélo, et le reste à caresser le fusil de son beau-frère en cachette, en s'efforçant de trouver le courage de le charger et de l'emporter dans les bois derrière la maison.

Le temps que Jay et Cody se remettent à traîner ensemble, l'air s'était considérablement rafraîchi, et Jay portait enfin des jeans comme les autres ados, tout comme Cody, encore que celui-ci mette parfois encore son débardeur de maille noir comme si c'était un uniforme obligatoire, ses bras maigres cuivrés par le soleil, sa poitrine et son ventre aussi blancs que l'os paraissant luire à travers le tissu qui faisait penser à un tamis.

Bien que les rentrées du lycée, du collège et de la NBA soient passées, le basket était sorti de l'esprit de Jay, et ce devait être également terminé pour Cody, parce qu'ils ne jouaient plus ni ne parlaient de jouer ni l'un ni l'autre. Au lieu de cela, ils exploraient les bois autour de la Plantation et du terrain sur lequel le mobile home de la famille de Cody était installé. S'ils allaient assez loin, les arbres – principalement des pins, au sous-bois envahi de grimpants et de rampants – laissaient place à une immense bande de terre déboisée sur laquelle on construisait de luxueuses demeures. On pouvait de là rejoindre le bord de l'eau, à l'endroit où l'océan rencontrait le pertuis qui séparait Southport de Oak Island. Cody avait parlé de pêcher, mais il n'avait jamais apporté de canne à pêche, et il avait parlé de tirer sur des boîtes de conserve, mais n'avait jamais apporté d'arme non plus.

Ils s'étaient mis à passer beaucoup de temps à jeter des choses dans l'eau, à chercher des choses que l'eau avait pu rejeter sur le rivage, ou à se faufiler dans les chantiers actifs, en faisant de leur mieux pour éviter les charpentiers et autres corps de métier versant du béton, posant des fenêtres ou installant des CVC sur les socles en ciment qui jouxtaient les maisons, dont bon nombre paraissaient presque achevées.

Cody était toujours à l'affût d'un outil – un marteau, un tournevis, un pistolet agrafeur : plus cela valait cher, meilleur c'était. Et il repartait toujours avec une longueur de câble électrique, une poignée de clous neufs, un bout de moquette roulé : des surplus abandonnés visiblement, mais qui avaient de la valeur pour lui.

Une fin d'après-midi, alors qu'ils revenaient du rivage, Cody avait repéré un gros marteau de charpentier oublié sur la véranda d'une maison dont la charpente était posée mais pas les murs. Cody avait ramassé le marteau et le faisait jouer dans sa main comme s'il estimait son poids et sa qualité.

– Mec, tu ferais mieux de le laisser là où tu l'as trouvé.

– Si ça risque de leur manquer, ils n'auraient pas dû l'oublier.

– Ce n'est pas une raison pour le voler, avait dit Jay, en réalisant que cela ressemblait plus à son père qu'à lui-même.

– Ils détruisent ma forêt, avait répondu Cody. Avant, on pouvait venir ici pêcher sans que personne nous chasse.

– Personne ne nous chasse, là.

– Pas encore, mais je vais le garder pour le moment où ils le feront.

Il avait tourné les talons, le marteau toujours en main, et s'était dirigé vers les bois qui les ramèneraient chez eux.

Cody ne savait rien de la raison pour laquelle il était venu vivre chez sa sœur et son beau-frère. Jay n'avait pas forcément honte de ce que lui et Kelvin avaient fait à Atlanta, mais l'effet que cela avait eu directement sur M. Wright, et indirectement sur sa mère et son père, lui avait laissé un sentiment de culpabilité qui, depuis, n'avait fait qu'aller croissant. La raison pour laquelle il n'en avait pas parlé à Cody n'était pas l'étiquette de criminel qui lui serait automatiquement accolée, mais les attentes que ce genre d'acte pouvait entraîner.

Jay ne connaissait pas assez Cody pour savoir s'il avait un mauvais fond – voleur, violent, menteur –, et il ne l'avait pas suffisamment vu à l'école pour se faire une opinion à partir de sa façon d'agir. Il ne voulait pas que Cody sache qu'il était capable de voler, peut-être parce qu'il était toujours possible que cela déclenche chez Cody quelque chose de sombre et de malveillant que Jay n'avait jamais soupçonné et auquel il serait confronté. Mais c'était quasiment le contraire qui s'était passé : plus Cody volait sur les chantiers du nouveau lotissement – plus il chapardait d'outils, de câbles et autres matériaux –, plus Jay sentait monter en lui quelque chose de dangereux, mêlant colère et ressentiment. Ni sa sœur ni Rodney ne s'en étaient aperçus, et il avait réalisé qu'ils ne le connaissaient ni ne le comprenaient suffisamment pour percevoir quoi que ce soit de réel ou de vrai qui le concerne, et il était évident que la même chose s'appliquait à ses professeurs et aux autres jeunes de l'école. Pour Jay, Cody était devenu l'unique entremise de son expression, la seule personne qu'il puisse avoir envie d'impressionner.

La première fois que Jay avait sorti le fusil de la chambre de Rodney et Janelle, il avait franchi la grande porte et traversé la véranda, la mallette de plastique bleu pastel rebondissant contre sa cuisse là où il la laissait pendre à son flanc. Cody l'avait attendu dans l'allée.

La journée avait été chaude et le soleil était déjà redescendu en dessous des arbres. L'automne était là, la lumière s'était faite douce et vaporeuse.

– Ouah, avait dit Cody, les yeux fixés sur la mallette. Est-ce que c'est bien ce que je crois ?

Jay s'était efforcé de ne pas sourire ou rougir de plaisir. Il avait regardé alentour pour s'assurer que personne ne les avait vus. Janelle était allée à l'épicerie et avait emmené le bébé ; Jay savait qu'ils disposaient d'au moins une heure avant qu'elle ne revienne. Rodney ne serait pas de retour avant le crépuscule.

Jay avait passé le coin de la maison, le petit portail du jardin de derrière et l'étroite bande de terre sablonneuse parsemée de touffes d'herbe qui séparait leur clôture de celle des voisins. Il n'avait pas prononcé un mot ni interrompu sa marche avant que Cody et lui ne soient dans le bois.

Lorsqu'ils s'étaient arrêtés, Jay les avait déjà entraînés loin entre les arbres, largement hors de portée de voix de tous les jardins de derrière des maisons du voisinage. Il s'était accroupi et avait doucement posé la mallette sur le sol, après s'être assuré que rien à cet endroit-là ne pouvait érafler la coque de plastique. Il avait libéré les fermoirs et ouvert la mallette. Cody s'était avancé derrière lui et observait par-dessus son épaule.

– Regarde-moi ça, avait-il dit.

Jay s'était relevé et avait admiré l'arme. Cody avait fait mine de la toucher, mais Jay avait été plus rapide, l'attrapant de la main gauche et laissant le canon retomber dans sa main droite.

– C'est un Springfield, avait dit Cody.

– Oui, avait répondu Jay, bien qu'il n'eût aucune idée du sens ou de la véracité de l'affirmation.

– Tu as des cartouches ?

Jay l'avait dévisagé. La seule fois de sa vie où il avait utilisé des cartouches, c'était pour jouer avec Kelvin sur l'Atari de Terry quand ce dernier n'était pas là.

– Des balles. Les cartouches contiennent les balles.

– Oui, avait répondu Jay, amenant un grand sourire sur le visage de Cody. Il y en a deux ou trois boîtes dans le placard.

– Dans le placard ? avait répété Cody. Va les chercher ! On va tirer avec !

Jay avait regardé le fusil dans ses mains, réfléchi au bruit que cela ferait, à l'attention que cela pouvait attirer. Si quelqu'un les découvrait, il n'aurait aucune explication plausible pour Rodney et Janelle, ni pour avoir pris le fusil, ni pour l'avoir montré à Cody, ni pour avoir tiré avec quelqu'un que Rodney ne voulait clairement pas qu'il fréquente. Pis, il savait qu'ils le diraient à son père, et Jay ne pouvait même pas en supporter l'idée.

– Je voulais juste te le montrer. On pourra tirer un autre jour.

– Je peux ? avait demandé Cody en tendant sa main ouverte.

Jay avait hésité un instant, puis il lui avait passé l'arme.

Cody avait soupesé le fusil de la même façon qu'il avait jaugé le marteau qu'il avait volé, et un temps, Jay avait craint qu'il s'enfuie à toutes jambes – qu'il file chez lui et que Jay ne revoie plus jamais le fusil de Rodney. Au lieu de quoi, Cody mit l'arme en position de tir, ferma un œil et visa dans l'alignement du canon.

– Mec, j'aurais bien aimé que tu aies des cartouches.

Il avait appuyé sur la détente, ce que Jay n'avait encore jamais fait, mais il ne s'était rien passé.

– *Pan*, avait-il murmuré. (Tout en maintenant l'arme pointée vers le lointain, il avait tourné la tête et regardé en direction de Jay.) Ton beau-frère chasse le chevreuil ?

Jay avait ouvert la bouche pour répondre, mais n'avait pas eu le temps de prononcer un mot avant que ne résonne une voix qu'ils ne connaissaient pas.

– Baisse ce fusil, petit.

Jay avait virevolté de façon à se trouver face à la partie de la forêt qui menait vers le lotissement en construction, et c'est ainsi qu'il avait vu un homme blanc qui pointait un gros revolver sur Cody. Du coin de l'œil, il avait vu Cody baisser le fusil. Lui aussi regardait l'homme.

– Tu gardes le fusil baissé, petit. Tu le relèves et je t'explose ton putain de crâne.

Cody avait paru réaliser les implications de ce que signifiait porter ce fusil, et il avait continué de le baisser jusqu'à ce qu'il soit pointé droit vers le sol. L'homme s'était avancé précautionneusement, la poitrine de Cody en joue. De sa main libre, il avait indiqué le fusil, paume ouverte vers le ciel, les doigts en grappe s'agitant comme s'ils essayaient d'attraper quelque chose qui flottait dans l'air.

– Donne-moi ce fusil, petit.

Cody avait fait tourner le fusil sur le côté, l'avait tendu à deux mains comme une offrande. La panique avait poussé Jay à agir. Il savait que si l'homme s'emparait de l'arme, il ne la reverrait jamais, Rodney découvrirait qu'il l'avait prise, et tout le monde considérerait qu'il l'avait volée. Sans réfléchir au danger ou à sa propre absurdité, Jay s'était précipité sur le fusil, mais l'homme, qui s'était avancé aussi, l'avait pris des mains de Cody avant que Jay ait pu l'atteindre. Ensuite, il avait tourné son revolver jusqu'à ce qu'il soit pointé sur la poitrine de Jay.

– Bon sang, qu'est-ce que tu fais donc, petit ? Tu veux te faire exploser ta putain de cervelle ?

Le cœur de Jay avait rugi dans sa poitrine, et il avait senti ses battements jusque dans ses oreilles, son corps vibrant de terreur. Bien que sa vision lui paraisse plus aiguisée qu'à l'ordinaire, il pouvait sentir les larmes qui lui montaient aux yeux. Il avait regardé le canon du revolver que l'homme pointait sur son torse, et imaginé le bruit de la balle quittant la chambre, traversant le long cylindre et venant frapper son corps. Il avait relevé les yeux jusqu'au visage de l'homme : il souriait.

– Tu vas pleurer, petit ?

– Rendez-le-moi.

– Ça ?

L'homme avait rengainé son revolver, puis observé le fusil de plus près. Il avait ouvert la culasse pour voir s'il était chargé, puis l'avait refermée.

– Où l'avez-vous volé ?

– Nous ne l'avons pas volé, avait répondu Cody.

– Ah ouais ? Qu'est-ce que vous diriez d'appeler la police et de leur demander ?

– C'est celui de Rodney, avait lâché Jay, avant d'immédiatement le regretter.

– Rodney ?

– Oui.

Son souffle s'était un peu ralenti et régulé, et son cœur, même s'il battait encore beaucoup trop vite, ne gouvernait plus son corps de la même façon que quelques instants plus tôt. Il pouvait sentir l'odeur de l'homme – eau de toilette ou après-rasage – et il craignait que, même s'il réussissait à récupérer l'arme, cette fragrance ne s'incruste irrémédiablement, si bien que Rodney saurait immédiatement que le fusil avait été sorti et manipulé, et il soupçonnerait Jay.

– Tu es le petit frère de Rodney Bellamy ?

L'homme avait placé le fusil contre son épaule comme s'il était un soldat qui se préparait à défiler, mais Jay voyait bien que ce n'était pas un militaire. Il était trop détendu, une main dans la poche, la hanche tournée sur le côté. Il donnait l'impression que se décontracter de cette façon après avoir pointé un revolver sur deux adolescents était une chose parfaitement naturelle.

Jay n'était pas le frère de Rodney – ce n'était pas exactement cela, en tout cas – mais il n'avait plus la tête assez claire pour retrouver le terme « beau-frère », alors il s'était contenté d'acquiescer.

– Bordel, je connais ton frère, avait dit l'homme. Et ton père, aussi. (Il avait ri comme si c'était hilarant pour tous les trois.) Et merde, avait-il conclu en ne s'adressant qu'à lui-même.

– Rendez-moi ce fusil, avait dit Jay.

L'homme avait écarquillé les yeux comme si ce que venait de dire Jay l'avait stupéfié. Il s'était légèrement penché et avait baissé la voix, comme pour parler à un chien.

– Viens le chercher, négro.

Jay avait senti la main de Cody sur son coude.

– Ne bouge pas, avait dit Cody. Ne bouge pas.

L'homme avait souri et les avait regardés l'un après l'autre.

– Vous êtes comme le sel et le poivre. Bon sang, c'est mignon. (Son visage avait soudain perdu toute expression et il avait plissé les yeux.) Si je vous revois par ici, je vous tue tous les deux. C'est une promesse.

Aucun des garçons n'avait pipé mot, mais Jay avait immédiatement repensé à toutes les petites choses que Cody avait subtilisées, à la fois où ils avaient laissé de grandes traces de boue dans une maison en construction, ou au jour où Jay avait lancé une pierre dans une fenêtre pas encore posée.

– La forêt ne vous appartient pas, avait dit Cody.

Jay l'avait toisé. Cody reniflait et sa poitrine se soulevait comme s'il n'arrivait pas à aspirer suffisamment d'air.

– Là, tu te trompes. (L'homme avait levé sa main libre et indiqué la direction à laquelle il tournait le dos.) Je possède chaque pouce de cette terre entre la rive… (Il avait fait tourner son bras jusqu'à le pointer vers la Plantation, derrière les garçons.)… et le bidonville, là-bas, dont je deviendrai le propriétaire bien assez tôt. (Il avait laissé retomber son bras et regardé Jay, puis il avait jeté le fusil par terre aux pieds de l'adolescent.) Rentre chez toi, petit. (Ensuite l'homme avait regardé Cody.) Je connais ton père, et je ne crois pas qu'il serait heureux de te voir traîner avec des nègres. Ne remettez jamais les pieds ici.

Il les avait dévisagés encore un instant, puis avait tourné les talons et disparu dans les bois.

Jay et Cody étaient restés là, sans bouger, jusqu'au moment où ils n'avaient plus entendu le bruit de ses pas entre les arbres, puis Jay avait ramassé le fusil d'une main et la mallette de l'autre. Ils avaient couru dans des directions différentes : Jay avait filé vers les bandes de terre entre les clôtures, tandis que Cody avait longé les bois en direction du terrain de sa famille. Ni l'un ni l'autre n'avait dit un mot.

Jay s'était accroupi avant de rejoindre l'allée, et il avait rapidement inspecté le fusil, cherchant des griffures, des taches ou des traces de doigts. N'en trouvant aucune, il l'avait soigneusement remis dans la mallette, qu'il avait refermée. Il l'avait soulevée par la poignée, l'avait portée devant la maison. Une fois à l'intérieur, il avait inspecté la mallette avec la même méticulosité que pour l'arme, et ne voyant rien, il l'avait remise à sa place, sur la dernière étagère du dressing, du côté de Rodney.

La fragrance de l'homme avait paru flotter dans la pièce, mais Jay s'était dit que l'odeur s'était probablement soit déposée dans ses cavités nasales, soit incrustée dans son cerveau. Il avait passé le reste de la journée dans un état de fébrilité effrénée, fait de crainte et d'appréhension, à attendre que quelqu'un vienne à la porte ou au téléphone, rendre précisément compte à Janelle et à Rodney de ce qu'il s'était passé dans les bois derrière leur maison. Mais personne n'avait frappé ou téléphoné ni l'après-midi ni le soir, et lorsqu'était venu le moment de se brosser les dents et de se préparer à se coucher, Jay avait acquis la certitude que la seule personne à laquelle il parlerait jamais de ce qu'il s'était passé dans le bois était Cody, qui, lui non plus, ne serait probablement pas tenté d'en dire un mot à quiconque, ne serait-ce que parce que, à l'instar de Jay, il semblait n'avoir personne à qui en parler.

Ce n'était que des heures plus tard, alors que Jay s'était déjà endormi, qu'il avait été tiré du sommeil par les pleurs du bébé, et maintenu en éveil par les chuchotements de sa sœur et de son beau-frère. Il avait regardé la pendulette sur sa table de nuit. Il était deux heures du matin passées. Jay n'avait jamais été réveillé aussi tard dans la maison de Janelle, et il s'était demandé si ces chuchotements entre Janelle et Rodney étaient une chose qui se reproduisait toutes les nuits, ou si le bébé se réveillait et pleurait chaque nuit à la même heure.

Puis il avait craint que quelque chose d'autre ne soit la cause de leur éveil. Peut-être que l'homme des bois avait téléphoné à Rodney au travail et lui avait raconté ce qu'il s'était passé. Jay se remémora tout ce qu'ils s'étaient dit avec sa sœur et Rodney ce soir-là durant le dîner, puis ensuite, lorsqu'ils avaient sculpté deux citrouilles sur les marches de la véranda. Il avait repassé ces discussions en cherchant le moindre indice laissant penser que l'un ou l'autre saurait quelque chose. Ou peut-être que quelque chose dans le dressing avait fait tiquer Rodney, ou qu'il avait senti une trace de la fragrance de l'homme et demandé ce qu'elle en pensait à Janelle. Peut-être qu'ils avaient cherché la source du parfum, ouvert la mallette du fusil, et découvert quelque chose de changé, encore que Jay fût incapable d'imaginer ce que cela pourrait être. Il l'avait remise exactement comme il la remettait chaque fois qu'il la prenait sur l'étagère. Mais la peur lui avait soudain serré les tripes, lorsqu'il avait réalisé qu'il ne pouvait plus se rappeler quel côté était devant lorsqu'il l'avait prise, ni quel côté il avait choisi pour la remettre.

Il était resté étendu à écouter leurs murmures, puis il avait entendu le pas lourd de Rodney dans le couloir, suivi de celui de la porte d'entrée que l'on ouvrait et refermait doucement. Dans l'allée, la voiture de Janelle avait démarré, puis la lueur jaune des phares de la Datsun avait illuminé les stores qui aveuglaient la fenêtre au-dessus du lit de Jay.

Il s'était demandé où Rodney pouvait bien aller aussi tard dans la nuit, et si Janelle était toujours éveillée, face au fusil dans la mallette ouverte que Rodney avait laissée sur leur lit, à s'inquiéter de si son petit frère en était ou non responsable. Jay avait décidé d'attendre de voir quelles questions ils lui poseraient le lendemain, et espéré qu'il pourrait attraper le bus scolaire sans les voir ni l'un ni l'autre, afin de trouver Cody pour faire coïncider leurs histoires.

Et c'était à l'école qu'il s'était trouvé le lendemain matin quand M. Bellamy, le père de Rodney, avait ouvert la porte de sa classe de mathématiques et fait signe à l'enseignante de venir le rejoindre dans le couloir. Il n'était pas rare qu'un autre professeur, le proviseur ou un autre responsable vienne interrompre un cours pour parler au professeur, mais bien qu'il le sache, Jay ne pouvait empêcher son cœur de battre la chamade, ni nier la moiteur soudaine de sa peau. Pourquoi avait-il fallu que ce soit le père de Rodney, à la porte ?

L'enseignante était à moitié rentrée dans la salle et l'avait regardé, puis elle avait prononcé son nom et lui avait fait signe de venir dans le couloir.

– Prends tes affaires, avait-elle dit.

Jay s'était levé, les jambes et le corps caoutchouteux et glacés, et il avait glissé ses livres et ses papiers dans son sac à dos. Il pouvait sentir le regard des autres élèves, et même si aucun d'entre eux ne parlait, il savait qu'ils se demandaient tous ce que le discret garçon noir d'Atlanta avait fait.

Son enseignante l'attendait à la porte, et elle avait posé la main sur son épaule lorsqu'il était sorti dans le couloir, où se trouvait M. Bellamy, les mains dans les poches. Jay n'avait jamais parlé à M. Bellamy dans l'enceinte de l'école, et il avait passé très peu de temps avec lui en dehors, alors il ne savait pas décoder les expressions de son visage.

– Jay, dit M. Bellamy, il est arrivé quelque chose de terrible.

Chapitre 5

L'aéroport de Wilmington, en Caroline du Nord, en particulier en 1984, était petit, et Colleen ne pouvait s'empêcher de le voir comme le modèle réduit d'un véritable aéroport. Après l'appel téléphonique à sa mère, elle trouva un banc sur le trottoir à l'extérieur de la zone de livraison des bagages et s'assit, sa valise posée par terre à ses pieds, son sac à main sur ses genoux. Elle était vêtue d'une veste en jean par-dessus le tee-shirt dans lequel elle avait dormi la nuit précédente, d'un jean blanc, et d'une paire de tennis – des Keds noires. Elle mit son casque hi-fi et appuya sur le bouton « play » de son walkman : la lecture débuta au milieu du *Shadows of the Night* de Pat Benatar. Elle se souvint qu'il y avait une paire de lunettes de soleil dans son sac à main. Lorsqu'elle les chercha, elle tomba sur l'exemplaire corné du *Votre bébé est unique au monde* de Thomas Berry Brazelton qu'elle gardait dans son sac depuis près d'un an, comme un talisman qui pouvait changer son destin. Elle envisagea de le sortir et de le feuilleter, mais comme elle avait trouvé ses lunettes, elle les enfila, se tassa sur elle-même et pleura.

Une poignée de taxis faisaient la queue dans l'enfilade. Un Noir, la cinquantaine, attendait dehors, penché en avant, les coudes posés sur le rebord de la portière côté conducteur du taxi le plus proche de Colleen. Il la regarda depuis l'intérieur de la voiture et la salua de la tête. Il portait des lunettes noires, lui aussi, ainsi qu'une visière jaune translucide comme celles que l'on voit sur le front des croupiers dans des salles sombres et enfumées où des hommes se cachent de leurs épouses et de la police.

L'homme articula quelque chose, et Colleen réalisa qu'il lui parlait. Elle ôta son casque et attendit qu'il répète. Elle pouvait encore entendre le murmure de la voix de Pat Benatar.

– Vous allez quelque part ? demanda-t-il.

Elle baissa les yeux et appuya sur le bouton « stop » de son walkman, puis elle s'essuya les yeux derrière ses lunettes de soleil. Elle releva la tête vers lui.

– Non, répondit-elle. Mon père vient me chercher.

– C'est une bonne chose, commenta-t-il. Une bonne chose. (Il détourna la tête, et elle se rendit compte que, depuis l'endroit où il se trouvait, il pouvait voir la partie de la piste où les avions tournaient après leur atterrissage, pour rouler vers l'unique terminal de l'aéroport.) Les pères font bien de venir chercher leurs filles quand elles pleurent.

Elle aurait voulu lui dire qu'elle ne pleurait pas, mais elle pleurait, et quelle importance si cet homme qu'elle n'avait jamais vu auparavant et ne reverrait jamais la voyait pleurer ? Elle aurait également voulu lui dire que ce n'était pas ses affaires, mais ses affaires consistaient à charger des gens à l'aéroport, et elle avait bien l'air de quelqu'un qui en avait fort besoin. Quant au fait que son père venait la chercher, cela ressemblait beaucoup à un sauvetage, et elle ne pouvait que reconnaître qu'il avait de sérieux antécédents dans ce domaine.

Alors qu'elle avait douze ans et qu'elle était en cinquième, elle avait économisé tout l'argent de son baby-sitting pour s'acheter un nouvel ensemble au grand magasin Belk pour la photo de classe. Elle ne l'avait jamais oublié : un chemisier jaune pâle, et une jupe jaune canari avec son cardigan assorti.

Une fleur blanche était brodée sur le sein gauche. La couture de la tige bleue de la fleur descendait sur le devant, filait sous le bras gauche, et se poursuivait dans le dos.

Elle était incroyablement fière de son ensemble, et il lui était facile de se souvenir de sa désolation et de son humiliation lorsqu'elle avait senti la chaude humidité de ses premières règles imprégner ses sous-vêtements de coton et détremper ses cuisses alors qu'elle était assise à son pupitre durant le cours d'anglais de Mme Roberts. Colleen et sa mère avaient préalablement discuté de ses règles et elle savait exactement ce qu'il se passait, mais cela ne l'avait pas empêchée de céder à la honte et au désarroi. Elle s'était retenue de lever la main pour appeler Mme Roberts, de peur de devoir lui dire ce qui lui arrivait devant tout le monde. Au lieu de cela, elle avait ôté son cardigan, et fait de son mieux pour l'enrouler autour d'elle pour dissimuler la tache qu'elle savait croissante des deux côtés de sa jupe. Tous les autres élèves étaient penchés sur leur pupitre et travaillaient en silence. Elle s'était levée en reculant sa chaise. Sa culotte lui semblait lourde, comme si elle pouvait glisser jusqu'à ses pieds sous son propre poids.

– Madame Roberts, avait-elle dit à l'enseignante qui s'était tournée vers elle. Je ne me sens pas bien. J'ai besoin d'aller au bureau et de téléphoner à ma mère.

Elle s'était dirigée vers la porte à reculons, l'avait ouverte et était sortie dans le couloir. Elle s'était mise à courir dès la porte refermée.

Colleen s'était cachée dans les toilettes pendant que la secrétaire de l'école appelait chez elle pour dire à sa mère ce qu'il s'était passé et pour lui demander d'apporter des vêtements de rechange à l'école. L'infirmière avait donné à Colleen une serviette hygiénique. Elle s'était assise sur la cuvette, sa culotte tachée par terre sur le côté, et avait tenu la serviette entre ses cuisses. Sa veste et sa jupe avaient été pliées et rangées dans un sac en papier, qui était posé sur le sol à côté de sa culotte. L'ensemble jaune était irrécupérable. Colleen avait pleuré lorsqu'elle avait réalisé qu'elle ne le porterait pas sur les photos de classe, et elle s'était demandé quand sa mère arriverait et quels vêtements elle apporterait en remplacement. Elle ne se souvenait plus combien de temps elle était restée assise là, mais elle se souvenait d'avoir entendu la cloche sonner et d'avoir su qu'elle allait devoir retourner dans la salle de classe de Mme Roberts pour rassembler ses affaires, ce qui signifiait répondre aux questions de l'enseignante et de ses amies.

Lorsque Colleen avait entendu la porte des toilettes s'ouvrir, elle avait ramassé sa culotte humide et l'avait tenue devant elle, du bout des doigts comme s'il s'agissait d'un animal mort. Elle s'était attendue à entendre la voix de sa mère, mais elle avait entendu le cliquetis des menottes et le crissement du ceinturon de service de son père, le pas lourd des semelles épaisses de ses chaussures. Son cœur s'était serré.

– Mon ange, avait-il dit, tu es là ?

– Oui, avait répondu Colleen en ravalant un sanglot. (Elle n'avait jamais eu honte de pleurer devant son père, mais être assise là dans une cabine des toilettes, nue hormis un chemisier froissé et une serviette hygiénique tenue entre les cuisses, était humiliant.) Tu n'es pas censé entrer dans les toilettes des filles.

– En fait, j'ai une exemption exceptionnelle du proviseur. (La cabine gémit, et elle se figura son père s'appuyant contre son coin.) Ils m'ont dit ce qu'il s'était passé, et je t'ai apporté de quoi t'habiller. (Il avait soupiré.) J'espère que je ne me suis pas trompé.

Elle s'était représenté son père dans sa chambre, ouvrant le placard et les tiroirs de sa commode, sortant des jupes, des pulls et des chemisiers et les plaçant sur le lit comme pour les associer dans une sorte de puzzle qui aurait un sens pour lui. Elle était incapable d'imaginer ce qu'il avait pu choisir et était terrifiée à l'idée de lui faire de la peine, mais elle avait plus peur encore à l'idée de quitter les toilettes et d'aller faire la photo de classe avec les vêtements qu'il avait pu apporter.

Colleen avait regardé, et vu sa main lui faire passer la tenue sur un porte-manteau par-dessus la porte.

C'était exactement le même ensemble que celui qu'elle avait acheté chez Belk, les étiquettes encore attachées. Elle s'était levée, tenant toujours la serviette entre ses jambes, et elle l'avait attrapé. Elle se souvenait avoir pleuré de soulagement.

Son père n'était jamais de sa vie allé faire les courses avec elle – elle n'était même pas certaine qu'il ait jamais fait les courses pour lui-même – et il lui était difficile de l'imaginer seul dans un grand magasin, à errer dans les rayons du Belk jusqu'à trouver l'ensemble qu'elle avait abîmé.

– Comment as-tu pu savoir ? lui demanda-t-elle.

– Tu crois que je ne fais pas attention ? Ta mère pense la même chose. Je fais bien plus attention que vous ne le croyez.

Il s'était accroupi et avait fait glisser un paquet de culottes encore sous cellophane sous la porte.

– Je suis désolée, avait-elle dit.

– Pourquoi es-tu désolée, mon ange ?

– Parce qu'ils t'ont appelé au travail. Parce que tu as fait tout ce chemin jusqu'au Belk de Shallotte.

– Ne sois pas désolée. Ne sois jamais désolée. Tu avais besoin de moi, alors je suis venu. Je viendrai toujours quand tu auras besoin de moi.

Et voilà, il était en chemin encore une fois.

L'homme appuyé sur son taxi mâchait un chewing-gum, et il forma une bulle rose avant de le mâcher à nouveau.

Colleen avait bu deux autres bières à l'aéroport de Charlotte pendant l'escale, plus une durant le vol vers Wilmington, et elle ne voulait pas que son père arrive et sente l'alcool dans son haleine. Il n'était pas du genre à vilipender ou juger quelqu'un qui avait bu un verre ou deux, mais Colleen ne voulait pas qu'il apprenne que la diplômée en droit qui n'avait jamais pratiqué, qui venait de perdre un enfant et qui allait probablement droit au divorce, s'était mise à boire.

– Vous avez un chewing-gum en rab' ? demanda-t-elle.

L'homme cessa un temps de mâcher. Il quitta la piste des yeux et regarda Colleen.

– Oui.

– J'aimerais en avoir un, si ce n'est pas trop demander.

– Pas de problème.

Il fit le tour de son taxi et monta sur le trottoir. Il sortit un paquet de chewing-gum de sa poche et lui tendit un carré rose de Bubblicious dans son enveloppe de papier.

– Merci, dit-elle avant de le déballer et de le glisser dans sa bouche.

– De rien. J'espère que votre journée ne fera que s'améliorer.

– Moi aussi.

– Tout va s'arranger.

Il descendit du trottoir et refit le tour de son taxi pour revenir côté conducteur. Il ouvrit la portière et monta. Colleen entendit la radio prendre vie à l'intérieur du taxi. Il s'enfonça dans son siège.

Elle remit son casque, appuya sur « play » et ferma les yeux, elle aussi. Le goût du chewing-gum était presque écœurant tant il était sucré. Elle pensa aux publicités Bubblicious de la télévision et à tous ces enfants qui soufflaient des bulles qui les soulevaient du sol, les faisaient voler et les entraînaient même dans l'espace. Elle garda les yeux fermés, écoutant la voix de Pat Benatar, tourna le visage vers le ciel, et forma une bulle en se figurant son corps quitter le banc et ses pieds se soulever de terre. D'en haut, elle chercherait la voiture de son père sur les routes autour de l'aéroport, puis rejoindrait son corps quelques secondes avant son arrivée. Elle resta ainsi, les yeux clos, mais tournés vers le ciel. Une larme roula de chacun de ses yeux, sur chaque joue, et elles se rejoignirent dans son cou.

Durant le vol depuis Charlotte, Colleen avait fini sa bière, puis elle avait fermé les yeux et enfoncé sa tête en arrière dans son fauteuil. Elle avait imaginé l'esprit de son fils mort volant à sa hauteur de l'autre côté du hublot, produisant un effort acharné pour égaler la vitesse de l'avion et garder un œil sur elle. Elle savait que cela paraîtrait insensé – dément, en fait – si elle le disait à voix haute, mais quelques mois plus tôt, elle était une femme enceinte d'un bébé, quand là, elle n'était plus qu'une femme qui en avait perdu un : de toute façon, elle avait l'impression d'être maintenant moins que ce qu'elle avait été. Lorsque l'avion s'était préparé à atterrir, elle avait ouvert les yeux et regardé par le hublot pour voir son ombre sur les nuages en contrebas. Et lorsqu'il était descendu sous les nuages, l'ombre s'était projetée sur le sol, glissant sur la surface des voies d'eau, les fourrés de marisques aux têtes ondulantes et les cimes des chênes nains. L'esprit de son fils s'était confondu avec l'ombre de l'avion, et elle avait su qu'elle était revenue à l'endroit où Scott et elle avaient passé tellement d'heures à caboter avec le bateau des parents de Scott, à l'endroit où ils avaient décidé de s'installer, un endroit fort éloigné de Dallas, Texas.

Mais cette région n'avait pas toujours été la leur – du moins pas celle de Colleen : c'était celle de Scott. Il avait même été pour elle tout le portrait de la côte de la Caroline du Nord la première fois qu'elle avait posé les yeux sur lui, dans la queue pour les choix d'UV à l'université. Ils s'étaient retrouvés dans le même groupe parce que leurs noms de famille commençaient par un « B », et elle avait repéré Scott au programme des cours qui dépassait de la poche arrière de son short. Contrairement aux autres étudiants de la queue, arborant chevelure imposante, jeans et bottes, Scott donnait l'impression qu'il venait juste de débarquer sur les quais après une journée en mer : des mocassins de pont tellement lâches qu'on aurait dit qu'ils avaient été enfilés, un short beige et une chemisette bleue enfoncée dedans, une ceinture en cuir tressé, des Ray-Ban Aviator posées sur une visière de coton blanc. Il était facile de le voir pour ce qu'il était : un gosse de riche de l'est de l'État dont les parents n'avaient pas tout à fait le levier financier nécessaire pour faire intégrer au fils prodigue une université de l'Ivy League, ni même Wake Forest ou Duke, mais avec néanmoins suffisamment d'influence pour inciter le comité de Chapel Hill à regarder ailleurs le temps que le fiston franchisse les portes d'entrée de l'université.

Colleen était bien loin d'avoir le niveau, les relations ou l'appui financier requis pour Wake Forest ou Duke, mais elle avait bien réussi les tests d'admission en droit, et maintenu d'assez bonnes notes en général, alors Chapel Hill lui avait accordé une petite bourse. L'université centrale de Caroline du Nord avait proposé un financement complet, en conséquence de quoi elle avait considéré que son vieux fond idéaliste et progressiste se réjouissait de la perspective de suivre ses études dans une université historiquement noire, même si elle le faisait principalement parce que c'était gratuit. C'était la fin des années soixante-dix, et l'idée d'être une minorité au sein d'une minorité validait ce qui, au fond d'elle, lui donnait l'impression que jusqu'ici, sa vie avait été par trop facile.

La vie avait été facile pour Scott aussi, mais plus elle l'avait observé durant ce premier semestre, plus elle en avait appris sur lui et plus elle avait trouvé flagrant que la fac de droit lui était particulièrement laborieuse. Il avait rapidement paru évident qu'il n'était pas destiné à être l'étudiant le plus brillant de leur classe, et après quelques semaines à l'entendre vasouiller en droit de propriété dès qu'il répondait à une question, Colleen avait compris que Scott n'avait jamais non plus été de sa vie l'étudiant le plus brillant de sa classe, même s'il avait fort probablement été le plus riche et le plus charmant. Mais il y avait eu quelque chose dans sa détermination à tenter de répondre aux questions difficiles qui l'avait attirée, et une fois passée la première moitié du semestre, Scott, elle et quelques autres étudiants de première année avaient pris l'habitude de se retrouver les mercredis soir pour une pizza et des bières au Rathskellar, un restaurant en sous-sol situé dans une ruelle adjacente à Franklin Street.

Les six membres du groupe, trois garçons et trois filles, buvaient des Coors light, mangeaient des pizzas, et allaient à l'occasion mettre une pièce dans le juke-box pour passer du Duran Duran ou du Springsteen et noyer la voix de Ronald Reagan quand il apparaissait – tellement souvent ! – sur l'écran du poste de télévision fixé au-dessus du bar. L'endroit était un bouge et n'avait pas encore le câble ; le barman passait son temps à monter et descendre sur les caisses de bières pour changer de chaîne ou ajuster encore et encore l'antenne râteau pour améliorer la réception.

Une seule personne dans leur groupe aimait Reagan : Brantley Suttles, un baptiste indéfectible originaire de Shelby, qui avait fait ses années de prépa à l'université de Campbell. Tous les autres se pensaient démocrates, même s'il paraissait évident aux yeux de Colleen que Scott était le seul à pouvoir en exposer de réelles raisons. Contrairement à leurs parents – y compris ceux de Colleen –, qui portaient encore le deuil des assassinats de John et Robert Kennedy et perpétuaient une haine inextinguible de Nixon, ceux de Scott étaient des conservateurs de haute lignée, dont tant la culture que la fortune étaient issues du monde autrefois déclinant et maintenant mourant des plantations de l'est de la Caroline du Nord. Leur pouvoir se dissipait et se recentrait politiquement et géographiquement à Raleigh, Charlotte, Greensboro et Chapel Hill. Scott semblait comprendre cela, et il était plus que prêt à discuter du pouvoir moribond de la vision du monde que représentaient ses parents. En comparaison de la doctrine politique de Colleen, fondée sur des manifestations, des gros titres, des paroles de chansons et des attentats commis par des extrémistes, l'idéologie de Scott était plus simple, et de beaucoup. Il compensait le brio naturel et le zèle révolutionnaire qui lui faisaient défaut par sa compréhension des gens : leurs motivations, leurs craintes et leurs frustrations.

Ils appartenaient à une génération bien étrange. Ils avaient grandi au milieu de gros titres annonçant des marches, des manifestations et des sit-in ; ils avaient vu la guerre du Viêt-nam et Woodstock en direct sur des postes de télévision couleurs ; ils voulaient tous être H. Rap Brown, Jane Fonda et Patty Hearst ; et lorsqu'ils avaient eu dix-huit ans et ressenti toute la puissance de leur conviction révolutionnaire, ils avaient tous voté pour un agriculteur paisible, producteur d'arachides, qui s'était fait systématiquement humilier depuis le premier jour de son mandat de président jusqu'à, apparemment, son dernier. *Et qu'avons-nous fait, alors ?* s'était demandé Colleen. Ils s'étaient renfermés sur eux-mêmes, une évolution qui avait commencé bien plus tôt qu'ils ne l'avaient réalisé.

Colleen n'avait jamais voulu être une révolutionnaire comme Bernardine Dohrn ; elle voulait s'habiller comme Bernardine Dohrn, parler comme Bernardine Dohrn, être désirée comme Bernardine Dohrn. Scott avait paru comprendre cet état d'esprit avant même que Colleen n'en ait pris conscience, mais il ne l'avait jamais provoquée sur ce point, n'avait jamais remis en question son radicalisme, au-delà de leurs conversations nocturnes des mercredis soir durant les mois qui avaient précédé puis suivi l'élection de Ronald Reagan.

Ils avaient commencé à se rapprocher quand Scott et Colleen s'étaient mis à quitter la bibliothèque ensemble les mercredis soir, à marcher ensemble jusqu'à leurs voitures pour conduire séparément jusqu'à leurs appartements séparés, avant d'aller retrouver leurs amis sur Franklin Street pour leur soirée pizzas et bières. Rapidement, Scott avait proposé à Colleen de l'emmener, et ils laissaient sa voiture sur le campus, passaient chez elle pour qu'elle dépose ses livres et se change, puis filaient vers le bar. Ensuite, il la ramenait à sa voiture tard le soir et attendait derrière le volant pendant qu'elle démarrait et lui faisait au revoir de la main. Thanksgiving était à peine arrivé qu'il ne la déposait déjà plus à sa voiture qu'au petit matin avant les cours, encore vêtue de ce qu'elle portait la veille au soir, Scott se penchant sur la portière conducteur de la voiture de Colleen pour l'embrasser longuement, pour l'heure ou deux qu'ils allaient passer l'un sans l'autre. Bientôt, elle passait presque toutes ses nuits dans l'appartement de Scott, venant en voiture après avoir quitté la bibliothèque quand elle fermait à minuit, et le trouvant assis devant la petite table de sa cuisine, une cassette du *Fables of the Reconstruction* de R.E.M. se répétant en boucle sur la petite chaîne hi-fi qu'il gardait sur le comptoir. Ils repartaient ensemble pour le campus le lendemain matin, entraient ensemble dans le bâtiment, sans craindre que quiconque remarque, sache ou imagine ce qu'ils vivaient quand ils n'étaient pas à l'université.

C'est ainsi que s'était déroulée leur première année de droit, et cet été-là, Colleen était retournée dans la maison familiale de Oak Island pour effectuer un stage rémunéré dans un cabinet d'avocats spécialisé en droit immobilier qu'un ami de son père lui avait dégoté. Scott s'était installé à un jet de pierre de là : à Wilmington, où il vivait chez son frère aîné Don et son épouse, et où il avait trouvé un stage d'aide juridique non rémunéré, un emploi qui l'entraînait dans les quartiers les plus défavorisés de la ville, pour rencontrer certaines des personnes les plus pauvres de l'État. Les histoires qu'il racontait à Colleen au téléphone durant la semaine la poussaient à s'inquiéter : sa sécurité, son sens de la justice qui permettait que l'on abuse si facilement de lui, son cœur trop gros pour être confronté à tant de misère d'un coup. Mais elle réagissait également au fait que ce qu'il faisait importait, et pas seulement dans un plan de carrière dont ils parlaient souvent, mais sans réellement imaginer ce qui pouvait les attendre à l'issue de leur troisième année.

Mais, le week-end venu, Colleen ne pensait plus à ces choses ou ne s'en inquiétait plus, lorsqu'elle filait plein nord sur la Highway 17 avec sa Cavalier cinq-portes décrépite et rejoignait la ville de Wrightsville Beach, où elle, Scott, Don et son épouse Karen mettaient à l'eau dans le pertuis le bateau de Don et sortaient en direction de l'île de Masonboro, suivant en cela une douzaine d'autres bateaux, tous pilotés par d'autres jeunes hommes de la même classe d'âge, tous aussi charmants, élégants et bronzés. En sortant, Don longeait la côte et indiquait de la main les splendides demeures du quartier historique de Masonboro Sound, dans lesquelles on recevait autrefois des invités de marque comme les Vanderbilt et les Astor ; Colleen ne pouvait s'empêcher de penser qu'en signalant l'absence des ces familles, Don soulignait que leur famille, à Scott et lui, était toujours là, éminente et incontestable, moins fascinante et célèbre, peut-être, mais néanmoins toujours capable d'impressionner Colleen par sa richesse, son standing et son indéfectible goût du loisir.

Une fois l'île atteinte, ils buvaient, nageaient et prenaient le soleil à en virer au rouge écrevisse, autour du bateau et jusqu'au crépuscule. Puis ils descendaient à terre, faisaient un feu et se mêlaient aux mêmes gens avec lesquels ils avaient passé la journée, faisaient griller des hot-dogs et des hamburgers, buvaient des bières et écoutaient de la musique, avant de finalement s'éclipser par couples, de remonter un peu plus haut sur la plage et de dormir par-dessus les sacs de couchage en ne se couvrant que d'un mince drap de coton pour protéger leurs coups de soleil de la brise chaude qui venait de la mer. Ils s'endormaient au bruit des conversations autour des feux, qui ne s'éteindraient qu'à l'approche de l'aube.

Colleen pensait alors que sa vie serait ainsi. À l'époque, elle n'envisageait pas d'épouser Scott ou d'avoir un enfant avec lui : elle vivait simplement une vie qu'elle supposait devoir se poursuivre toujours. Et maintenant, elle était de retour à l'endroit où elle pensait que la vie durerait, et elle y était seule, assise sur un banc, à attendre son père.

*

Colleen savait que son père n'était pas le genre d'homme à attendre le long d'un trottoir, derrière le volant, moteur tournant, qu'on vienne jusqu'à lui. C'était le genre d'homme qui se garait et venait vous chercher – et c'est ce qu'il fit. À un moment, Colleen avait tourné la tête et, soudain, il était là. La dernière fois qu'elle l'avait vu, il était venu à Dallas avec sa mère pour la naissance de leur petit-fils, et là, quelque chose chez lui paraissait différent. Mais Colleen savait que c'était elle qui était différente. Tout en elle avait changé.

– 'cou, ma belle, dit son père.

Elle se leva et il ouvrit grand les bras. Elle garda ses lunettes de soleil et l'enlaça, sentit son odeur familière – l'après-rasage d'un homme de son âge, la fumée de sa cheminée, un peu d'air marin. Elle ferma les yeux.

– 'cou, p'pa, répondit-elle. Merci d'être venu me chercher.

– C'est bien normal.

– Je suis bien consciente que c'est une surprise.

Il s'écarta un peu d'elle, mais sans la lâcher. Il la regarda droit dans les yeux.

– C'est une bonne surprise. C'est toujours bien quand tu reviens à la maison.

Colleen fit de son mieux pour sourire, puis elle se pencha pour prendre sa valise. Son père la lui prit des mains lorsqu'elle se redressa.

– Comment va Scott ? demanda-t-il.

Elle soupira.

– On en discutera dans la voiture, rétorqua-t-elle.

Il avait garé la Regal au parking courte durée, et pendant qu'elle attendait qu'il déverrouille la portière passager, elle aperçut les affiches et les tracts arborant le visage de son père sur la banquette arrière.

– Comment se passe la campagne ?

Il rit et secoua la tête.

– On en discutera dans la voiture, répliqua-t-il.

*

Lorsqu'ils eurent quitté l'aéroport, Colleen et son père parlèrent de tout et de rien tandis qu'ils traversaient Wilmington.

– Quel temps fait-il à Dallas ?

– Chaud. Et ici ?

– Plus frais que tu pourrais le penser.
– Comment va maman ?
– Pas de grand changement.

Ce ne fut que lorsqu'ils s'engagèrent sur le pont du fleuve Cape Fear en direction du comté de Brunswick qu'il posa sa paume rêche sur le dos de la main de Colleen et la serra. Colleen regarda le fleuve en contrebas, là où il louvoyait vers l'intérieur des terres depuis la mer. Les ponts et l'eau vive lui manquaient, même si elle avait grandi en étant terrifiée par l'un et l'autre.

Elle sentit la main de son père sur la sienne, et se souvint soudain de ce qu'il lui disait chaque fois qu'ils traversaient un pont quand elle était petite, où qu'ils soient. Elle se tourna vers lui.

– Vas-tu le dire ? demanda-t-elle.
– Dire quoi ?
– Ne regarde pas en bas.
– Ne regarde pas derrière toi, compléta-t-il.

Il sourit, garda les yeux sur la route et serra une nouvelle fois sa main.

– Pourquoi ne le dis-tu plus ? demanda-t-elle.
– Je ne sais pas. Peut-être parce que tu n'as plus peur.

Était-ce vrai ? N'avait-elle effectivement plus peur ? Ou n'était-ce pas plutôt qu'ils ne s'étaient que rarement trouvés en voiture ensemble ces dernières années, et qu'ils n'avaient traversé aucun pont ? Cette possibilité l'emplit de tristesse, et elle préféra croire qu'elle n'avait plus peur plutôt qu'accepter l'option la plus réaliste : qu'elle n'était plus une petite fille qui passait beaucoup de temps en voiture avec son papa.

Son père s'éclaircit la gorge, retira sa main et la replaça sur le volant.

– Colleen, je ne vais pas te demander ce qui t'a amenée à revenir à la maison. Ce ne sont pas mes affaires. (Il toussa, comme pour gagner du temps et réfléchir à ce qu'il allait dire. Le soleil allait vers le couchant par-dessus l'épaule de Colleen, et elle savait que le fleuve offrait probablement un spectacle magnifique, mais elle ne se tourna pas pour en profiter.) Ta mère, par contre, va probablement te poser beaucoup de questions. Elle est comme ça, mais elle ne pense absolument pas à mal. Je te le dis juste pour que tu aies le temps de te demander si tu veux ou non répondre.

– Je vais peut-être d'abord attendre de voir quelles sont les questions, puis je verrai si j'ai envie d'y répondre.

– Ça me convient, dit son père. (Il la regarda et sourit.) Ça me convient.

– Tu joues le bon flic avant qu'on entre dans la salle d'interrogatoire ?

– Non. Non, je n'ai juste pas envie que tu franchisses la porte et que tu sois prise par surprise ou choquée par ce que ta mère pourrait dire. Elle s'est beaucoup inquiétée pour toi, et je sais que tu t'es inquiétée pour elle, et je… je ne sais pas.

– C'est bon, papa. Je sais.

Il fit un signe de tête en direction de son walkman.

– Je vois que tu as une de ces radios.

Colleen avait oublié que son walkman était accroché à sa ceinture et qu'elle avait toujours le casque autour du cou.

– Le son est bon ?

– Tu veux essayer ?

– Bien sûr.

Elle décrocha le casque de son cou et le plaça sur ses oreilles, puis appuya sur « play ». Elle entendit la musique débuter, et s'enfonça dans son siège pour le regarder hocher la tête en cadence. Il fit glisser sa main dans les airs devant lui comme s'il voulait attraper quelque chose dans le noir, et Colleen comprit qu'il s'agissait de l'idée qu'il se faisait de la danse.

– Génial, dit-il.

Elle rit et appuya sur « stop ».

– Ça suffit, papa. Je ne voudrais pas que tu sois trop branché. Maman risquerait de te poser des questions, à toi aussi.

*

Le père de Colleen ne lui parla de l'avion qu'il avait trouvé la nuit précédente et du cadavre de Rodney Bellamy que lorsqu'ils approchèrent du petit aéroport où, abandonné, il attendait comme un sujet de conversation qui ne pouvait être évité. Le soleil était presque couché, et Colleen regarda les éclairs produits par la rotation de la balise lumineuse alors qu'ils la dépassaient.

– Tu connaissais Rodney, n'est-ce pas ? demanda-t-il.

– Oui, je le connaissais, mais pas bien. Il était gentil. Tout le monde l'aimait. C'est le fils de…

– Ed Bellamy, je sais. Ta mère me l'a rappelé, au cas où j'aurais oublié.

– Comment crois-tu qu'il s'est retrouvé là ? Je ne le vois vraiment pas en dealer de drogue, attendant des avions en pleine nuit.

– Je ne crois pas non plus que ç'ait été son genre. Sa femme dit qu'il était parti acheter des couches.

– Acheter des couches ? répéta Colleen. (Elle se détourna de la fenêtre et regarda son père.) Il avait un bébé ?

Cette question posée, Colleen sentit le climat à l'intérieur de la voiture changer, devenir froid et calme ; elle réalisa que son père avait compris que les blessures qu'il craignait voir rouvertes par sa mère l'avaient déjà été avant même qu'ils ne soient arrivés à la maison.

– Oui, répondit-il. Il avait un bébé.

– Quel âge ?

– Trois mois, si je me souviens bien de ce que sa femme a dit.

– Garçon ou fille ?

Son père prit une longue inspiration, la retint. Même si elle avait reporté son attention vers le pare-brise et la route au-delà, elle vit du coin de l'œil son père tourner la tête vers la fenêtre de sa portière, comme s'il ne voulait pas risquer de croiser son regard.

– Un garçon.

Colleen ferma les yeux. Elle sentit de nouveau la paume rugueuse de son père sur le dos de sa main, sentit ses doigts se refermer sur les siens.

*

Sa mère était dans la cuisine lorsqu'ils arrivèrent, mais le temps qu'ils franchissent la porte, elle traversait déjà le vestibule et se dirigeait droit vers Colleen, les bras grands ouverts.

– Colleen ! dit-elle. Ton appel a été une telle surprise !

Sa mère la prit dans ses bras, et Colleen l'étreignit de même. Elles se balancèrent d'un côté l'autre comme s'il s'était écoulé bien plus que quelques mois depuis qu'elles s'étaient vues. Le corps de sa mère paraissait maigre et frêle ; Colleen craignait de lui faire mal, et craignait plus encore d'admettre que le corps de sa mère avait pu tant changer en aussi peu de temps.

Elles s'écartèrent l'une de l'autre ; Colleen recula et remonta la bandoulière de son sac un peu plus haut sur son épaule.

– Eh bien, j'espère que tu aimes les surprises.

– Oh oui, surtout les bonnes comme celle-là.

Sa mère la toisa de la tête aux pieds, toucha ses cheveux là où sa coupe au carré glissait le long de sa mâchoire, passa les doigts sur le casque du walkman comme si l'objet était tombé de la lune. Elle soupira.

– Scott a appelé. Il veut que tu le rappelles dès que possible.

– OK, répondit Colleen.

Elle ôta son casque, posa le walkman sur la petite table près de la porte d'entrée, puis se débarrassa de sa veste de jean, qu'elle accrocha à la patère au bas des escaliers.

– Il était surpris que tu sois là. Pourtant, tu lui as bien dit que tu venais ?

Sa phrase avait beau se terminer comme une interrogation, elle avait surtout le ton d'une accusation.

Colleen réalisa que son père s'était enfui à l'étage avec sa valise. Il avait vu venir le traquenard, et avait eu l'intelligence de se retirer avant que le piège ne se referme. Sa mère lui tendit un petit bout de papier, que Colleen prit. C'était un numéro de téléphone avec 469 comme indicatif de zone : le numéro de Scott au bureau, qu'elle n'avait pas encore appelé assez souvent pour l'avoir mémorisé.

– Tu vas l'appeler ? demanda sa mère.

– Oui, maman. C'est mon mari. Je vais l'appeler.

– C'est très bien ; je pense que c'est ce que tu devrais faire, parce qu'il a eu l'air vraiment surpris quand je lui ai dit que tu étais là.

– J'ai compris, maman. Merci.

En montant les escaliers, elle passa devant le tirage 24 × 36 encadré de Scott et elle le jour de leur mariage. Elle remonta encore une fois la bandoulière sur son épaule puis décrocha la photo du mur et la regarda. Sur le cliché, Scott portait un smoking noir et une chemise à jabot, elle, une robe blanche parsemée de sequins argentés dont les manches s'achevaient en épaulettes qui ressemblaient à du rembourrage. Leurs sourires étaient plus nerveux qu'heureux, le léger renflement de son ventre arrondi par la grossesse demeurant presque imperceptible au milieu des paillettes.

Voir la photo ne lui rappela pas le jour de leur mariage ; elle se revit debout devant le lavabo de leur salle de bains de la banlieue de Chapel Hill, un test de grossesse sur la tablette, lorsqu'elle avait passé une heure les yeux fixés sur le petit boîtier en plastique à se poser des questions sur son fonctionnement chimique, à espérer de tout son cœur que n'apparaîtrait pas le cercle brun que le mode d'emploi décrivait comme un anneau. Mais évidemment, l'anneau était apparu.

Durant leur dernière année de fac de droit, elle s'était installée dans le trop petit deux-pièces de Scott, à Carrboro. La salle de bains était dépositaire de leurs personnalités et emblématique de leurs vies : les résidus de poils de barbe que Scott laissait dans le lavabo chaque matin après s'être rasé ; le dentifrice qu'ils partageaient simplement parce que Scott ne pensait jamais à en acheter pour lui ; la collection de shampoings et démêlants qu'elle achetait, essayait, puis abandonnait dans la cabine de douche pour que Scott les pille ; les déodorants, crèmes à raser et brosses à dents qui submergeaient la surface mélaminée encadrant la petite vasque.

C'était devant ce lavabo qu'elle s'était trouvée lorsqu'elle avait appris qu'il ne s'agirait plus dorénavant simplement d'eux deux, et, lorsque ses yeux étaient passés du test de grossesse à ses propres yeux dans le miroir, elle avait fait de son mieux pour voir au-delà de sa propre désolation et se figurer comment Scott allait réagir. Voudrait-il avoir un bébé avec elle ? Voudrait-il l'épouser ? Voulait-elle de ces deux possibilités, maintenant ou un autre jour ?

Comme toutes les futures mères, qu'elles l'aient ou non prévu, Colleen avait immédiatement fait le calcul de tête : c'était la mi-février, et en fonction de la date du début de grossesse, le bébé arriverait à l'automne, juste quand Scott et elle étaient censés commencer à exercer leur premier emploi post-universitaire, ce qu'elle avait toujours considéré comme certain et imminent, une certitude qui, même si la preuve flottait devant ses yeux sous la forme d'un test de grossesse posé sur le meuble de la salle de bains, paraissait beaucoup plus intimidante et réelle que ce bébé qui grandissait désormais en elle.

Colleen glissa la photo encadrée sous son bras et se remit à monter vers son ancienne chambre. Cette dernière était restée virtuellement inchangée depuis qu'elle était partie à la fac. Un lit à baldaquin au drapé de dentelle blanche se dressait sur la même épaisse moquette marron qui couvrait le sol de toutes les pièces de l'étage. Le dessus-de-lit était un plaid orange qu'elle avait depuis le lycée. Les murs étaient couverts de posters : David Cassidy appuyé contre un arbre, permanenté et prenant la pose ; un poster de Fleetwood Mac aux couleurs autrefois fluo, maintenant ternies ; Joan Jett sautant dans les airs sur fond jaune, une guitare blanche dans les mains et sa moue, signe d'une assurance enviable. Le père de Colleen avait pris le téléphone vert olive à cadran dans la pièce qu'ils appelaient le bureau et l'avait branché à la prise murale. Il était maintenant posé comme s'il l'attendait sur la table en osier blanche qui jouxtait son lit.

Colleen fit glisser la bandoulière de son sac à main qu'elle jeta sur le lit à côté de sa valise. Elle regarda de nouveau la photo, puis elle ouvrit le tiroir du haut de sa commode, écarta des chaussettes orphelines et une vieille culotte, et la glissa à l'intérieur, côté image vers le bas, avant de refermer le tiroir.

Elle attrapa le téléphone et l'emporta jusqu'au fauteuil poire brun clair qui se trouvait sous la fenêtre, le bout de papier sur lequel était inscrit le numéro du bureau de Scott enroulé dans sa main comme un parchemin. Elle se laissa s'enfoncer dans le fauteuil poire et sentit les petites billes de polystyrène expansé s'écarter et se déplacer sous son poids. Le cuir tentaculaire se releva et se referma contre son corps. Elle posa le téléphone sur ses genoux et le regarda.

Ils avaient décidé de se marier et d'avoir le bébé. Quoi qu'il en soit, ils avaient également décidé qu'elle ne présenterait pas le barreau, puisqu'elle n'exercerait pas après la naissance. Tout cela – l'examen du barreau, l'emploi, la carrière – viendrait plus tard, du moins pour elle. Scott avait cet emploi fédéral qui l'attendait à Dallas. Il avait commencé à passer des entretiens, et s'était vu offrir ce poste – ainsi que d'autres – peu après avoir été élu président de l'association étudiante du barreau à Chapel Hill. Il avait voulu devenir rédacteur pour le *North Carolina Law Review*, mais il n'avait pas les notes requises, alors il s'était contenté de concourir pour le poste de président. Cela lui allait mieux, de toute façon. Les gens l'aimaient bien. Il savait bâtir des consensus, et quoi qu'il dise ou fasse, il ne faisait jamais de vagues, même lorsqu'il envisageait d'employer les fonds limités de l'association pour convaincre Jesse Jackson de venir donner une conférence à la fac. Durant toute cette période, Colleen avait été une parfaite première dame (même si personne ne l'appelait ou ne la considérait comme telle), en particulier à partir du moment où il était devenu évident qu'elle était une étudiante de troisième année enceinte, sans perspective d'emploi et qui ne présenterait pas le barreau l'été venu.

Elle n'avait dit à personne, alors – ni depuis, d'ailleurs –, que ses notes avaient toujours été meilleures que celles de Scott. Elle n'avait eu que des A, à part un B en droit constitutionnel et un C+ en droit des opérations garanties. Mais Scott était président. Il avait un emploi qui l'attendait. Il allait bientôt être père, même si, évidemment, vous ne l'auriez pas su en le voyant, à moins que Colleen n'ait été à son côté, encore qu'alors, sa grossesse soit plus repérable à sa gestuelle qu'à son anatomie. Son tour était censé venir après la naissance. Elle était censée passer l'automne et le printemps à se préparer pour le barreau du Texas. Scott aiderait avec le bébé pour qu'elle puisse travailler. Ils trouveraient une bonne garderie une fois qu'elle aurait commencé à travailler. Elle aurait tout ce qu'elle n'aurait même pas imaginé vouloir, mais qui viendrait néanmoins.

Et maintenant, assise dans son ancienne chambre, avec plus de la moitié du pays entre elle et Scott, elle savait que la seule chose qu'elle voulait réellement était son fils, et que, quoi qu'il se passe après que tout ceci serait terminé – quoi que cela puisse signifier –, il était la seule chose qu'elle n'aurait jamais.

Elle décrocha le combiné et le porta à son oreille. Elle écouta la tonalité et respira profondément avant de composer le numéro. Tout en égrenant les chiffres, elle imaginait Scott dans son bureau du tribunal fédéral du centre de Dallas, le lustre argenté des fenêtres de verre réfléchissant le soleil, le bruit assourdi de la circulation automobile en contrebas. Elle ne put s'empêcher de comparer ce que chacun voyait : la chambre morne et confinée d'une adolescente *versus* l'auguste bureau d'un homme qui avait réussi à devenir exactement ce qu'il voulait. Scott avait donné l'impression que tout cela était facile parce que tout lui était facile. Colleen n'aurait pu citer une seule chose qu'il avait désirée et n'avait pas obtenue.

Le téléphone sonna plusieurs fois, puis Scott décrocha.

– Où es-tu ? demanda-t-il.

– Chez mes parents. Ma mère m'a dit que tu avais appelé.

– Eh bien, j'ai appelé à la maison toute la matinée, puis je suis passé à l'heure du déjeuner, et tu n'étais pas là.

– Tu peux me rappeler ? demanda-t-elle.

– Te rappeler ?

– C'est un appel longue distance. Depuis la maison de mes parents. Tu peux me rappeler ?

– Oui, répondit-il. (Elle l'entendit soupirer.)

– Tu n'es pas forcé, ajouta-t-elle. C'est toi qui as appelé ici. Je ne fais que rappeler.

– C'est bon, je vais le faire.

– OK, dit-elle avant de raccrocher.

Elle réalisa que son cœur battait la chamade, que son sang lui martelait les oreilles. Elle regarda ses mains. Elles tremblaient légèrement. Elle referma ses doigts sur le téléphone et attendit qu'il sonne. Ce qu'il fit.

– 'lut, dit-elle.

– 'lut, dit-il.

– Allô, dit la voix de sa mère. (Colleen pouvait l'entendre dans le combiné, ainsi que depuis la cuisine, sa voix remontant par les escaliers.) Scott ?

– 'lut, Marie. Je rappelais juste Colleen.

– C'est bon, maman, je l'ai. (Son coup de chaud vira à la frustration froide et moite.)

– OK, dit sa mère. OK, répéta-t-elle. J'espère que tout est OK.

– Tout est OK, dit Scott. Merci.

– OK, dit encore une fois sa mère. Au revoir.

– Au revoir, répondit Scott.

Mais la mère de Colleen resta en ligne, attendant que quelqu'un d'autre parle pour ne pas renoncer tout de suite à son rôle dans leur vie.

– OK, dit-elle.

– Maman, c'est bon. S'il te plaît. (Elle entendit sa mère raccrocher.) Doux Jésus ! murmura-t-elle.

– Comment c'est, d'être de retour à la maison ?

– Comme tu peux l'imaginer. Je viens littéralement juste d'arriver.

– Quand as-tu décidé de partir ? J'ai appelé à la maison et je n'arrivais pas à te joindre, alors j'ai fait toute la route à l'heure du déjeuner, et tu n'étais pas là. J'ai eu peur.

– Désolée d'avoir été un tel fardeau.

– Tu n'es pas… (Il s'interrompit.) Écoute, Colleen.

Il écarta le combiné de sa bouche, parla à quelqu'un d'autre dans la pièce. *OK*, dit-il, la voix assourdie par une main qu'il avait dû placer sur le microphone. *OK. Merci.* Colleen s'imagina une secrétaire gênée ou un jeune employé à la porte du bureau, apportant des papiers à signer. À moins que ce ne soit un avocat chevronné que Scott brûlait d'impressionner, et qui était peut-être déjà vexé que Scott ait pris le temps de conduire jusque chez lui pour voir une épouse qui n'avait pas achevé son deuil.

– Je te dérange ? demanda Colleen.

– Non, dit Scott en revenant à leur communication. C'est juste… rien. On est toujours occupés ici, c'est tout.

– J'avais prévu de t'appeler dès mon arrivée. Je ne savais pas que tu quitterais ton travail et que tu conduirais jusqu'à la maison pour me voir.

– Ce n'est vraiment rien.

C'est juste que je ne veux pas rester là-bas pour l'instant, parce que cela me fait penser à lui, ce qui est fou, quand on y réfléchit, puisqu'il n'y a jamais été. À la maison, je veux dire. Alors qu'il a été ici. C'est juste que…

– Non, dit Scott. Je comprends. Je sais que c'est dur, et que j'ai passé beaucoup de temps au bureau, et que tu as souvent été seule. Colleen, si tu as besoin de…

– Mais le sais-tu vraiment ?

– Si je sais quoi ?

– Sais-tu que c'est dur ? Vraiment ?

– Oui, dit-il. Je sais que c'est dur pour toi, et que c'est dur pour moi, mais je ne peux même pas imaginer à quel point ça l'est pour toi.

– Tu n'en as aucune idée.
– Je sais. C'est pour cela que…
– Parce que tu ne m'as pas demandé.
– Colleen, est-ce que je suis juste censé…
– Tu n'es rien censé faire du tout, répondit-elle.
– Eh bien alors, y avait-il une formule magique que j'étais censé prononcer ?
– Bon sang, Scott, vraiment ? Vraiment ? Il n'y a rien de spécifique, mais parfois des choses doivent être dites…
Mais en fait, le mot juste aurait été *entendues*. Elle avait besoin d'entendre quelque chose de sa part. Elle ne savait pas ce que c'était, mais elle savait qu'il ne le dirait pas.
Le téléphone resta silencieux. Elle entendait Scott respirer à l'autre bout.
– Je le sens toujours, finit-elle par dire.
– Je sais. Moi aussi.
– Mais je veux dire, *en moi*, Scott. Je le sens toujours, là où il se trouvait dans mon ventre. Et maintenant il n'y est pas, là, et il n'est pas ici, et je ne sais pas où il est.
Il y eut un nouveau moment de silence. Colleen attendit. Elle entendit quelque chose grincer à l'autre bout de la ligne, peut-être son fauteuil de bureau.
Elle ne put contrôler ce qui arriva ensuite. Son corps fut secoué de sanglots, et elle se mit à verser un irrépressible torrent de larmes.
– Chérie, dit Scott, avant de marquer une pause. Chérie, répéta-t-il.
– Est-ce que tu l'as tenu ? demanda-t-elle.
– Tenu ?
– Oui. À l'hôpital. Après sa naissance. Est-ce que tu l'as tenu ?
– Bien sûr que je l'ai tenu, Colleen. Évidemment.

– Je ne m'en souviens pas. Je ne me souviens pas de t'avoir vu le tenir. J'aimerais bien m'en souvenir. (Elle ravala un sanglot, toussa, puis s'essuya le nez avec son tee-shirt.) Quelle odeur avait-il ?

Scott baissa la voix comme si cela pouvait l'inciter à faire de même.

– Je ne… (Il s'interrompit, et Colleen put sentir qu'il ajustait le combiné dans sa main, ou qu'il le détournait de quelqu'un ou de quelque chose.) Je ne sais pas, Colleen. Je ne pourrais pas le décrire. J'aimerais pouvoir.

– Oui, dit-elle. (Elle renifla, se ressaisit comme si elle remettait toutes les pièces d'elle-même en place.) Il y a bien des choses que j'aimerais pouvoir faire.

– Nous allons surmonter ça, Colleen.

Elle rit, puis renifla et s'essuya de nouveau le nez avec son tee-shirt.

– Oui, Scott, nous allons surmonter ça.

– Je ne suis pas ton ennemi, Colleen. Je suis ton mari. Et je suis son père. Le fait que j'affronte ça d'une façon différente de la tienne ne veut pas dire que je n'ai pas mon propre merdier à traverser.

– Désolée de t'avoir mis dans la merde.

– Je ne te demande pas de t'excuser pour quoi que ce soit. Je ne crois pas que nous ayons l'un ou l'autre à nous excuser de quoi que ce soit.

Elle regarda le lit sur lequel était posé son sac à main, dont dépassait un coin du livre de Brazelton comme s'il l'espionnait, comme s'il lui demandait pourquoi elle ne l'avait pas ouvert de la journée.

– Il aurait quatre mois, dit-elle. Le livre dit qu'à quatre mois, il gazouillerait et mâchouillerait ses jouets. Le livre dit qu'il serait capable de reconnaître nos visages. Il serait capable de percevoir nos émotions.

– Colleen, chérie, je ne suis pas sûr que ce soit une bonne idée d'emporter ce livre partout avec toi.

– Pourquoi pas, Scott ? Qu'est-ce que tu veux que j'emporte à la place ? Je ne peux pas porter notre fils.

– Non, évidemment pas. Laisse-moi m'expliquer. Je sais ce que ce livre signifie pour toi.

– Ce livre n'a pas la moindre putain d'importance pour moi, Scott. C'est un livre. J'apprends... (Elle s'arrêta une seconde, puis se mit à chuchoter.) J'apprends des choses sur les bébés. Qui n'a pas envie d'en savoir plus sur les bébés ?

– Je sais que ça te réconforte, mais je me demande si ça t'aide vraiment.

– Je me suis endormie dans l'avion, aujourd'hui, et lorsque j'ai ouvert les yeux, j'ai cru le voir de l'autre côté du hublot. Il me regardait.

– Qui ? Qui te regardait ?

Elle s'enfonça plus profondément dans le fauteuil poire et appuya sa tête contre le mur. Elle ferma les yeux.

– Lui, Scott. Notre fils. Je me le figurais volant à côté de moi, juste de l'autre côté du hublot. Je voulais ouvrir la fenêtre et le toucher, mais ce n'était pas possible. On ne peut évidemment pas ouvrir les fenêtres en avion.

– Colleen, dit-il, en baissant la voix au niveau d'un murmure. Colleen, est-ce que tu as bu ?

– Bon sang, Scott, vraiment ? (Elle se redressa, s'efforça d'échapper au fauteuil poire et de se lever.) Je te parle de notre fils reconnaissant mon visage et c'est tout ce que tu trouves à me demander ? Bon sang, Scott !

– Désolé, dit-il. Désolé. Évidemment. Évidemment, ce n'était pas ce que je voulais dire. (Il se tut, et Colleen se rapprocha du lit. Elle savait que Scott parcourait son bureau des yeux, son esprit sautant du coq à l'âne dans l'espoir de trouver quelque chose à lui dire.) Tu disais l'avoir vu à l'extérieur de l'avion. C'était juste… Je ne sais pas. Comment va ta mère ?

– Elle est malade, Scott. Elle a un cancer. Elle est plus maigre qu'un clou et elle fait déjà de ma vie un enfer. Jusqu'ici, ça a été de vraies vacances.

– Qu'a-t-elle dit de ton apparition à la maison ?

– Elle a dit : « Putain de merde, Colleen, te voilà à la maison. Maintenant, va téléphoner à ton mari. » Je ne sais pas, Scott. Raccroche, et rappelle pour lui demander.

– Non, c'est à toi que je veux parler.

– Alors, parlons.

– Je t'aime. J'aimerais être là-bas, ou que tu sois toujours à la maison et que je puisse te voir.

– C'est mieux ainsi.

– Qu'est-ce que c'est censé vouloir dire ? Ça ressemble à… (Il baissa la voix, et Colleen l'imagina recroquevillé dans son fauteuil.) Est-ce que tu me quittes ?

– Je ne fais rien du tout, Scott. Je rends visite à mes parents. Tu es au bureau. Je suis ici. Tu es là-bas. C'est mieux ainsi.

– Pour combien de temps ?

– Je ne sais pas.

– As-tu pris un billet de retour ?

– Non.

– Mais tu le feras ?

– Évidemment.

– OK. Je t'aime. Même si je ne sais pas quoi dire, ça je peux te le dire.

– OK.

– Je t'aime.

– Moi aussi, je t'aime, répondit-elle.

Ils raccrochèrent et elle remit le téléphone sur la petite table en osier, puis elle souleva sa valise du lit et la fit glisser par terre. Elle s'allongea sur le lit, entrelaça ses doigts, posa ses mains sur son ventre plat et ferma les yeux.

*

L'obscurité était complète dans la chambre lorsque Colleen rouvrit les yeux. Elle était étendue sur le côté, en position fœtale, les mains toujours posées sur son ventre. Il lui fallut quelques instants pour reconnaître l'endroit où elle se trouvait, mais dès qu'elle eut réalisé qu'elle était dans son ancienne chambre de la maison de ses parents, elle put entendre le son de leurs voix qui remontait de la cuisine par la cage d'escalier. Elle roula sur le dos et leva les yeux vers le plafond sombre. Elle était restée étendue là, dans ce lit, à écouter ces voix pendant plus de la moitié de sa vie, mais c'était la première fois qu'elles lui paraissaient étranges et étrangères. Elle n'avait pas l'impression d'appartenir à quoi que ce soit ni à qui que ce soit, et en cet instant, une étincelle de liberté parcourut tout son corps comme un coup de foudre.

Lorsqu'elle s'assit, elle réalisa que sa tête la martelait ; alors, elle quitta sa chambre et alla dans la salle de bains boire un peu d'eau au robinet. Elle s'aspergea le visage, ouvrit les yeux aussi grand qu'elle le put et se regarda dans le miroir. Elle se fit un sourire grotesque. Elle fronça les sourcils. Elle murmura : « Oh, j'ai juste eu envie de passer à la maison. Je me suis dit que la surprise vous ferait plaisir. »

On préparait le dîner en bas, et elle savait à l'odeur que sa mère faisait des steaks en sauce, de la purée et un légume vert quelconque. Elle savait qu'ils allaient tous s'asseoir à table, où attendrait une cruche de plastique vert de thé glacé sucré. Elle savait que sa mère allait lui poser toutes les questions qui lui passeraient par la tête sauf *Comment ça va, Scott et toi ?* et qu'elle ferait de son mieux pour répondre sans faire de grands yeux, pleurer ou baisser la tête jusqu'à ce que sa mère comprenne, et que durant tout ce temps, elle ne penserait qu'à emprunter la voiture de sa mère pour aller à l'épicerie acheter un pack de six Budweiser puis se garer au bord de la plage, grimper dans les dunes et toutes les boire avant d'enterrer les bouteilles vides dans le sable et rentrer à la maison.

Mais d'abord, Colleen allait descendre au rez-de-chaussée. Elle allait dîner et boire du thé sucré. Et elle allait répondre à toutes les questions auxquelles elle pouvait répondre. Et elle allait dire encore et encore : « Tout est pour le mieux, maman. Je suis à la maison, là. Tout va bien. »

Elle fit de nouveau couler de l'eau pour s'asperger le visage. Lorsqu'elle ferma le robinet, elle entendit le bruit de quelqu'un qui montait les escaliers. Elle s'essuya le visage et les mains avec la serviette suspendue au bord du lavabo, puis elle jeta un coup d'œil dans le couloir et vit sa mère qui apportait un plateau en direction de sa chambre.

– Maman ? dit-elle.

Elle éteignit la lumière dans la salle de bains et le couloir en fut presque plongé dans l'obscurité, mais elle pouvait voir les mains de sa mère là où elles tenaient le plateau ; la maigreur de ses bras donnait à ses mains une apparence monstrueuse.

– Maman, répéta-t-elle, tu m'apportes mon dîner au lit ?

– Et pourquoi pas ? répondit sa mère. Tu as voyagé toute la journée. La dernière chose dont tu as besoin, c'est bien de t'asseoir dans une salle à manger avec deux vieux pour les écouter cancaner. (Elle se tourna et poussa la porte de la chambre de Colleen avec le pied. La lumière se déversa dans le couloir sombre. Elle regarda par-dessus son épaule et fit un signe de tête en direction de sa fille.) Viens, dit-elle. Avant que ce soit froid. Je n'ai pas envie de le redescendre pour tout réchauffer.

Elle posa le plateau sur le lit. C'était exactement ce que Colleen avait prévu : un steak en sauce, de la purée, des haricots verts et un verre de thé glacé sucré. Sa mère avait enveloppé un couteau et une fourchette dans une serviette en papier et posé le tout à côté de l'assiette.

– Tu n'avais pas besoin de faire ça, maman, dit Colleen en s'asseyant sur le lit avant de prendre le verre de thé et de boire une gorgée.

– Non, je n'avais pas besoin de faire ça ce soir, mais je l'ai fait. (Elle s'assit à côté de Colleen.) Tu n'avais pas besoin de voler jusqu'ici depuis le Texas, mais tu l'as fait.

– C'est vrai.

– Et j'en suis heureuse.

– Ça me donne mauvaise conscience. Je devrais dîner avec vous deux.

– Pourquoi ? Pour que tu l'entendes grommeler de devoir retourner à l'aéroport de Wilmington demain matin ? Pour que tu m'écoutes développer mes théories sur cet avion abandonné ?

– Pourquoi doit-il retourner à l'aéroport de Wilmington demain ? demanda Colleen en déballant l'argenterie avant de prendre une bouchée de purée, chaude et salée.

– Un type du FBI va venir de Floride pour faire décoller cet avion, répondit-elle. Ton père doit aller le chercher demain matin. (Elle soupira.) Et il va passer quelques jours chez nous.

– Ici ? Où ça ?

– Dans le bureau, je suppose. Je ferai un peu de rangement demain matin. On s'en inquiétera à ce moment-là.

Colleen coupa un morceau de viande et le fit tourner dans la purée.

– Je suis contente de te voir manger, dit sa mère. Quel que soit leur âge, c'est toujours un plaisir de voir ses enfants manger la nourriture qu'on leur a préparée.

– C'est bon. Ça fait un moment qu'on ne m'a pas fait la cuisine comme ça.

Elle pouvait sentir que sa mère se retenait de demander ce que Scott et elle mangeaient au Texas. Colleen n'avait jamais été très bonne cuisinière, et Scott non plus. Elle avait eu honte d'avouer à sa mère qu'ils réchauffaient au four des plateaux télé emballés dans du papier alu ou qu'ils dînaient dehors quand Scott ne rentrait pas trop tard. À cet instant, Colleen n'avait pas le souvenir d'un seul repas qu'ils auraient préparé ensemble dans la cuisine durant les six mois qui s'étaient écoulés depuis leur emménagement à Dallas. Colleen se figura Scott rentrant dans la maison vide, ouvrant le réfrigérateur et allumant le four. Elle se demanda s'il ressentait la même solitude pesante qu'elle, ou s'il ressentait quoi que ce soit. Cela faisait trop d'un coup, avec sa mère, assise sur le lit, qui la regardait manger, alors elle chassa l'image de Scott de son esprit.

– Tu as dit que papa ne voulait pas entendre parler de tes théories sur l'avion, dit-elle. Qu'est-ce que tu en penses, en fait ?

– La drogue, répondit sa mère en se redressant. Je crois que c'était un transport de drogue.

– Tu crois que Rodney Bellamy pilotait un avion plein de drogue ?

– Non, je ne crois pas. Je ne vois pas comment il a pu se retrouver impliqué. Cela n'a aucun sens, si tu veux mon avis.

– Je ne crois pas non plus, renchérit Colleen.

Elle eut envie d'ajouter ce que son père lui avait dit sur le fait que Rodney et son épouse avaient un bébé, mais elle ne le fit pas. Elle ne voulait pas que sa mère lise ses sentiments sur son visage et fasse dévier la conversation vers Scott et elle, et ce qu'il leur était arrivé.

– Tu te souviens de l'histoire que je te racontais quand tu étais toute petite, celle de la Maison magique ? demanda sa mère.

Colleen rit, plus de surprise qu'amusée. L'histoire de la Maison magique traînait dans les limbes de sa mémoire depuis son enfance, même si elle savait qu'elle n'y aurait jamais pensé si sa mère ne la lui avait pas rappelée.

– Oui, dit-elle. Je m'en souviens.

Dans l'histoire, la mère de Colleen était perdue dans la forêt, et découvrait une maison qui était une réplique exacte de la leur. Elle était surprise de découvrir que ses clés ouvraient la porte, et entrait pour voir. Dans chaque pièce – la cuisine, le salon, la chambre de Colleen, leur chambre –, elle trouvait une version différente de Colleen, parfois plus âgée, parfois plus jeune. La mère de Colleen l'appelait la Maison magique parce qu'elle pouvait toujours y aller pour trouver toutes les Colleen que Colleen avait été.

– Je repensais à cette histoire juste à l'instant, dit sa mère. J'y ai pensé en montant les escaliers et en voyant que la porte de ta chambre était ouverte. J'ai cru que tu étais à l'intérieur, j'ai pensé à la Maison magique et au fait que j'allais trouver cette version de toi. (Elle cessa de parler, parcourut la chambre du regard. Puis elle déplia la serviette et la disposa sur les genoux de Colleen.) Je t'ai toujours dit que, quelle que soit la version que j'avais en face de moi, c'était ma version favorite. C'est toujours vrai. À cet instant, tu es ma version favorite de toi.

Colleen sourit.

– Alors nous sommes dans la Maison magique ?

– Oui, répondit sa mère. Nous sommes dans la Maison magique.

Chapitre 6

Mercredi 31 octobre 1984

Ce fut l'impression qu'il se passait quelque chose à l'extérieur de la maison qui réveilla Jay en pleine nuit, mais ce fut la lumière vive qui avait réussi à franchir sa fenêtre et ses stores pour illuminer le mur de l'autre côté de sa chambre qui le fit s'asseoir dans son lit et tendre l'oreille. Il pouvait entendre des bruits de moteur et des voix. Il entendit quelqu'un rire. Il pensa à ce qu'il avait entendu la nuit précédente lorsqu'il s'était réveillé au bruit des chuchotements de Janelle et de Rodney, et il se demanda s'il ne venait pas de tomber sur un autre événement nocturne qui lui aurait échappé s'il avait continué de dormir. Puis il entendit ce qui ressemblait à un coup de feu. Quelques secondes plus tard, quelqu'un cogna du poing sur la porte de la maison.

La lumière s'alluma dans le couloir, et il entendit Janelle l'appeler. Elle avait passé la journée à pleurer, ne reposant le bébé que lorsque M. Bellamy, un voisin ou un ami de la famille la persuadait temporairement de se reposer, s'asseoir dans le canapé, s'étendre sur son lit ou parler à leur mère au téléphone. Il ne savait pas si Janelle avait ou non dormi, mais sa voix était plus claire et plus forte qu'elle ne l'avait jamais été depuis qu'ils avaient appris la terrible nouvelle la veille, au matin.

Un autre grand coup à la porte.

– Jay ! s'exclama Janelle depuis le couloir.

– Je suis là, répondit-il.

Elle ouvrit sa porte et alluma la lumière.

Il ne l'avait jamais vue échevelée à ce point et ses yeux, quoique gonflés par le manque de sommeil et le chagrin, étaient écarquillés par l'incertitude due aux bruits qu'ils entendaient tous les deux.

– Que se passe-t-il dehors ? demanda-t-elle.

– Je ne sais pas, répondit Jay. Je viens de me réveiller. Il y a quelqu'un à la po…

Mais il ne put terminer avant que la fenêtre derrière lui n'explose, que des éclats de verre ne soient projetés à travers les stores et que quelque chose de lourd ne tombe par terre à côté de son lit. Janelle hurla, Jay roula hors de son lit, ses pieds touchant ce qui venait d'être projeté dans sa chambre à travers la fenêtre. Cela ressemblait à un billot ou à une bûche, et en un instant, Jay eut le temps de réaliser qu'il aurait été tué s'il l'avait reçu sur la tête.

– Sortez ! cria une voix depuis l'extérieur.

– Oh mon Dieu, dit Janelle. Oh mon Dieu !

Le bruit du rondin fracassant la fenêtre avait dû réveiller le bébé dans la chambre d'enfant où il dormait, parce qu'il se mit à pleurer. Janelle parut se souvenir soudain qu'il y avait une autre âme dans la maison que la sienne ou celle de son frère, et elle quitta l'embrasure de la porte de la chambre de Jay pour se précipiter vers celle du bébé, de l'autre côté du couloir. Jay traversa sa chambre à quatre pattes, se redressa et éteignit la lumière.

– Janelle, cria-t-il, n'allume aucune lumière.

Il pouvait l'entendre dans la chambre d'enfant, s'efforçant de calmer le bébé, s'efforçant de se calmer.

– Sors de là, mon garçon ! cria la voix dehors. Nous ne sommes pas là pour faire du mal à qui que ce soit.

Jay resta recroquevillé, se déplaçant moitié sur deux pattes, moitié sur quatre jusqu'à la chambre de Janelle, à l'intérieur de laquelle il alla directement vers le dressing et l'étagère du haut, du côté de Rodney. Il descendit la mallette et l'ouvrit, puis il se redressa encore, le temps d'attraper une des boîtes de cartouches, qu'il n'avait jamais touchées jusqu'alors. Il ouvrit le fusil comme il avait vu l'homme dans les bois le faire, et, d'une main tremblante, il inséra une cartouche à l'intérieur avant de le refermer. Il prit l'arme d'une main et la boîte de cartouches de l'autre, se plia en deux et sortit de la chambre pour emprunter le couloir vers la porte d'entrée.

Janelle avait dû le voir passer depuis la chambre d'enfant, parce qu'elle sortit dans le couloir derrière lui et l'appela, mais Jay ne se retourna pas. Il savait qu'il allait ouvrir la porte et faire face à qui pouvait se trouver de l'autre côté.

Jay s'arrêta derrière la porte et posa la boîte de munitions sur la table contre le mur puis, dans ce qui parut n'être qu'un seul mouvement, il tourna le verrou, ouvrit la porte, épaula le fusil, et le pointa vers l'extérieur et une lumière aveuglante. Il n'aurait pu dire ce qui en était la source, mais il supposa que des projecteurs étaient pointés sur lui, parce que la lumière venait de plusieurs directions et qu'elle était plus puissante que celle de phares. Il ne pouvait rien voir au-delà, mais quelque chose lui faisait supposer la présence de plusieurs personnes, peut-être une douzaine, peut-être plus. Il pouvait entendre leurs voix par-dessus le bruit des moteurs des pick-up, et il pouvait entendre d'autres moteurs vrombir et d'autres voix s'élever en d'autres endroits alentour.

Même si Jay ne pouvait voir le visage qui correspondait à la voix qui se fit entendre alors, il sut exactement à qui elle appartenait.

– Mon garçon, je croyais t'avoir dit que je ne voulais plus te voir avec ce fusil dans les mains.

C'était l'homme qui les avait menacés, Cody et lui, dans la forêt.

Jay tourna le fusil pour le pointer dans la direction d'où venait la voix, mais il ne pouvait rien voir au-delà de la véranda sur laquelle il se tenait. Il était torse nu avec un vieux short de basket, et il prit soudain conscience de la vulnérabilité de son corps, ainsi que du fait qu'il ne s'était jamais servi d'une arme et qu'il ne savait pas ce qu'il se passerait s'il tirait avec celle-là. Il entendit quelqu'un rire de l'autre côté des lumières.

– Descendez ce nègre ! cria quelqu'un.

Jay tourna une nouvelle fois le canon du fusil, faisant de son mieux pour estimer la direction de la voix, et le rire cessa.

– On dirait un putain de chevreuil, dit quelqu'un.

– Abattez ce petit faon, cria une autre voix, accueillie par de nouveau rires.

– Écoute, négro, dit l'homme de la forêt. Nous n'avons pas envie que les gens comme toi fassent venir de la drogue dans ce comté. On se dit plutôt qu'il est temps que vous fassiez vos valises et que vous repartiez tous pour Négroville, Géorgie ; et puis ! tant qu'à faire, tu en profiteras pour ramener ta bougresse de sœur dans ce trou qu'elle n'aurait jamais dû quitter.

Jay sentit quelque chose de chaud sur son bras, et il réalisa que c'était une larme, qu'il pleurait. Il ne savait plus depuis combien de temps il était là, mais il avait l'impression qu'il s'était écoulé des heures. Il garda le doigt sur la détente du fusil et maintint l'arme pointée aveuglément vers la lumière.

– Réfléchis bien à ce que je viens de te dire, conclut la voix de l'homme. Réfléchis bien.

Il y eut un bruit de portières qui s'ouvraient et se refermaient, puis soudain la lumière mourut tandis que les véhicules quittaient en marche arrière la pelouse de Janelle et manœuvraient les uns après les autres dans la rue devant la maison. Jay garda son arme levée, mais lorsqu'il regarda vers la route, il vit des hommes assis sur les plateaux des pick-up, certains tenant des drapeaux confédérés au bout de longues hampes, d'autres debout derrière des projecteurs fixés sur les toits des cabines. Quelques pick-up firent crisser leurs pneus et projetèrent de la fumée dans l'air, puis ils descendirent tous la rue en direction de Southport. Le dernier à quitter leur jardin fut un gros pick-up à double cabine avec une inscription sur le flanc. Un drapeau confédéré flottait à l'arrière de la cabine. On entendit le bruit d'un coup de feu tiré en l'air, et Jay tressaillit et plongea depuis l'embrasure de la porte vers l'intérieur de la maison obscure. Il entendit des rires, d'autres crissements de pneus, puis la nuit redevint sombre et silencieuse.

Il referma la porte et la verrouilla, même s'il savait qu'elle ne leur assurait aucune réelle protection contre qui que soient ces hommes qui l'avaient attendu dehors. Ils étaient partis, pour l'instant, mais Jay savait qu'ils reviendraient, et il serait prêt.

Chapitre 7

Marie dormait encore profondément lorsque Winston se glissa hors du lit le lendemain matin. Une fois habillé, il repoussa l'envie d'ouvrir la porte de Colleen pour la regarder un instant dans son sommeil. Il se dit qu'il avait décidé de ne pas le faire de peur de la réveiller, mais il savait au fond de lui qu'il craignait surtout d'apercevoir une femme qui allait repartir plutôt qu'une petite fille qui pourrait rester toujours.

La veille au soir, il était allé se coucher avec ses inquiétudes nouées autour de lui comme une veste de dynamite, chaque souci formant comme une petite bombe qui devait être désamorcée ou risquait de lui crever le cœur, jusqu'au moment où son esprit avait réussi à trouver le sommeil. Il avait pensé au temps qu'il avait passé en Corée, à la façon dont, même s'il n'avait jamais participé à un combat, il avait toujours perçu et craint la possibilité que quelque chose lui arrive. Comment aurait-il réagi ? Se serait-il enfui ? Aurait-il pris le problème à bras le corps ? Rendu les coups ? Des années après, il avait entendu parler de ces soldats au Viêt-nam qui se jetaient sur les grenades que leur lançaient des villageois – des femmes et des enfants qui les haïssaient autant que leurs pères et époux. Il avait imaginé le corps de ces hommes transpercé, leurs yeux à jamais aveugles et immobiles, et il avait pensé à

Ed Bellamy, quand il était là-bas. Il savait que Bellamy avait servi dans les Marines, mais ne savait rien d'autre.

Winston avait fermé les yeux, s'était imaginé Ed Bellamy jeune homme, seul dans une rizière avec un hélicoptère en vol stationnaire au-dessus, le souffle de son rotor courbant les branches des arbres et soulevant sa veste de treillis. Dans cette vision, Ed était encore plus jeune que le fils qui serait retrouvé mort sur une piste d'aéroport des années plus tard. Winston voyait Rodney Bellamy comme un enfant, et il savait que c'était parce que celui-ci était allé à l'école avec Colleen, qu'il verrait toujours comme une enfant, quel que soit l'âge qu'elle atteindrait.

Et en pensant à Colleen, Winston fut forcé de manipuler un autre petit paquet explosif bien serré. Lorsqu'il l'avait aperçue à l'aéroport, le poids du chagrin qu'elle portait l'avait terrassé, mais contrairement à la tristesse de Marie qui le poussait à se renfermer, le chagrin de Colleen le poussait vers elle, et plus il se rapprochait, plus il réalisait qu'il était incapable de désamorcer les bombes de sa fille parce qu'il n'arrivait même pas à désamorcer les siennes.

Au rez-de-chaussée, dans la cuisine, Winston fit du café – une cafetière entière – tandis que le monde commençait à s'éclairer dehors, puis il but sa première tasse de la journée en regardant par la fenêtre dans la direction du pertuis.

À peine plus de vingt-quatre heures s'étaient écoulées depuis qu'il s'était tenu ici en se demandant ce qu'il allait trouver à l'aéroport, et il n'arrivait pas à croire qu'il avait pu se passer autant de choses. L'avion. Le cadavre de Bellamy sur la piste. L'arrivée surprise de Glenn qui avait failli se faire abattre. L'appel soudain de Colleen qui l'avait surpris plus que tout ce qu'il avait pu imaginer pouvoir trouver à l'aéroport en pleine nuit. Et maintenant il était là, à se préparer à une autre nouveauté qui le surprendrait inévitablement autant que toutes les précédentes : un agent du FBI venu de Floride, qui supposément pouvait réparer et piloter cet avion, un homme qui, d'après Rollins, s'appelait Tom Groom et s'attendait à ce que Winston vienne le chercher à l'aéroport de Wilmington. Et Groom allait passer ces quelques jours avec Marie et lui, dans une maison qui paraissait à Winston de plus en plus comble.

Il s'était efforcé de dissimuler au mieux son irritation lorsque Rollins l'avait appelé la veille au soir. Même s'il était vrai que les hôtels étaient pour la plupart fermés pour l'hiver, il savait que d'autres arrangements auraient été possibles, et qu'il y avait de meilleures options que d'héberger un étranger chez eux. Cette solution était simplement la façon qu'avait l'agence locale du FBI à Wilmington d'économiser son temps et son argent.

Winston était certain que Marie était excitée à l'idée de recevoir quelqu'un à la maison, mais il craignait qu'en plus de la présence de Colleen, cela ne l'épuise, même si elle ne le montrerait jamais, et encore moins devant un invité.

Après avoir quitté l'île, Winston passa devant l'aéroport, et il vit une voiture de patrouille garée sur la piste, l'avion toujours en travers à la même place, non loin de là. Il savait que Glenn avait passé la plus grande partie de la nuit ici, mais ne se souvenait plus quel adjoint était venu le relever, ce qui signifiait qu'il n'arrivait pas à imaginer le visage de celui qui résistait à son envie de dormir, la tête roulant contre la vitre de la portière côté conducteur tandis que le soleil s'élevait dans le ciel.

Alors qu'il roulait vers le nord sur la Highway 133, l'esprit de Winston était en paix pour la première fois depuis que l'avion était arrivé et l'avait tiré de son sommeil ; il était donc ouvert à des choses auxquelles il ne voulait pas penser, ou dont il ne voulait pas se souvenir. Il y avait résisté, mais le meurtre de Rodney Bellamy avait occupé chacune de ses pensées depuis qu'il avait découvert son cadavre. Si l'idée du meurtre en soi suffisait déjà à projeter des éclairs de panique retentissants à travers tout son corps, c'était surtout la vision fantasmée de l'instant du meurtre de Rodney – de l'instant où Rodney avait su qu'il allait être tué – qui hantait Winston. Rodney avait-il su qu'il allait mourir à l'instant où il avait vu l'arme pointée sur lui ? Avait-il pensé au visage de sa femme ou prononcé le nom de son petit bébé ?

Durant toute sa carrière, Winston ne s'était jamais trouvé en situation de croire que sa mort était imminente, et la seule fois où il avait pris une vie, il n'avait pas considéré ce que cet homme avait pu penser. Tout était arrivé tellement vite – du moins, il voulait croire que c'était le cas, il voulait croire que cet homme n'avait pas eu le temps de penser à sa femme ou à ses enfants, ou à l'enchaînement de circonstances qui l'avait amené derrière ce comptoir de la pharmacie de Franklin Boulevard à Gastonia, son pistolet pointé sur le pharmacien et sur la jeune femme qui tenait la caisse, le revolver de Winston pointé sur la poitrine de l'homme depuis l'autre côté du comptoir.

Mais il avait eu suffisamment de temps après la fin des événements pour réfléchir à tout ce que l'urgence ne lui avait pas permis de considérer. Son nom : James Dixon. Il avait trente et un ans, était marié, avait deux jeunes enfants. Aucune arrestation ni condamnation. Il avait été licencié, mais auparavant, il avait travaillé des années en tant que mécanicien à Firestone Mill et vivait dans le quartier noir du village ouvrier ; quelques jours après ses funérailles, c'était là que Winston s'était rendu, garant sa voiture un peu en retrait de la maison de Dixon et se demandant ce qu'il avait à gagner à se trouver dans une telle proximité de la maison du mort.

La première fois que Winston s'était arrêté en voiture près de la maison de Dixon, il avait attendu derrière le volant en serrant dans ses mains une enveloppe contenant près de cinq cents dollars, tout l'argent qu'il pouvait se permettre d'offrir sans créer de problèmes pour lui, Marie et Colleen.

Il avait également préparé une explication et des excuses pour l'épouse de Dixon. Il ne pouvait pas comprendre toute l'étendue de son chagrin et en était terriblement, inexplicablement désolé. Il avait juste vu l'arme dans les mains de son époux. Comment aurait-il pu savoir qu'elle n'était pas chargée ? Tout était arrivé tellement vite, et il n'avait pas eu le temps de réaliser que le chargeur manquait, que le pistolet était si rouillé qu'il n'aurait jamais pu fonctionner. Winston n'aurait jamais pu s'enquérir de la perte de son emploi, de sa famille, de son désespoir ou de ce que signifiaient pour lui les trente-sept dollars que contenait la caisse.

Ce jour-là, alors que Winston était assis dans sa voiture, un jeune garçon qui ne pouvait pas avoir plus de six ou sept ans était sorti de la masure avec un petit lance-pierre dans la main. Il avait traversé la pelouse et ramassé des gravillons qu'il avait placés dans son jouet. Il avait visé un arbre au milieu de la pelouse et, depuis l'intérieur de la voiture, Winston avait pu entendre chaque petite pierre à mesure qu'elles frappaient le tronc de l'arbre. Rapidement, une femme était sortie, un bébé à la hanche, et elle avait parlé au garçon. Il avait tourné les talons pour rentrer, tandis que la femme avait regardé en direction de la rue et vu Winston. Avait-elle su qui il était, ce qu'il avait fait ? Ses yeux étaient restés fixés sur lui un instant, puis elle avait fait demi-tour et rejoint son fils à l'intérieur.

La main gauche de Winston s'était posée sur la poignée de la portière, l'autre tenant l'enveloppe, mais quelque chose l'avait retenu dans la voiture, l'avait autorisé à attendre, à revenir le lendemain, à repousser d'autant ce qu'il avait voulu faire ce jour-là. Le lendemain, il y avait un camion garé dans l'allée, et Winston avait vu un Noir nettement plus âgé entrer et sortir deux ou trois fois de la maison. Il ne savait pas de qui il s'agissait, mais s'était dit qu'il valait mieux revenir un jour où la veuve de Dixon serait seule. Le surlendemain, ils étaient déjà partis, mais Winston n'avait jamais oublié la famille de Dixon et il savait que, même s'ils ne s'étaient jamais rencontrés, eux n'avaient jamais pu l'oublier non plus.

*

Lorsque Winston s'arrêta devant les arrivées à l'aéroport de Wilmington, il n'eut même pas le temps de mettre le levier de vitesse de la voiture de patrouille sur « parking » qu'un homme était déjà descendu du trottoir, avait ouvert la porte passager, et s'était penché à l'intérieur.

– 'jour, dit-il en tendant la main à travers les sièges. Agent Tom Groom. Votre pilote.

Winston se tourna et lui serra la main. L'homme était vêtu d'une chemisette bleu marine rentrée dans un pantalon en toile. Il portait le Sig standard dans un holster à la ceinture, et avait la même allure standard que tous les autres agents que Winston avait connus, la même rigidité, la même distanciation et le même air renfermé.

– Heureux de vous rencontrer, agent Groom. Je suis le shérif Winston Barnes. J'espère que vous n'avez pas attendu trop longtemps ?

– Non, pas du tout, répondit Groom en soulevant un sac marin vert kaki pour que Winston puisse le voir. Je peux le jeter à l'arrière ?

– Je vous en prie.

Groom ouvrit la portière arrière et posa le sac sur le plancher, puis il vint s'asseoir sur le siège passager et claqua la portière. Il était de taille moyenne, plutôt mince, avec une épaisse chevelure auburn. Quelque chose chez lui parut vaguement familier à Winston, et il se dit que Groom aurait facilement pu passer pour l'un des frères Kennedy, n'était son accent, que Winston essayait déjà de replacer.

– Je viens juste d'atterrir, dit Groom. (Il passa ses doigts dans ses cheveux pour les écarter de son front, comme John Kennedy le faisait dans les vieilles images d'actualités.) Votre timing était parfait.

– Bien, répondit Winston. (Il démarra et s'éloigna du trottoir.) Il y a à peu près une heure de route, d'ici à Oak Island.

Tom Groom raconta à Winston qu'il avait quarante-trois ans, qu'il était né non loin d'Ames, dans l'Iowa, qu'il s'était engagé dans l'armée de l'air à dix-huit ans, juste à temps pour être envoyé au Viêt-nam. Pendant la guerre, il avait piloté la version militaire de l'avion qui se trouvait en travers de la piste de l'aéroport du comté de Brunswick. « J'ai eu un temps un C-47, expliqua Groom, équipé de mitrailleuses. On s'en servait pour appuyer les troupes au sol, pour les sortir de la mouise quand les Viêt-congs leur tombaient dessus. » Il lui dit qu'après la guerre, il était retourné à la fac dans l'Iowa, et que, une fois ses études terminées, le FBI l'avait contacté.

Winston sentit Groom se tourner et le toiser, le mesurer de quelque façon.

– Vous avez servi dans l'armée ?

– Oui, répondit Winston. Dans la marine, en Corée.

– Je m'en doutais. On repère toujours les vétérans.

– C'était il y a bien longtemps.

– Je suppose que cela ne paraît pas si lointain que cela. Je n'aurai jamais l'impression que le Viêt-nam remonte à loin.

– On n'oublie pas, renchérit Winston.

Mais il n'avait pas envie de parler du passé, ni du sien ni de celui de Groom. Il n'avait pas plus envie de parler de la guerre que quiconque l'ayant faite.

– Vous êtes le spécialiste des avions pour le FBI ? demanda-t-il en ne plaisantant qu'à moitié.

– C'est l'impression que ça donne, parfois, répondit Groom. Une fois qu'on a trouvé son créneau, il est difficile d'en sortir.

Ils traversaient le pont du fleuve Cape Fear en direction du comté de Brunswick lorsque Winston lui demanda comment il avait fait la connaissance des agents Rollins et Rountree.

– Je ne les connais pas. Pas beaucoup, en tout cas, au-delà d'une conversation téléphonique. Le télétype est arrivé au bureau de Miami. Nous nous occupons tout le temps des avions en difficulté, là-bas.

– Vous vous occupez souvent d'avions posés en travers sur une piste trop courte ?

– Non, répondit Groom. (Il rit légèrement, la première émotion que Winston le voyait afficher depuis qu'il était monté dans la voiture. Winston se détendit un peu.) Je n'irai pas prétendre que j'ai déjà vu ça. Mais si cette roulette de queue peut être réparée – ce qui me paraît probable, vu ce que m'a dit le directeur de l'aéroport –, alors je devrais pouvoir vous en débarrasser. Si je l'ai fait dans la jungle en pleine mousson, ce ne devrait pas être trop difficile un doux matin d'octobre.

Ils roulèrent un temps en silence. Winston tapotait sur le volant comme s'il écoutait une chanson intérieurement, mais la seule chose qu'il entendait était le grondement du moteur comme la voiture de patrouille avalait les virages sinueux de la Highway 133, les marécages des deux côtés brillant d'innombrables teintes de jaune dans la lumière du matin. À sa gauche, au-delà des arbres qui en masquaient la vue, le fleuve Cape Fear séparait le comté de Brunswick de l'agglomération de Wilmington.

Des panneaux historiques parsemaient le bord de la route et indiquaient que des colons, des esclaves et des Indiens avaient habité ces lieux au fil des siècles.

– Ça vous gêne si je fume ? demanda Groom, brisant le silence.

– Pas le moins du monde, répondit Winston.

Groom porta la main à sa poche de poitrine pour en tirer un paquet de cigarettes. Winston jeta un coup d'œil et vit que le paquet était bleu et or, avec une inscription qui semblait asiatique. Groom en libéra une et l'alluma avec un briquet qu'il fit ensuite glisser dans sa poche. Il tira une bouffée, puis ouvrit sa fenêtre et souffla la fumée du coin de la bouche.

– Quelle marque est-ce ? demanda Winston.

Groom garda la cigarette entre ses doigts, mais il la tint devant lui et la regarda un instant.

– Hero, répondit-il. (Il prit une autre bouffée, souffla.) Elles sont quasiment impossibles à trouver aux États-Unis, mais c'est la seule mauvaise habitude que j'ai rapportée de la guerre, alors ça en vaut bien la peine.

– Il y a pire, dit Winston.

– Effectivement. (Groom fit tomber ses cendres à l'extérieur de la fenêtre ouverte.) Vous êtes du coin ?

– Non, à peine plus haut, à l'ouest de Charlotte.

– Qu'est-ce qui vous a amené ici ?

– Je ne sais pas vraiment, répondit Winston. L'envie de vivre à la plage, je suppose.

– Vous pêchez ?

– Non. Je ne pêche pas, et je dois vous dire que je ne suis pas monté sur un bateau depuis des années, et que je ne me souviens même plus de la dernière fois que j'ai mis les pieds à la plage sans que ce soit pour une raison professionnelle.

Groom sourit légèrement. Il tira une taffe sur sa cigarette.

– Je comprends. Je vis à Miami depuis près de vingt ans, et je ne me souviens plus de la dernière fois que j'ai fait l'une de ces choses non plus.

– Trop de boulot ?

– Oh oui, répondit Groom. Énormément.

– Je sais que vous avez beaucoup d'avions chargés de drogue dans le sud de la Floride, dit Winston. Mais je me demandais si vous aviez déjà entendu parler de l'un d'eux aussi haut dans le nord qu'ici ?

– Ça arrive ; mais par ici, il est bien plus courant qu'ils se servent de bateaux.

– Vous avez raison sur ce point, commenta Winston. Vous avez bien raison.

– Vous pensez que c'est une histoire de drogue ?

– Je ne sais pas encore quoi en penser. Vraiment pas.

– Si c'était de la drogue, alors c'est qu'il y avait un gars du cru qui les attendait là. L'agent Rollins m'a dit que vous aviez un cadavre.

– C'est vrai, mais quelque chose me dit qu'il n'avait rien à voir avec tout cela.

– Un honnête homme pourrait avoir du mal à expliquer sa présence sur une piste d'atterrissage en pleine nuit, à l'arrivée d'un avion bourré de drogue. C'est peut-être leur contact.

Winston dévisagea Groom.

– Vous avez une piste dont vous ne m'avez pas parlé ?

Il sourit et reporta son regard sur la route.

Groom reprit une taffe.

– Pas encore, répondit-il. (Il retira un débris de tabac de sa langue, le projeta d'une chiquenaude par la fenêtre.) Mais je viens juste d'arriver.

*

Rollins et Rountree avaient dû présumer qu'il amènerait Groom à l'aéroport, parce que Winston les vit sur la piste dès qu'il gara la voiture de patrouille devant le bureau. Il se demanda pourquoi ils n'avaient pas pu aller le chercher eux-mêmes, pourquoi ils l'avaient chargé de cette corvée comme s'il était leur grouillot, mais il avait effectivement accompli la corvée, alors peut-être que c'était le cas.

La porte du bureau de Sweetney s'ouvrit et Leonard Dorsey en sortit comme s'il avait passé toute la matinée à attendre l'agent Tom Groom. Dorsey applaudit et sourit.

– C'est notre pilote ? clama-t-il.

– Bon sang, dit Winston.

– Qui est-ce ? demanda Groom.

– Un superviseur du comté. Il vend des assurances, le reste du temps.

– Il a bien l'air de placer des assurances, dit Groom.

Il ouvrit la porte arrière, attrapa son sac marin sur le plancher.

Dorsey s'avança sur le trottoir en direction du parking.

– J'espère que vous en savez plus sur les avions que vos collègues du FBI, dit-il.

– Nous verrons bien ; j'en sais pas mal de petites choses.

La porte du bureau claqua et Winston tourna la tête pour voir Hugh qui venait se joindre à eux.

– Hugh, dit Dorsey, voilà notre pilote.

– C'est ce que j'avais supposé, répondit Hugh en serrant la main de Groom. Hugh Sweetney, ajouta-t-il à l'attention de ce dernier.

– Agent Tom Groom.

– Vous voulez jeter un coup d'œil à l'avion ? demanda Hugh. Voir la roulette de queue ?

– Et comment !

– Comme je vous l'ai dit au téléphone, vous pouvez vous servir d'absolument tout ce que nous avons en magasin.

– J'apprécie le geste.

Hugh sourit, puis il tourna les talons et partit en direction de la piste. Groom ajusta la sangle de son sac marin sur son épaule, puis il se tourna vers Winston.

– Merci pour la balade, lui dit-il.

– De rien. Je vais passer au bureau, abattre un peu de boulot. Appelez-moi là-bas quand vous aurez envie que je vous emmène à la maison. (Il avait l'impression de déposer un ado à une soirée pyjama.) Rollins sait comment me joindre.

Groom hocha la tête, fit un petit signe de la main, et partit vers la piste pour rattraper Hugh.

– Vous croyez qu'il va le faire ? demanda Dorsey.

Il était resté à côté de Winston, les mains dans les poches, la cravate desserrée autour du cou.

– Je crois qu'il va essayer, répondit Winston. Mais il est toujours difficile de prédire ce qu'il va se passer.

*

Le bureau du shérif était intégré au palais de justice du comté de Brunswick, un ensemble de bâtiments de brique rouge, trapus, isolés chacun au cœur de son propre bosquet de grands pins le long de la Route 88, dans la ville de Boiling Springs. Winston avait toujours considéré que ces bâtiments ressemblaient à ce qu'ils formaient : un lieu où les règles publiques étaient élaborées, rédigées, mises en œuvre et, lorsqu'elles étaient enfreintes, sanctionnées.

C'était peut-être pour cela que le bureau de shérif lui avait toujours paru institutionnel, et qu'y pénétrer produisait toujours chez lui la même impression que lorsqu'il entrait dans une école, une église ou un quelconque lieu pour lequel un ensemble d'exigences avait été clairement défini bien avant qu'il n'en approche.

Il ouvrit l'une des doubles portes de verre et s'engagea dans le hall d'entrée du bâtiment, le linoléum à damier orange et blanc décoloré courant sur toute la longueur de la salle, les semelles de ses chaussures crissant sur le lustre qui leur valait cette vive odeur chimique de solution nettoyante pour sols. Trois chaises étaient adossées au mur de gauche, l'endroit où les gens s'asseyaient lorsqu'ils venaient pour des affaires les concernant, en bien ou en mal – des pères et des mères qui venaient chercher leur rejeton vandale ; des avocats attendant de pouvoir parler à leur client arrêté pour conduite en état d'ivresse ; des victimes de violence, de tromperie ou de malchance, nerveuses, inquiètes ou enthousiastes à l'idée de porter plainte. Une baie vitrée coulissante était intégrée au mur à sa droite, de l'autre côté de laquelle se tenait Vicki, la secrétaire administrative, assise derrière un bureau jonché de documents, de formulaires et de calendriers. Lorsqu'elle aperçut Winston, elle ouvrit la vitre de la réception.

– J'ai entendu dire que notre pilote était arrivé de Miami, dit-elle.

– Vous avez bien entendu, répondit Winston.

Il emprunta la porte flanquant la baie vitrée, réapparut à côté du bureau de Vicki, devant les boîtes aux lettres qui étaient fixées au mur derrière la porte, la sienne étant celle du dessus. Il vérifia son contenu, prit les documents et enveloppes scellées qui lui parurent importants, jeta le reste dans la corbeille à ses pieds.

– Et j'ai entendu dire qu'il était du FBI.

– Vous avez encore bien entendu, dit-il.

Il regarda Vicki. Il n'avait aucune idée de son âge sinon qu'il devait être avancé, ses cheveux bruns mi-longs trop sombres pour ne pas être teints, la peau aux coins de ses yeux et de ses lèvres amenuisée et parcheminée par des décennies de tabagisme. Il la connaissait depuis plus de vingt ans et connaissait son mari, Clint, qu'elle fréquentait depuis le lycée. Clint avait travaillé au dépôt de munitions du terminal maritime militaire de Sunny Point avant de prendre une retraite anticipée pour invalidité à la suite d'une blessure au dos. Winston connaissait également les enfants de Vicki, l'un vivant à Charlotte et l'autre, un fils qui avait lui-même des enfants, habitant ici, dans le comté de Brunswick. Leur relation, à Winston et elle, était fondée sur un badinage taquin et la reconnaissance tacite qu'il avait besoin qu'elle joue le rôle de mère poule avec lui, ses adjoints et son personnel, et qu'en retour il lui faciliterait la tâche en lui accordant toute sa confiance et en la laissant libre de tenir efficacement la barre du bateau administratif. Elle était la gardienne des plannings et des rapports, des messages et des requêtes, et tout ce qu'elle demandait en retour, c'était qu'on lui fiche la paix dans son travail solitaire et qu'on la laisse asticoter son patron chaque fois qu'elle en avait l'occasion.

– Ce truc est un vrai bourbier, shérif, dit-elle. (Elle baissa la voix et se pencha en avant.) Nous avons de la chance que le FBI nous en débarrasse. (Elle sourit de nouveau, se rassit, se remit à farfouiller dans les papiers qui occupaient son bureau.) Marie a appelé. Elle vous cherche. À la façon dont elle parlait, on dirait qu'elle cherche votre pilote aussi.

– Il est à l'aéroport, si elle a besoin de le joindre. Il est tout à elle.

– Comment va-t-elle ? demanda Vicki.

– Ça va. Elle s'en sort plutôt bien.

– N'hésitez pas à me demander, si vous avez besoin de quelque chose. Et n'oubliez pas que je sais cuisiner.

– Je sais, répondit Winston en souriant. D'autres messages ?

– Non, monsieur.

Winston tapota sur l'embrasure de la porte en guise d'au revoir, son alliance heurtant le métal en produisant un petit bruit de fer-blanc. Puis il tourna à droite et marcha vers son bureau, qui se trouvait au bout du hall, après les toilettes, la fontaine à eau, les bureaux partagés de ses adjoints, et la salle de repos. Il déverrouilla sa porte et jeta les papiers sur son bureau, puis ôta le holster contenant son arme et le suspendit au porte-manteau. Winston referma la porte et s'assit à son bureau. Pendant un moment, il parcourut la pièce du regard, cherchant mentalement à décider exactement par où commencer.

Sur le mur à sa gauche étaient accrochées une douzaine de photos encadrées que Marie avait soigneusement disposées peu après sa prise de service, treize ans plus tôt. Il y avait une photo de lui en Corée, en soldat de dix-huit ans, et une autre en bleu – son premier uniforme de police – juste un peu plus tard, lorsqu'il était revenu à Gastonia, policier au visage juvénile âgé d'à peine vingt ans. Sur le cliché, il se tenait devant la maison de ses parents, le parc de Crowder's Mountain en arrière-plan, la canopée des arbres au-dessus de lui laissant passer juste assez de lumière entre les feuilles pour lui avoir fait plisser les yeux au moment précis où la photo avait été prise. Sur une autre, il avait quelques années de plus, portait une veste blanche et un nœud papillon noir, se trouvait au milieu d'une station de lavage et nettoyait la mousse à raser de la lunette arrière de sa Mercury ; Marie, encore dans sa robe de mariée, avait les cheveux relevés en une ruche platine immaculée, reconnaissable malgré le grain de ce cliché noir et blanc. Plusieurs autres photos encadrées retraçaient l'enfance de Colleen, de bébé à lycéenne, son visage et ses yeux lui semblant toujours inchangés.

Il détourna le regard du mur de clichés encadrés et reporta son attention sur les piles de papiers et d'enveloppes qui jonchaient son bureau ; il passa environ une heure à écouter les bruits assourdis de Vicki répondant au téléphone tout en parcourant les rapports que Glenn et deux ou trois autres adjoints avaient rédigés, incluant les informations détaillées sur l'activité récente des installations d'entreposage et les locations de camions, camionnettes et remorques. Tous ces faits commencèrent à s'emmêler les uns avec les autres, et Winston réalisa que son épuisement affectait sa concentration.

D'autres rapports attendaient également sur son bureau : des violences conjugales dans un lotissement de mobile homes quelque part dans les bois près de Winnabow ; une voiture volée retrouvée brûlée dans la forêt au bord de la Highway 133, à hauteur de la plantation Orton ; un garçon de quatorze ans déclaré manquant à Shalotte – ses parents pensaient qu'il avait fugué vers Wilmington ou Fayetteville.

Le téléphone posé sur son bureau sonna et Winston décrocha. L'appel venait du shérif Oren Petty, juste de l'autre côté de la frontière de l'État, dans le comté d'Horry, en Caroline du Sud.

– Vous êtes assis ?

– Je m'assieds chaque fois que je peux, répondit Winston.

– Eh bien, j'espère que vous l'êtes en cet instant précis.

– Je le suis.

– C'est bien, dit Petty, parce que je crois que nous avons trouvé votre chargement. Enfin, en partie, en tout cas.

Winston se pencha, attrapa un crayon et ouvrit son carnet de notes à une page vierge.

– Allez-y, dit-il.

– On vient juste de faire une grosse descente, dans une maison dans un coin vraiment paumé du comté, que nous surveillons depuis un bon moment. Nous y sommes entrés ce matin, et nous avons tiré le gros lot.

– Qu'est-ce qu'il y avait ?

– Au minimum vingt kilos de cocaïne. Ils étaient en train de l'emballer pour pouvoir la redistribuer.

– Dites-moi que vous avez des suspects ?

– Oh, plein, shérif. Quatre arrestations, jusqu'ici.

– Et dites-moi que vous avez trouvé des armes ?

– Oh, plein aussi.

– Eh bien, ça m'en bouche un coin, dit Winston. Vous voudrez bien partager les noms, les empreintes et les armes ?

– Pas de problème, monsieur. Dès que nous aurons fini de les traiter ici, je m'assurerai que mon bureau reprenne contact.

– Si la balle qui a tué notre victime ici correspond à l'une des armes que vous avez là-bas, alors on aura fait un grand pas en avant.

– Je croise les doigts, dit Petty.

– Moi aussi, renchérit Winston.

Chapitre 8

Son dîner achevé, Colleen avait descendu son plateau dans la cuisine une fois les lumières de ses parents éteintes pour la nuit, et elle y avait pris cinq canettes de la Old Milwaukee de son père qu'elle avait rapportées dans sa chambre. Elle avait ressorti son album de terminale et s'était assise sur le lit pour boire les bières en le feuilletant pour retrouver autant de photos de Rodney Bellamy que possible. Il y était dans sa photo de fin d'études secondaires, en veste de smoking et nœud papillon, une fine moustache au-dessus de la lèvre. Sur une autre, il était appuyé contre une voiture sur le parking du lycée, riait de ce que quelqu'un disait hors champ.

Avant d'éteindre sa lampe, elle avait repris le téléphone à cadran là où elle l'avait laissé, sur la petite table à côté du fauteuil poire, et l'avait posé à côté de son oreiller. C'était sa sonnerie qui l'avait réveillée et, gardant les yeux fermés, elle avait frénétiquement recherché l'appareil de la main. Elle avait trouvé le combiné et l'avait porté à son oreille.

– Allô ?

– Colleen ? (C'était la voix de son père.)

– Oui.

Sa gorge sèche la démangeait et elle avait un sale goût dans la bouche. Elle garda les yeux fermés, craignant la lumière qui se frayait un chemin autour de ses rideaux, craignant ce que révélerait la pendulette sur la commode.

– Tu as bien dormi ?

– Bien, oui.

– Tant mieux. J'ai dû filer : il fallait que j'aille chercher ce type à l'aéroport, mais je vais revenir. On pourrait peut-être tous sortir pour dîner, quelque chose du genre. Je viens de recevoir un appel du shérif de Myrtle Beach. Il a peut-être de bonnes nouvelles concernant l'affaire de Rodney.

L'album de Colleen était toujours posé sur la table de chevet et, lorsqu'elle se leva, elle posa une paume dessus pour reprendre son équilibre. Elle avait oublié qu'elle avait caché les canettes vides sous son lit et elle en envoya voler une du pied. La canette retomba sur l'épaisse moquette avec un bruit mou.

– Colleen ? demanda son père.

– Oui, répondit-elle. Je suis là. L'idée du dîner me plaît bien. Je vais en parler à maman.

– OK. Elle est là ?

– Je ne sais pas. Je ne l'ai pas vue.

– Elle a pu décider d'aller marcher un peu. Je préférerais presque qu'elle s'en passe.

La main de Colleen était toujours appuyée sur la table de chevet. Sa tête était penchée en avant et ses yeux fermés. Elle attendit, mais son père ne dit plus rien.

– Merci d'être venu me chercher hier, finit-elle par dire.

– C'est bien normal. Je suis heureux que tu sois là.

– Moi aussi. C'est juste dommage que tu aies eu à y retourner aujourd'hui.

– Aucun problème. Dis à ta mère que je rentrerai aussitôt que possible. Et n'oublie pas de lui dire qu'on pourrait dîner dehors.

– OK. À plus.

– À plus.

Sans relever la tête, Colleen tendit le bras en arrière et raccrocha le combiné sur son socle. Elle se redressa, repoussa du bout du pied les canettes vides aussi loin sous le lit qu'elle le pouvait sans perdre l'équilibre.

En bas, elle entendit la baie vitrée coulissante qui séparait la cuisine de la terrasse de derrière s'ouvrir et se refermer. Elle ne savait pas quelle heure il était, mais elle savait que sa mère venait de rentrer de là où elle avait bien pu aller. Colleen garda les yeux fermés, mais elle sentit la tête lui tourner, et réalisa qu'elle avait violemment mal aux cheveux. Elle déglutit, passa sa langue sur ses lèvres. Elle prit une longue inspiration, retint un instant son souffle, puis quitta sa chambre et traversa le couloir pour aller dans la salle de bains.

Elle écarta le rideau de douche, fit couler l'eau en s'assurant qu'elle soit chaude, à la limite du tolérable. Elle quitta ses vêtements et se glissa sous la douche, l'eau brûlante envahissant ses cheveux et son visage. Puis elle lui offrit son dos, s'assit dans la baignoire et la laissa la recouvrir tout entière.

Après sa douche, elle s'habilla et tira ses cheveux mouillés en une courte queue-de-cheval avant de descendre au rez-de-chaussée, où elle trouva sa mère assise devant la table de la cuisine avec une tasse de café vide. Elle alla prendre la cafetière, se versa ce qu'il restait de café dans une vieille tasse sérigraphiée d'une image de phare à demi effacée.

– Bonjour, mon ange, dit sa mère.

Elle feuilletait un magazine. Colleen remarqua une fois de plus à quel point ses doigts semblaient longs et maigres, l'apparente fragilité de ses poignets noueux à l'endroit où ils disparaissaient dans les manches lâches d'un douillet chandail rose. Colleen savait que sa mère avait toujours froid maintenant, et elle ne fut pas surprise d'apercevoir le col d'un chemisier jaune pâle qui dépassait de l'encolure de son chandail.

– Bonjour, dit Colleen.

– Tu as bien dormi ?

– Oui. (Elle but une gorgée de café, qui lui rappela immédiatement à quel point son père l'aimait léger.) Papa a appelé.

– Je suis sûre que c'était pour vérifier, soupira sa mère, pour s'assurer que je n'avais pas levé le petit doigt en son absence.

– C'est juste qu'il s'inquiète, maman. Je suis sûre qu'il s'inquiète pour moi aussi.

– Eh bien, imagine sa surprise lorsqu'il réalisera que ce sont les femmes qui font tourner le monde. (Sa mère se tourna vers Colleen et sourit.) C'est vrai pour Scott aussi. Nous n'avons pas besoin de leur bienveillance.

– Juste de leur soumission.

– Ou au moins de leur silence.

– Cela me suffirait, dit Colleen avant de boire une autre gorgée. Le silence me conviendrait bien.

Sa mère reporta son attention sur son magazine, tourna une page, puis une autre.

– Ce pilote que ton père est allé chercher, dit-elle. Il va s'installer chez nous.

– Chez nous ? Où donc ?

Sa mère soupira une fois de plus, et Colleen sut qu'elle était mécontente des arrangements qui lui étaient imposés.

– Dans le bureau, je suppose. Il va falloir le nettoyer et tout réorganiser, mais j'imagine que c'est là qu'il va coucher. Si ton père s'inquiétait vraiment de me voir travailler trop, il s'insurgerait contre ces agents du FBI pour même simplement l'avoir proposé. Je ne suis vraiment pas en état de recevoir. (Elle se reprit immédiatement en relevant la tête pour regarder Colleen dans les yeux.) De recevoir des étrangers, je veux dire.

– Je parie que quand tu t'es levée hier matin, tu ne t'attendais pas à remplir la maison.

– Je ne m'attends plus à rien, répondit sa mère. (Elle sourit, comme si elle réalisait le côté lugubre de ce qu'elle venait de dire.) Mais sortons un peu d'ici, allons à la supérette. Je suis certaine qu'il y aura bien quelque chose de spécial qui te fera plaisir, et puis il va nous falloir nourrir l'homme-mystère. Sans compter que nous avons besoin de friandises pour les enfants.

Colleen avait oublié que c'était Halloween, puis elle se demanda quelle raison elle aurait eue de s'en souvenir.

– Tu n'as jamais eu d'enfants venant à ta porte pour Halloween, maman. Je ne crois pas que nous ayons besoin de friandises.

– Eh bien, nous n'avons jamais eu d'agent du FBI dans la chambre d'amis non plus, alors je suppose que tout peut arriver.

*

Pour se rendre au Food Lion, il leur fallait passer par le bout de l'île et prendre le pont qui enjambait le pertuis. Colleen conduisait la voiture de sa mère, cette dernière étant assise bien droite sur le siège passager, parlant sans interruption de gens que Colleen ne connaissait pas ou dont elle ne voulait rien savoir, débitant des histoires de décès, de maladies et de catastrophes inopinées comme si les tragédies des autres étaient en relation directe, immédiate et inéluctable avec leurs propres vies. Chaque histoire avait un lien avec celle de sa mère, d'une façon ou d'une autre : une femme avait un cancer ; un vieux couple avait un enfant adulte qui vivait à l'autre bout du pays ; quelqu'un se débattait avec des problèmes de retraite, de sécurité sociale et d'assurance-maladie.

– Et j'ai dit à Sylvia, je lui ai dit : « Sylvia, si ta fille t'aide, c'est qu'elle le veut bien. » Sa fille vit tout là-haut, à Raleigh, mais elle et son mari quittent le travail tous les vendredis et conduisent jusqu'ici, et ils passent chaque week-end avec Sylvia depuis la mort de Ralph. C'est beau, non ?

– Oui, c'est beau, répondit Colleen, qui n'écoutait qu'à moitié.

Elles passaient alors au niveau de l'aéroport ; Colleen tendit le cou pour voir l'avion immobilisé et essayer d'imaginer le bout de pelouse sur lequel son père avait trouvé le cadavre de Rodney. Sa mère continuait de parler comme si elle avait déjà oublié l'avion, son mystère et la tragédie découverte par son père.

– Et c'est pour cela, j'ai dit à Sylvia : « Laisse-les donc s'occuper de toi ! » Dieu sait qu'elle en a bien assez fait, à s'occuper de Ralph et des enfants.

Colleen s'efforça de se concentrer sur l'histoire de sa mère, mais son mal de crâne ne s'était pas calmé.

– Qui est-ce ? demanda Colleen.

– Sylvia, répondit sa mère. Sylvia Webb.

– D'où la connais-tu ?

– De la salle de sport. La salle de sport de l'île, au centre de loisirs.

– Tu vas dans une salle de sport ? demanda Colleen.

Elle dévisagea sa mère, s'efforça de l'imaginer soulevant des poids ou faisant du vélo d'intérieur malgré sa maladie.

– Eh bien, j'y *allais*, répondit-elle. Avant toutes ces histoires, tu sais, tous mes problèmes de santé.

– Et qu'est-ce qu'elle a fait, la fille de Sylvia ?

– Elle lui rend souvent visite. Depuis que le mari de Sylvia est mort, sa fille vient beaucoup la voir.

– Et quand son mari est-il mort ?

– Bon sang, je ne sais pas. Il y a deux ans, peut-être.

Colleen reprit rapidement le fil et la trame de ce que sa mère lui racontait, pensa aux dates, procéda par association d'idées, additionna deux et deux, et considéra le moment qu'elle avait choisi pour lui en parler. Sa mère soignait son cancer depuis plus d'un an, et Colleen savait qu'elle n'avait pas la force d'aller dans une salle de sport. Le mari de l'amie de sa mère était mort depuis deux ans, donc l'histoire des retours de sa fille les week-ends n'était pas nouvelle. Alors pourquoi sa mère lui en parlait-elle maintenant ?

– Comment s'appelle la fille de Sylvia ?

Sa mère marqua un temps d'arrêt et regarda par la fenêtre tandis que la voiture dépassait des rangées de pins, la grappe de boutiques de l'espace commercial encombré dans lequel se trouvait le Food Lion un peu plus loin à droite.

– Je ne sais pas, dit-elle finalement.

– Il me semble que tu connaîtrais son nom, si elle était vraiment aussi extraordinaire.

Colleen regarda sa mère, mais celle-ci avait toujours la tête tournée vers la fenêtre.

– Et que fait-elle ? À Raleigh, quel genre de travail a-t-elle ?

– Je ne sais pas, dit sa mère. (Elle inspira comme si elle allait soupirer, mais se retint.)

– Eh bien, je suis désolée de ne pas vivre plus près, reprit Colleen. J'aimerais revenir à la maison plus souvent, mais Dallas est sacrément plus loin que Raleigh.

Colleen savait que sa mère avait tourné la tête dans sa direction, elle pouvait sentir son regard posé sur elle.

– Ce n'est pas de cela que je parle, dit sa mère. Je raconte juste une histoire. Elle ne parle pas de toi ou de ce que tu devrais faire. Les gens sont tous différents, Colleen.

– Non, les gens ne sont pas différents, maman. La fille de Sylvia, quel que soit son nom et quoi qu'elle fasse pour vivre, veut voir sa mère. Je veux te voir, moi aussi. Elle peut venir en voiture les week-ends. Moi pas. Nous ne sommes pas différentes. Nos situations sont différentes.

– C'est ce que je voulais dire, répliqua sa mère, le visage à nouveau tourné vers la fenêtre. De toute façon, c'est juste une histoire.

Colleen entra dans le parking du Food Lion. Sa mère refusa de suspendre le panonceau handicapé au rétroviseur, mais Colleen se gara aussi près de la supérette qu'elle le pouvait. Elles descendirent de voiture et traversèrent le parking sans se parler. Une fois à l'intérieur, la mère de Colleen prit un chariot et posa son sac à main dedans. Colleen y posa aussi le sien.

– Il y a quelque chose qui te ferait plaisir ? demanda sa mère.

– Je ne crois pas, répondit Colleen. Mais je vais regarder.

Sur ces mots, elles partirent dans des directions différentes, chacune bouillonnant de colère et peut-être aussi un peu gênée par le tour qu'avait pris leur conversation dans la voiture.

Colleen se retrouva dans l'allée des petits-déjeuners, et ses yeux parcoururent les boîtes de céréales, les pop-tart, les gruaux instantanés et les flocons d'avoine, tandis qu'elle marchait vers le fond du magasin. Elle n'avait mangé que deux toasts nature pour tout repas, et son estomac se rappelait à son bon souvenir devant toutes ces préparations sucrées. Son mal de tête lui écrasait maintenant les tempes et réduisait son champ de vision ; elle sentait la sueur perler sur son front et sa nuque s'échauffer.

Alors qu'elle atteignait le bout de l'allée et tournait à gauche, elle aperçut une femme au bout qui poussait un nourrisson dans une poussette. Colleen la reconnut immédiatement. C'était Myra Page, une de ses amies à l'époque du lycée, mais qu'elle n'avait quasiment pas revue depuis qu'elles avaient quitté la maison de leurs parents pour leurs prépas. Myra ne l'avait pas vue, et Colleen resta un moment à regarder l'enfant dans la poussette, qui avait l'air d'être un petit garçon. Il mâchonnait quelque chose comme si ses gencives lui faisaient mal ; Colleen pensa au livre de Brazelton et tenta d'estimer son âge, mais quelque chose lui retourna l'estomac, et elle craignit soudain de vomir sur-le-champ.

Elle tourna les talons, laissant Myra derrière elle pour se diriger vers le comptoir du rayon boucherie, où des piles de steaks et des montagnes de viande hachée étaient étalées sur un lit de glace derrière une vitre épaisse. Elle s'efforça de se souvenir de la façon dont le magasin était disposé, de se rappeler l'endroit où se trouvaient les toilettes. Elle regarda vers le mur s'il y avait une indication, vit le panneau sur sa gauche et se précipita dans cette direction.

Colleen eut tout juste le temps de refermer la porte de la cabine et de soulever le couvercle avant que le café du matin, les toasts nature et ce qu'il pouvait bien rester du dîner de la veille ne soient évacués de son estomac en un mince flot marron dans la cuvette. Elle toussa et recracha dans l'eau ce qu'elle avait encore en bouche. Elle tira la chasse, prit suffisamment de papier pour s'essuyer le visage et le cou. Elle ouvrit la porte de la cabine, alla au lavabo. Elle fit couler de l'eau et s'aspergea le visage, mit ses mains en coupe pour en porter un peu à sa bouche, se gargarisa et recracha. Son visage blême la regarda depuis le miroir. Elle cilla en voyant les cernes noirs sous ses yeux. Ses cheveux blonds paraissaient encore humides là où elle les avait tirés en une queue-de-cheval. Son sac était resté dans le chariot de sa mère, elle n'avait donc rien sur elle. Pas de gloss, pas de brosse, rien pour améliorer ce qu'elle voyait devant elle. Elle se pinça les joues pour leur faire reprendre un peu de couleur et les tapota. Elle ouvrit la bouche, fit un sourire lugubre.

En sortant des toilettes, Colleen vit que Myra Page avait atteint le bout de l'allée et que maintenant, elle se tenait devant le comptoir du boucher, une femme à côté d'elle. À sa grande horreur, Colleen réalisa que la femme en question était sa propre mère, et qu'elle tenait le bébé de Myra dans ses bras tout en serrant entre ses doigts l'anneau de dentition qu'elle entrait et sortait de la bouche du nourrisson tandis que celui-ci tentait vaguement de l'attraper en battant des bras. Myra et sa mère riaient. Les deux femmes tournèrent la tête dans sa direction et virent Colleen en même temps. Sa mère affichait un sourire qui parut euphorique à Colleen. Myra lui fit simplement signe comme si elles étaient toujours amies.

Myra, comme si elle se souvenait ou devinait le grand bouleversement de la vie de Colleen, lui demanda dès qu'elle fut assez près :

– Et toi, comment tu vas ? Tu vis… (Elle s'interrompit comme si elle essayait de se rappeler quelque chose.)… au Texas, c'est ça ?

– Oui, répondit Colleen. À Dallas. Mon mari a accepté un emploi là-bas.

– Eh bien ! s'exclama Myra. Je suis sûre que c'est magnifique, comme endroit.

– C'est agréable. (Colleen s'efforça de sourire et de ne pas regarder dans la direction du nourrisson.) Ça me plaît de plus en plus.

– Mais là, elle est revenue à la maison pour rendre visite à sa maman, dit la mère de Colleen en appuyant sur le mot *maman*. Elle se balançait en berçant le bébé.

Elle rit un peu puis regarda Colleen. Son expression changea.
– Tu vas bien ? demanda-t-elle. (Colleen hocha la tête et s'efforça de sourire.) Mon ange, on dirait que tu viens de vomir.

*

Colleen pleurait lorsqu'elles rejoignirent la voiture. Sa mère s'assit à l'avant pendant qu'elle chargeait les sacs en papier contenant les courses dans le coffre. Lorsqu'elle eut terminé, elle le referma violemment et abandonna le chariot là où il était. Elle tira les manches de son chemisier par-dessus ses mains et s'essuya les yeux, puis elle ouvrit la portière côté conducteur et monta dans la voiture. Elle mit le contact et sortit en marche arrière de sa place de parking sans regarder sa mère.
– Je suis désolée, dit sa mère. Je ne sais pas à quoi je pensais.
– C'est bon, dit Colleen. (Elle renifla, s'essuya de nouveau les yeux.)
– Je ne pensais même pas du tout. J'ai juste vu Myra, je n'ai pas réfléchi avant de prendre son bébé. J'ai tout simplement oublié.
– Oublié quoi ? demanda Colleen. (Elles étaient arrêtées à un feu rouge avant de quitter le parking et de s'engager sur Beach Road.) Oublié que j'étais avec toi ? Oublié que j'ai perdu mon fils ? Oublié que tu as perdu ton petit-fils ?
– Je ne sais pas, Colleen. Peut-être que l'espace d'une minute, j'ai oublié d'être triste.
Son visage se décomposa et elle ferma les yeux. Colleen savait qu'elle retenait ses larmes. Elle avait rarement vu sa mère pleurer, et voir cela maintenant la surprenait. Elle tendit la main et la posa sur celle de sa mère.

– C'est bon, je ne suis pas en colère. Je ne suis vraiment pas en colère contre toi. Je suis juste triste, et je sais que tu l'es aussi. C'est juste que les choses sont comme ça.

Le feu passa au vert ; Colleen appuya sur l'accélérateur et sortit du parking. Elles roulèrent un moment en silence.

– Je n'aurais pas dû prendre ce stupide bébé, finit par dire sa mère.

Colleen sourit un peu, la regarda.

– Il avait l'air stupide, n'est-ce pas ?

Sa mère sourit aussi.

– Oui. Il avait vraiment l'air stupide.

Colleen s'esclaffa. Elle tendit la main vers l'autoradio.

– Rien qu'un stupide bébé, dit-elle.

*

Elles laissèrent la radio allumée après avoir traversé le pont et rejoint l'île, et écoutèrent le *When Doves Cry* de Prince tout en remontant et redescendant à mesure le quadrillage des rues afin de déposer des tracts dans toutes les boîtes aux lettres, leurs courses fraîches ou congelées presque oubliées dans le coffre. Et elles se parlèrent, se parlèrent vraiment. Du nouvel emploi de Scott et du temps qu'il passait loin de chez lui. De l'incertitude de sa mère quant à son envie que le père de Colleen remporte ou pas un nouveau mandat de shérif. De l'avion, de ce qu'il pouvait signifier pour la réélection et de l'enquête sur la mort de Rodney, à laquelle son père allait maintenant devoir consacrer tant de temps.

Colleen aurait bien voulu rester dans la voiture avec sa mère, les fenêtres baissées, la radio allumée, leur conversation évoluant librement et spontanément entre des sujets réunis par les souvenirs, le passé et les liens familiaux. Mais elles avaient les courses à rapporter et Marie avait des médicaments à prendre avec son déjeuner, alors elle dut se résoudre à prendre la direction de la maison.

Le téléphone sonnait lorsqu'elles franchirent la porte et Colleen, un sac sous chaque bras, alla dans la cuisine les poser sur le comptoir. Elle répondit au téléphone, reconnaissant immédiatement la voix de l'homme à l'autre bout du fil.

– Salut ma belle, dit-il.

C'était Danny Price, son premier meilleur ami, et le premier garçon avec lequel elle avait dormi dans un lit. Le premier garçon avec lequel elle avait dansé jusqu'à être certaine de tomber d'épuisement ou de ravissement. Le premier garçon qu'elle avait jamais vu se regarder dans un rétroviseur pour s'appliquer du mascara sur le parking du Pterodactyl Club de Charlotte, les stroboscopes clignotant de l'autre côté des fenêtres presque entièrement obscurcies du bâtiment, la musique vibrant à travers les murs et jusque dans leur poitrine. Ils venaient d'avoir dix-huit ans, et lorsque Colleen avait regardé Danny faire glisser le bâtonnet de fard sur ses cils, elle avait réalisé qu'elle ne s'était jamais sentie plus libre ou plus certaine de sa liberté à un quelconque autre moment de sa vie.

Et là, toutes ces années plus tard, Colleen sourit, se tourna et appuya sa taille contre le comptoir de la cuisine.

– Je me demandais quand tu allais appeler, dit-elle. (Elle enroula le fil torsadé du téléphone autour de son doigt.)

– J'appelle pour prendre de tes nouvelles. Myra Page dit que tu as vomi au Food Lion.

Colleen rit réellement cette fois, le premier vrai rire à s'échapper de son corps depuis ce qui lui semblait être des années.

– Les nouvelles vont vite.

– Sur cette île, oui. Tu veux sortir ce soir, faire quelques mauvais choix ? Donner à Myra et aux autres un nouveau sujet de conversation ?

– Oh oui, dit Colleen. Oui.

Chapitre 9

Après avoir raccroché avec le shérif Petty, Winston appela Glenn puis l'agent Rollins pour les informer de ce qu'il avait appris. Tous deux en furent ravis, mais Winston comprit que ni l'un ni l'autre n'avait grand espoir de voir jamais relié ce que l'on trouverait dans la maison du comté d'Horry avec leur propre enquête. Évidemment, la cocaïne de la descente de Petty avait pu arriver dans l'avion qui était désormais échoué ici, sur la piste d'atterrissage du comté de Brunswick, mais sans empreintes digitales ni éléments balistiques reliant les deux endroits, il n'y avait aucune façon de savoir. Alors il allait leur falloir attendre que tous les échantillons aient été transmis, analysés, puis comparés.

« Nous en tirerons quelque chose un jour ou l'autre », avait dit Rollins, mais Winston n'avait que faire d'un autre jour. Il ne voulait pas reconnaître que le compte à rebours de l'élection de la semaine suivante avait déjà commencé, et ce encore moins devant Rollins, mais l'horloge était bien là, même si Winston était le seul à entendre son tic-tac.

Il raccrocha avec Rollins et entendit Vicki élever la voix dans le hall, parlant fort comme pour attirer l'attention de quelqu'un.

– Monsieur, dit-elle. Monsieur !

Winston se pencha en avant, comme si se rapprocher de la voix de Vicki allait lui donner une meilleure idée de ce qu'il se passait de l'autre côté de sa porte fermée.

– Monsieur, dit Vicki. Vous ne pouvez pas entrer là !

Un bruit de pas tourna au coin et résonna à travers le hall en direction du bureau de Winston. Comme s'il obéissait à son instinct, Winston se leva et se tendit physiquement à la perspective d'affronter ce qui allait pouvoir franchir sa porte, réalisant que son arme était suspendue juste hors de sa portée. Sans réfléchir, il s'écarta de son bureau et se prépara à faire face à la personne que Vicki n'avait pas pu retenir.

Il cilla lorsque la porte s'ouvrit violemment, non pas tant à cause de la puissance du mouvement que de l'identité de la personne qui avait fait irruption : Ed Bellamy se tenait à quelques pas devant lui, le souffle court, le visage luisant de sueur – soit de colère, soit d'épuisement –, ses lunettes glissant sur l'arête de son nez. Aucun des deux hommes ne dit un mot, chacun paraissant surpris d'être si proche de l'autre après l'émoi qu'avait provoqué l'entrée fracassante de Bellamy dans le poste. Winston pouvait voir Vicki debout au milieu du hall, son visage affichant crainte et colère. Le regard de Winston passa d'elle à Bellamy, puis revint sur elle.

– Tout va bien, Vicki, dit-il. Tout va bien. Je m'en charge.

Elle opina légèrement et tourna les talons pour retourner dans son bureau. Winston la regarda partir, puis ses yeux rencontrèrent ceux de Bellamy. Il avait encore une main sur le bouton de porte et, de l'autre, remit ses lunettes en place, avant de la lever et de pointer du doigt en plein centre de la poitrine de Winston. Bellamy ne prononça pas un mot. Il se contenta de rester là, le doigt tendu.

Il était clair pour Winston que Bellamy n'était pas quelqu'un qui cherchait à se battre ; il était à l'évidence quelqu'un qui ne pouvait plus combattre, un père qui avait perdu un enfant, un homme dont la vie avait été détruite au cours d'une seule journée. Derrière ses épaisses lunettes, se yeux étaient écarquillés de colère, humides des larmes de son chagrin, et dans ce court instant de silence qui les enveloppa tous les deux, Winston comprit à quel point ces deux émotions étaient proches et inextricablement liées.

Winston ne chuchota pas, mais parla doucement.

– Ed, dit-il, vous pouvez refermer la porte.

Bellamy resta un instant immobile, puis il tira la porte derrière lui, son autre main toujours pointée sur Winston en ce qui ressemblait à une accusation.

– Que se passe-t-il, Ed ? demanda Winston.

Il recula, sentit le rebord de son bureau effleurer l'arrière de ses cuisses. Il s'appuya contre le meuble comme s'il s'apprêtait à se détendre avec un collègue qui s'était arrêté dans son bureau pour bavarder un peu.

– Ça ne va pas recommencer, Winston. (Bellamy agita l'index comme s'il grondait un enfant, puis il serra les doigts en un poing.) Ça ne va pas recommencer.

– Qu'est-ce qui ne va pas recommencer, Ed ? Je ne sais pas de quoi vous parlez. (Winston lui indiqua le siège devant lui, puis se pencha pour attraper son couvre-chef posé dessus.) Vous voulez vous asseoir ? En parler ?

Il se releva lentement et passa derrière son bureau pour que Bellamy ait assez d'espace pour agir comme bon lui semblait.

Bellamy ne s'assit pas ; il préféra poser les mains sur le dossier du fauteuil et l'agripper comme s'il se préparait à le fracasser contre le mur. Il se pencha en avant, parla d'une voix égale et mesurée.

– Ça ne va pas recommencer, Winston. On ne va pas revenir aux cavalcades nocturnes et aux tirs d'intimidation. Nous ne l'accepterons pas.

– Bon sang, Ed, mais de quoi parlez-vous donc ? Quels tirs d'intimidation ?

– La nuit dernière. Bradley Frye et ses bons petits gars. Ils sont allés à la maison de Rodney, ont fracassé une fenêtre et exigé que Jay sorte. Ils sillonnaient la Plantation en faisant rugir les moteurs en pleine nuit, en tirant en l'air. Ils faisaient flotter le drapeau confédéré. (Il remonta encore ses lunettes sur son nez, et Winston vit que ses mains tremblaient.) Ils sont venus devant ma maison aussi, et je les attendais. Quiconque vient tirer des coups de feu devant chez moi doit craindre une riposte.

– Attendez, dit Winston. Attendez, vous êtes en train de me dire que Bradley Frye est allé à la Plantation tirer sur des gens ?

L'expression de Bellamy changea soudain, et Winston vit que, pour la première fois depuis qu'il avait fait irruption dans son bureau, il était en colère. Il sortit de derrière le fauteuil et pointa de nouveau le doigt sur Winston. Sa voix avait gagné en ampleur, en fierté.

– Je suis en train de vous dire qu'il s'est abattu sur la Plantation comme pendant le putain d'âge d'or du Klan. (Il marqua une pause, le souffle court, le front humide de sueur.) Et je suis aussi en train de vous dire ceci : nous ne nous laisserons pas chasser de nos maisons. Pas cette fois. Pas par lui.

– Bon sang, Ed ! Je n'en savais rien.

– Vous auriez dû le savoir. J'ai appelé le 911 la nuit dernière. Un de vos gros culs d'adjoints a mis plus d'une heure à venir ; évidemment, ils étaient déjà partis. Votre adjoint n'est même pas sorti de sa putain de voiture, Winston ; il n'est même pas monté jusqu'à ma véranda pour me parler. J'étais là, avec un fusil. Il m'a ordonné de le poser, m'a menacé si je n'obéissais pas. Il m'a dit que la nuit était paisible, pour ce qu'il en voyait. (Bellamy tourna la tête et regarda en direction de la porte fermée du bureau de Winston.) Et elle, je l'ai appelée cinq fois ce matin pour demander à vous parler, et chaque fois elle m'a répondu que vous étiez occupé. Et quand j'arrive, je vous trouve assis sur votre gros cul pendant que mon fils… (Il s'interrompit, ravala quelque chose, reprit :) Pendant que mon fils est encore au funérarium parce que sa veuve pleure trop pour prendre une décision quant à la date de ses obsèques. Et maintenant, elle doit composer avec une bande de petits Blancs qui viennent l'intimider avec des armes devant chez elle en pleine nuit, qui viennent casser les vitres. Nous ne l'accepterons pas, Winston. Je vous le dis. Vous feriez bien de m'écouter.

– Je suis désolé, Ed. C'est la première fois que j'entends parler de toute cette histoire.

– Nom de Dieu, laissa échapper Bellamy.

Il tira un mouchoir de sa poche arrière, ôta ses lunettes et en nettoya les verres.

– Vous savez aussi bien que moi que Bradley Frye est un connard, dit Winston. Il l'a toujours été.

– Oui, c'était un petit con à l'époque du lycée, quand il rassemblait des petits Blancs pour monter à Wilmington agresser des gosses noirs sur le parking de l'école secondaire. C'était un con quand il lançait des œufs sur nos maisons et nos voitures, brûlait des sacs de merde devant les portes. (Ses lunettes nettoyées, il se passa le mouchoir sur le front, puis le remit dans sa poche.) Mais c'est un adulte, maintenant, et c'est peut-être toujours un connard, mais c'est un connard avec une arme, un pick-up et un drapeau confédéré, et avec une bande d'autres tarés qui feront tout ce qu'il leur dit de faire.

Winston voulut dire quelque chose, mais Bellamy leva la main pour l'en empêcher et poursuivit :

– Voilà ce qu'il raconte aux siens, Winston, à ceux qu'il convainc de voter pour lui : il leur dit que mon fils faisait venir de la drogue par avion à l'aéroport, que les Noirs de ce comté sont responsables de la totalité des crimes, des délits, des agressions et des trafics qui ont lieu ici. Il terrorise les gens de la Plantation pour nous pousser à faire quelque chose de stupide et, Winston, je suis prêt à le faire. Vous savez qu'il construit sur ces terres du rivage, juste derrière la Plantation. En fin de compte, tout ramène à ça. S'il réussit à nous terroriser, à monter la population de ce comté contre nous, à nous forcer à vendre nos propriétés et à partir, il disposera d'une immense surface, et quand il s'en sera servi pour se faire élire à votre poste, il disposera d'un immense pouvoir.

Winston considéra minutieusement les conclusions que tirait Bellamy et sut sans avoir besoin de beaucoup chercher que tout ce qu'il disait était vrai. Adolescent, Bradley Frye s'était délecté des violences raciales qui sourdaient comme un poison depuis Wilmington, où il y avait des incendies, des tirs d'intimidation et des agressions contre les lycéens et étudiants noirs, et contre l'ensemble de la communauté. Cela avait été une guerre, et bon nombre des batailles avaient été menées par Bradley Frye et ses amis ici, dans le comté de Brunswick. Pour des gens comme Frye, des gosses en colère devenus des notables cossus, la guerre se poursuivait, mais elle était maintenant menée avec des carnets de chèques et des votes, au lieu de poings et de battes de baseball.

– Un adjoint est venu devant chez vous cette nuit ? demanda Winston.

Bellamy acquiesça d'un hochement de tête.

– Vous vous souvenez de son nom ?

– Non, et je ne crois pas qu'il me l'ait donné, même quand je le lui ai demandé, après toutes les conneries qu'il m'avait sorties.

– Et vous avez téléphoné ici aujourd'hui ? (Bellamy hocha de nouveau la tête.) Vous avez parlé à Vicki et vous lui avez dit ce qu'il s'était passé cette nuit. (Un autre hochement.) Excusez-moi, ajouta Winston.

Il contourna Bellamy et ouvrit la porte, puis il la referma derrière lui. Il savait que Vicki était retournée à son bureau : il pouvait l'entendre déplacer des papiers comme si elle n'avait jamais eu autant de travail de sa vie. Winston traversa le hall, se tourna et s'arrêta devant la baie vitrée ouverte de l'accueil.

– Vicki, dit-il.

Elle interrompit son ouvrage et leva lentement la tête. Ils se regardèrent un moment dans les yeux. Winston n'avait pas le souvenir de l'avoir jamais vue aussi clairement et justement qu'en cet instant précis. Elle soupira et s'enfonça dans son siège comme si elle savait qu'une longue conversation était sur le point de se dérouler. Winston finit par parler.

– Ed Bellamy est là et il me dit qu'il a appelé toute la matinée, Vicki. Est-ce vrai ?

Vicki posa ses mains sur ses genoux et Winston vit qu'elle entrelaçait ses doigts. Elle croisa les jambes, posa son coude gauche sur l'accoudoir de son fauteuil.

– Vous avez eu des appels, shérif, répondit-elle. Je m'apprêtais à vous transmettre les messages. Tous, évidemment ; pas seulement les siens.

– Qui d'autre a appelé ? Vous m'avez parlé de l'appel de Marie quand je suis arrivé. Qui d'autre a appelé ?

Vicki chassa quelque chose sur sa cuisse d'un revers de la main. Elle se redressa et regarda de nouveau Winston.

– Personne, dit-elle.

– Montrez-moi ces messages.

– Quoi ?

– Les messages d'Ed Bellamy. Ceux que vous alliez me donner.

– Je ne les ai pas encore mis par écrit.

Winston soupira et s'écarta de la baie vitrée. Il mit ses mains dans ses poches, ses doigts se glissèrent entre ses clés et ses pièces de monnaie. Il garda les yeux fixés sur le sol, le linoléum reflétant les lumières fluorescentes des plafonniers au-dessus de lui.

– Vicki, dit Winston. (Il avait parlé d'une voix égale et sereine, sans savoir s'il faisait cela pour que Bellamy ne l'entende pas ou pour que Vicki comprenne à quel point il était sérieux.) Ce n'est pas un simple événement routinier. (Il releva la tête et se rapprocha du bureau.) Cet homme vient juste de perdre son fils. Il est anéanti. Et en plus, il a maintenant Bradley Frye qui vient terroriser sa famille et sa communauté. (Il sortit ses mains de ses poches et les posa sur le guichet.) Quand quelqu'un m'appelle pour ce genre de choses, Vicki, et en particulier trois, quatre, cinq fois, j'ai besoin de le savoir, d'accord ?

Vicki ne réfléchit probablement même pas avant de répondre, et Winston sut que les mots qui sortaient de sa bouche étaient la plus parfaite expression de qui elle était vraiment.

– Il n'y a aucune loi qui interdise d'aller faire un tour en voiture, shérif.

Elle soutint le regard de Winston, ne détourna les yeux que pour relever ses mains et rapprocher son siège de son bureau. Lorsqu'elle le regarda de nouveau, il y avait quelque chose de froid et de définitif dans ses yeux qu'il n'avait jamais vu, mais il comprit que ce qu'il voyait avait toujours été là, avait toujours fait partie intégrante de Vicki, de sa vie, de sa vision des gens comme Ed Bellamy et de son opinion sur ceux qui, comme Winston, pensaient qu'ils avaient droit à la justice et à l'équité. Il était évident aux yeux de Winston que ses certitudes avaient toujours constitué un affront pour Vicki et les gens comme elle ; et, plus encore que surpris, il se sentait soudain un peu ridicule d'avoir pu croire autre chose.

Une porte s'était fermée entre eux, et il pouvait sentir la froideur qui s'établissait. Il pressentait que sa relation avec Vicki serait dorénavant déterminée par l'entièreté de leurs préjugés. Cela mettait un point final aux petits gestes amicaux et joies partagées, qui ne pourraient naître dans la gêne qui allait affecter toutes leurs interactions.

Winston ôta les mains du guichet et se redressa. Il garda les yeux plongés dans ceux de Vicki.

– Vicki, dit-il, vous n'appartenez pas aux forces de police du comté de Brunswick, et vous n'avez ni la charge ni la responsabilité de décider de ce qui est légal ou pas. Votre travail est de me transmettre tous les messages, qui que soient ceux dont ils proviennent et quel que soit ce qu'ils contiennent. Est-ce clair ?

Un autre instant de silence entre eux, les yeux toujours dans les yeux, durant lequel Winston comprit que, sur ce point et probablement sur beaucoup d'autres qui seraient révélés par la suite et affecteraient leurs vies de façon significative ou insignifiante, Vicki avait soutenu Bradley Frye et les gens comme lui, ; il sut qu'elle allait voter pour Bradley Frye la semaine suivante. Rien n'avait changé, mais quelque chose avait été exposé, et Winston ne l'avait pas vu venir, bien qu'ayant vécu et travaillé dans son ombre chaque jour de sa vie pendant près de deux décennies. Cette constatation l'amoindrissait, et il se sentait maintenant plus petit devant Vicki que lorsqu'il était arrivé devant son bureau, porté par la colère légitime de la justice et de la responsabilité. Winston se retrouvait soudainement et intensément conscient de ne plus avoir d'alliés et d'être seul, tant les arbitres de la justice que ses témoins partant à vau-l'eau.

– Vicki, écoutez-moi, finit-il par dire. Je vais être clair. Ce n'est pas une histoire opposant les Noirs et les Blancs. Il ne s'agit pas de jeunes Blancs et de jeunes Noirs se bagarrant au lycée au sujet de décisions prises par les adultes. (Il se pencha en avant, posa le bout de ses doigts sur le bureau de Vicki comme s'ils lui servaient à supporter son poids.) Nous avons déjà un meurtre sur les bras ; je n'ai pas envie d'en avoir un autre. Nous sommes assis sur un baril de poudre, et je n'ai pas besoin que quelqu'un dans ce bureau joue avec des allumettes, Vicki. OK ?

Elle hésita. Winston la regarda dans les yeux, se figura son cerveau résonnant des mots et des phrases avec lesquels elle avait grandi, des préjugés ancestraux qu'elle maintenait contre des Noirs comme Ed Bellamy et son défunt fils. Lui demander de remettre en question des défiances et des croyances tellement profondément ancrées qu'elles lui semblaient inhérentes à la vie, revenait à lui demander de s'atteler à l'impossible tâche de séparer sa peau de son squelette.

– Oui, monsieur. Shérif, répondit-elle.

– J'ai besoin que vous soyez, non pas de mon côté, mais du côté de la loi. J'ai besoin de savoir que je peux compter sur vous, d'accord ?

– D'accord.

Elle approcha encore plus son siège du bureau et reporta son attention sur son travail. Une tornade était passée entre eux, détruisant toutes les constructions apparentes et déracinant les arbres, mais ni l'un ni l'autre n'admettrait jamais le carnage, préférant tous deux vivre en silence à la merci des éléments.

Winston la regarda travailler une minute, puis il lui demanda :

– Qui a répondu à l'appel de Bellamy, la nuit dernière ?

Vicki interrompit ce qu'elle faisait et s'immobilisa un instant, puis elle se tourna et consulta une écritoire à pince posée sur le bord de son bureau.

– L'adjoint Englehart, répondit-elle, sa voix se dérobant, comme pour marmonner contre son gré l'identité d'un conspirateur devant une autorité qui connaissait déjà toute l'ampleur de l'opération.

– Vous pouvez me donner son numéro de téléphone ?

Elle feuilleta quelques papiers, attrapa un stylo et nota le numéro dans un bloc jaune avant d'arracher la feuille. Elle la donna à Winston à travers la baie ouverte. Il la prit sans dire un mot, puis tourna les talons et partit vers son bureau.

Winston trouva Bellamy dos à la porte, examinant avec attention le mur de photos encadrées. Winston décrocha le combiné téléphonique et posa la feuille de papier avec le numéro d'Englehart à côté de l'appareil.

– Excusez-moi, dit-il, j'ai un appel à passer.

Bellamy ne se tourna pas en entendant la voix de Winston.

– Prenez tout votre temps, dit-il.

Winston composa le numéro d'Englehart, puis il s'assit sur le rebord du bureau pendant que le téléphone sonnait. Il était juste midi passé, et il se figura Englehart dormant encore après avoir été de service la nuit dernière, les yeux fermés et le visage gras, étendu dans une chambre sombre, mais trop chaude, où un ventilateur crissait au plafond au-dessus du lit, les stores fermés chauffés par le soleil de midi donnant à plein sur les fenêtres. Englehart allait s'étirer en entendant la sonnerie du téléphone, se réveiller peut-être en renâclant.

Lorsque la voix d'Englehart résonna dans le combiné, Winston ne put dire s'il avait été réveillé ou pas. C'était la même voix plaintive et sirupeuse qu'à son habitude, et il s'imagina cette voix parlant à Ed Bellamy la nuit précédente depuis l'intérieur obscur d'une voiture de patrouille tandis que Bellamy se tenait sous sa véranda en pleine nuit, un fusil à la main. Winston regarda Bellamy là où il se trouvait maintenant, lui tournant toujours le dos. Il savait que Bellamy écoutait, même s'il ne le regardait pas.

– Englehart ? demanda Winston.

– Oui ?

– Ici le shérif Barnes.

– Bonjour, shérif.

Winston ajusta sa position sur le rebord du bureau. Il faisait dos à Bellamy maintenant, et il se demanda si celui-ci s'était retourné pour le regarder.

– J'ai entendu parler de ce qu'il s'est passé la nuit dernière à la Plantation. Vous voulez bien me dire ce que vous avez vu ?

Englehart soupira.

– Il n'y avait pas grand-chose à voir, shérif.

– Pas grand-chose à voir ? répéta Winston. Même dans ce cas, vous devez rédiger un rapport chaque fois que vous répondez à un appel. Je ne saurais rien de tout cela si Ed Bellamy n'était pas venu ici…

– Oui, c'est le nègre, dit Englehart.

– Pardon ?

– C'est le nègre qui avait un fusil la nuit dernière, dit Englehart. Il voulait que j'arrête des gens qui ne faisaient que traîner dans le quartier, et il était là, dehors, à agiter une arme devant un flic. Shérif, je ne vais pas laisser un nègre se pointer devant moi avec une arme et me dire comment je dois faire mon boulot. Aucune chance que ça se reproduise jamais.

Winston entendit le claquement d'un briquet, et il sut qu'Englehart élevait la flamme vers le bout d'une cigarette.

– Eh bien, vous n'allez plus faire ce boulot, de toute façon. La nuit dernière était votre dernière nuit de service. Vous passerez au poste pour rendre votre insigne et votre arme.

– Vous me virez ?

– Vous êtes relevé de vos fonctions. On dirait que vous ne voulez pas servir, de toute façon. En tout cas, pas comme il se doit. Pas en servant *tous* les citoyens du comté de Brunswick.

L'autre bout de la ligne resta un instant silencieux. Puis Winston entendit Englehart tirer une bouffée de sa cigarette. Et enfin le bruit de la fumée soufflée dans le combiné.

– Je vais juste considérer ça comme un congé, shérif, parce que les électeurs vous virent la semaine prochaine, et que, dès que ce sera effectif, mon premier appel sera pour Bradley Frye pour reprendre mon ancien poste.

– Eh bien, vous le féliciterez de ma part. D'ici là, revenez déposer votre insigne et votre arme. Ensuite, ne vous approchez plus de ce bureau.

Winston raccrocha et resta assis là un instant avant de regarder en direction de Bellamy. Il lui tournait toujours le dos, et avait croisé les bras.

– Une bonne chose de faite, dit Winston.

Bellamy se gaussa, juste assez fort pour que Winston l'entende.

– Ça ne règle rien, dit-il. Rien du tout. Là, il s'agit juste de priver une brute d'une fonction dont il n'a pas besoin pour faire ce qu'il veut faire, c'est tout. Mais il n'a pas l'usage de son insigne pendant leurs cavalcades nocturnes.

– Ed, j'essaie. Je fais ce que je peux.

– Oui, répondit Ed. Moi aussi.

Les deux hommes restèrent muets un moment. Puis Bellamy se tourna vers Winston et indiqua du doigt la photo de lui en soldat de dix-huit ans en grand uniforme bleu.

– Quand avez-vous servi ?

– De cinquante-deux à cinquante-trois, répondit Winston.

– En Corée ?

– Oui. Armée de terre. Dans un poste d'approvisionnement, du côté de Pusan.

Bellamy se retourna vers le mur de photos.

– Vous êtes allé au feu ?

– Non. (Winston marqua une pause, s'interrogeant sur le tour que prenait leur conversation.) Et vous ?

– Oh ! oui, dit Bellamy. Oh ! oui.

– Au Viêt-nam ?

– Oh ! oui, répéta-t-il. Tireur d'élite dans le corps des Marines. J'ai eu ma dose de combats.

La pièce redevint silencieuse, mais quelque chose avait changé derrière ce silence : l'air s'était chargé de quelque chose, d'une tension, d'électricité, ou d'incertitude. Winston regarda la moquette sous ses pieds. Il envisagea de se lever et de faire face à Bellamy, de lui poser d'autres questions sur ce qu'il s'était passé la nuit précédente, ou des questions sur ce que Rodney pouvait bien faire sur la piste d'atterrissage en pleine nuit. Mais en lieu de tout cela, il décida de rester assis et d'écouter.

– J'ai intégré la formation de tireur d'élite parce que je savais me servir d'un fusil, reprit Bellamy. À l'époque, nous étions équipés de Winchester modèle 70, calibre 30.06. Il a fallu que je m'adapte à la lunette, mais je savais déjà tirer. J'étais chasseur, alors je n'ai pas eu de problème à chasser dans la jungle. Mais je savais aussi autre chose que mes compères blancs ne savaient pas : je savais ce que c'est que d'être traqué. (Il se tourna et regarda Winston.) Je sais encore ce que ça fait que d'être pourchassé. Après toutes ces années, nous le sommes toujours.

Winston se figura le pick-up de Bradley Frye maraudant dans les rues de la Plantation en pleine nuit, un homme debout dans la benne, manœuvrant un projecteur comme un braconnier cherchant la lueur d'un œil animal dans les ténèbres.

Bellamy croisa les bras et s'assit de l'autre côté du bureau de Winston.

– Au Viêt-nam, je passais des heures sur le ventre, dans la jungle, à chasser. On le faisait tous. Parfois j'étais seul, parfois j'avais un alter ego. On alternait, l'un au tir et l'autre à la surveillance, on se relayait pour dormir, avec un fusilier mitrailleur en soutien pour couvrir nos arrières. (Il rit tout seul, puis il soupira et agita la tête.) J'ai passé tellement d'heures sur le ventre, Winston – des jours et des jours, probablement des semaines –, à ramper dans la boue et les ronces, à me pisser dessus, à me chier dessus si nécessaire. À me poster à un endroit ou un autre, à attendre. Quel que soit le temps que cela prenait, j'attendais. Mais j'étais heureux d'attendre, parce qu'à la fin de cette attente, je savais que j'allais procéder à ce tir qui ferait que tout ça en aurait valu la peine.

Bellamy se redressa de l'autre côté du bureau et mit ses mains dans ses poches. Il se dirigea vers la porte, puis se tourna et lui fit face.

– Voilà ce que c'est que d'être noir en Amérique, Winston. Je reste sur le ventre depuis des années, à regarder le monde depuis le niveau du sol, à me faire marcher dessus pendant que je continue de ramper. La seule différence entre cette époque et maintenant, c'est que je n'ai plus ce tir à espérer.

Winston ne savait trop quoi répondre, ni ce qu'il pouvait dire. Il se recula derrière son bureau et posa les mains sur le dossier de son fauteuil, les pensées affluant dans sa tête.

– Ed, finit-il par dire. Il faut que je vous dise que je ne vais pas remporter cette élection. Je le sais.

– Je le sais aussi, répondit Bellamy. Et il faut que je vous dise que vous avez encore le temps de faire ce qui est juste.

– Et qu'est-ce que c'est, Ed ? Je m'efforce de faire toute la lumière sur ce qui est arrivé à Rodney. À part cela, que puis-je faire ? Poursuivre Bradley Frye ? Cela n'arrangera rien pour personne, et pour vous encore moins.

– Vous pouvez vous mettre sur le ventre, ramper dans la jungle avec moi. C'est moi qui tirerai, mais j'aurai peut-être besoin d'un observateur, et j'aurai peut-être besoin de quelqu'un en couverture.

– Je suis le shérif, Ed – du moins pour l'instant. Je dois respecter la loi.

Les deux hommes continuèrent de s'observer un instant, puis Ed posa la main sur la poignée de la porte du bureau, qu'il ouvrit. Il marqua une pause avant de la franchir.

– Et moi, j'ai besoin de me protéger, ce qui signifie que je vais peut-être devoir me mettre en chasse, parce que, s'il y a une chose qui est absolument certaine, c'est que je ne vais pas accepter d'être chassé. Plus jamais.

*

Pour la première fois depuis près de vingt ans qu'ils travaillaient ensemble, Vicki quitta le bureau à dix-sept heures tapantes, et sans dire au revoir. Winston s'y attendait ; il ne fut pas surpris, mais cela le troubla tout de même. Tout ce qu'il s'était passé cet après-midi-là – et même la nouvelle du coup de filet en Caroline du Sud – l'avait troublé. Peu après son départ, Winston verrouilla les bureaux, monta dans sa voiture de patrouille et partit pour l'aéroport. La nuit allait bientôt tomber, et il était curieux de voir ce que Groom avait réussi à faire.

Une fois arrivé et engagé sur la partie herbeuse, il vit que la queue de l'avion avait été mise sur cale et la roulette ôtée. L'agent Rountree se tenait à côté de l'avion, et discutait avec l'un des adjoints de Winston et deux mécanos que Winston ne connaissait pas. Glenn était en retrait côté sud, et observait la scène. On ne voyait Groom nulle part. Glenn tourna la tête vers Winston et le salua d'un signe lorsqu'il vint le rejoindre.

– On dirait que les choses progressent, dit Winston.

– C'est bien l'impression que j'ai, répondit Glenn.

– Je croyais que vous ne seriez pas de service ici avant au moins minuit.

– C'est bien le cas. Mais j'avais envie de les voir soulever l'avion. Je serai de retour à deux heures du matin.

Winston soupira, puis dit :

– L'adjoint Englehart ne fait plus partie de nos effectifs.

Le regard de Glenn passa de l'avion au sol devant lui. Il agita la tête.

– Serait-ce en rapport avec ce qu'il s'est passé dans la Plantation la nuit dernière ?

– Effectivement, oui, répondit Winston avant de soupirer une nouvelle fois. J'ai un mauvais pressentiment, Glenn.

Glenn le dévisagea, puis son regard revint vers le sol.

– J'aimerais vous dire que je suis optimiste, mais ce n'est pas le cas.

– Eh bien, je serai d'astreinte cette nuit, si vous avez besoin de quoi que ce soit, dit Winston. Et demain, je prendrai le tour de garde d'Englehart ici, sur la piste d'atterrissage. Espérons que nous serons bientôt débarrassés de cet avion.

Pendant que Winston et Glenn discutaient, l'agent Rountree avait redescendu la piste.

– Votre pilote a l'air de savoir ce qu'il fait, dit Rountree.

– Ce n'est pas *mon* pilote, répondit Winston, mais Rountree l'ignora.

– Il dit que l'avion peut voler sans problème. Il prévoit de décoller après-demain et d'aller à Wilmington. Ils ont un hangar qui l'attend. Nous nous en chargerons à partir de là.

– On dirait que vous vous chargez déjà de tout, fit remarquer Winston.

– Oui, effectivement.

– Vous avez transmis les empreintes ?

– Nous contrôlons la situation, shérif, ne vous inquiétez pas.

– Vous êtes au courant de cette descente près de Myrtle Beach ? demanda Winston. Rollins et moi pensons que cela pourrait être lié. Le shérif là-bas le pense aussi.

– Nous contrôlons la situation, répéta Rountree.

Rountree les dépassa et grimpa dans sa voiture. Winston tourna la tête et le regarda faire une marche arrière puis se diriger vers le parking.

Glenn brisa le silence :

– Ce sera bien quand cet avion ne sera plus ici, shérif. Quel que soit l'endroit où il ira et ce qu'ils en feront.

– Mais nous avons tout de même un meurtre sur les bras. J'aimerais bien qu'ils lui portent moitié autant d'intérêt qu'à ce maudit avion et à ce qu'il pouvait contenir.

– Je sais. Mais nous le résoudrons.

Winston ne répondit pas. Après un temps, il demanda finalement :

– Où est Groom ?

Glenn le regarda.

– Marie est passée voir si vous étiez là, il y a peut-être une heure. Elle était allée chercher d'autres affiches de campagne.

– Vraiment ?

– Je lui ai dit que vous étiez au bureau. Groom lui a demandé si elle pouvait le ramener chez vous.

Glenn dévisagea Winston un peu plus longtemps, comme s'il essayait de prédire la façon dont il allait répondre, et Winston ne sut trop que faire de cela – ni de l'expression de Glenn, ni de l'information.

– Comment va-t-elle ? demanda Glenn.
– Très bien, apparemment.
– Excellent. Elsie et moi avons prié pour elle.
– C'est gentil, dit Winston en détournant la tête et en faisant de son mieux pour dissimuler la chaleur qui lui montait le long de la nuque et au visage. Et Marie appréciera aussi.

*

Le pick-up Ford blanc de David Worley, un ami de Winston, stationnait derrière la Regal de Marie lorsqu'il se gara dans la rue, devant la maison. *Worley, stockage & location de matériel*, ainsi que le numéro de téléphone de l'entreprise étaient sérigraphiés sur le hayon arrière et sur les deux portes du pick-up.

Dans la maison, Winston trouva Marie, Groom et l'épouse de David, Dianne, tous installés dans la cuisine. Dianne avait remonté ses lunettes sur son front et portait encore son sac à main à l'épaule, comme si elle venait d'arriver ou s'apprêtait à partir.

– Dianne ? Je pensais trouver David.
– Désolée de te décevoir. J'ai le camion pour quelques jours. David a pris la voiture pour aller voir sa mère à Asheville. Elle ne va pas bien.
– J'espère que ce n'est pas trop grave, dit Winston en suspendant son blouson dans le placard du vestibule.
– C'est juste qu'elle vieillit, répondit Dianne avant de s'interrompre pour soupirer. Nous vieillissons tous, j'imagine.

Alors même que Dianne prononçait ces mots, Winston aperçut les affiches de campagne posées sur le comptoir à côté d'elle : son visage en plus jeune lui retourna son regard avec un sourire stoïque censé paraître calme et protecteur.

Winston se demanda s'il serait encore capable de feindre ce sourire.

– J'ai dû aller en chercher d'autres chez l'imprimeur, dit Marie. Nous nous sommes retrouvées à court, aujourd'hui. J'ai appelé ton bureau, mais je n'ai pas réussi à te joindre, alors j'y suis juste allée et je les ai fait imprimer.

– Où est Colleen ? demanda Winston.

– Partie quelque part avec Danny Prince.

– J'aurais voulu que nous sortions tous ensemble, emmener l'agent Groom ici présent manger de la limande et des crevettes. J'aurais préféré qu'elle reste à la maison.

– Bah, au moins, elle s'amuse, répondit Marie. Elle en a bien besoin.

Groom était resté silencieux, mais il prit l'une des affiches de Winston.

– Vous rempilez, shérif ? demanda-t-il.

– Je l'espère ; on verra ce qu'en disent les électeurs.

– Son rival n'est pas quelqu'un de bien, dit Marie.

– Marie ! dit Winston.

Il fronça les sourcils pour lui indiquer qu'il ne voulait pas qu'elle parle ainsi devant quelqu'un qu'ils ne connaissaient pas.

– Je suis désolée, Winston, dit-elle. Je ne peux pas m'en empêcher.

– Sauf que ce que dit Marie est vrai, intervint Dianne. Je suis d'accord avec elle.

Winston rit.

– Ça suffit, maintenant, dit-il. (Il se tourna vers Groom.) Vous vous êtes installé ?

– Oui, monsieur.

Winston voulut mentionner la saisie de drogue, les arrestations et les éléments de preuve de Myrtle Beach, mais il ne voulait pas en parler devant Marie, à la fois parce qu'il craignait qu'elle l'embarrasse devant Groom avec ses propres théories sur ce que cela pouvait signifier, et parce qu'il voulait paraître professionnel, montrer qu'il savait traiter et préserver les informations confidentielles.

Ce soir-là, lors d'un dîner fait de sandwichs au fromage grillés et de soupe à la tomate, Groom raconta à Winston et Marie ses missions de combat en C-47 dans le ciel du Viêt-nam, volant si bas au-dessus des rizières et des villages qu'il pouvait voir les visages des gens qui levaient la main pour se couvrir les yeux et le regarder.

– Vous aviez peur ? demanda Marie.

Elle plongea le coin de son sandwich dans sa soupe puis en mordit une bouchée ; le fromage fondu s'étira, si bien qu'elle l'attrapa d'un doigt avant qu'il ne casse.

– Marie… dit Winston, sans vraiment la tancer pour avoir posé une telle question, mais pour faire savoir que Groom n'avait pas à répondre si cela le mettait mal à l'aise.

– Je n'emploierais pas le mot « peur », dit Groom. Mais on en a conscience, on est conscient de tout ce qu'il peut vous arriver. (Il porta une cuillerée de soupe à sa bouche et regarda au-delà de la table, en direction du salon assombri, comme s'il cherchait dans son passé et l'examinait soigneusement. Il déglutit.) Dans les C-47, le pilote se charge du vol et de la visée. Le pare-brise est équipé de cibles, et les mitrailleuses, derrière, sont calibrées pour tirer sur ce qu'on voit. Vous savez que vous allez vous faire tirer dessus. Après il ne reste plus qu'à espérer que les gars à l'arrière tirent mieux que ceux d'en face. (Il agita la tête pour revenir sur terre et reporta son attention sur son assiette.) Chaque vol est un acte de foi, ajouta-t-il en souriant. En particulier dans la jungle. Mais c'était ce qui les rendait marrants, parfois.

– Cela ne me paraît pas marrant, dit Marie.

Groom s'esclaffa. C'était sa première manifestation de bonne humeur que Winston voyait depuis son arrivée.

– Cela ne paraissait pas marrant aux Viêt-congs non plus, reprit Groom. Les avions de ce type les terrifiaient tout particulièrement. Ils les appelaient les avions fantômes.

– Cela s'applique bien à ce que nous avons maintenant sur les bras à l'aéroport, dit Winston. (Il but une gorgée de thé, puis s'écarta de la table et regarda Groom.) Nous n'avons pas trouvé une seule empreinte digitale dans ce maudit avion.

– Un niveau de sophistication pour le moins inhabituel, dit Groom. (Il prit sa serviette sur ses genoux et s'essuya la bouche. Il la replia et la remit à la même place.) Mais ces types vont avoir fait une erreur. Les gars de leur genre en font toujours.

*

Après le dîner, pendant que Marie rangeait la cuisine, Winston rejoignit Groom qui fumait dans la véranda.

– Merci pour ce dîner, dit Groom.

– De rien, ce n'était vraiment pas grand-chose.

– Oh si ! Et merci de m'héberger.

– Je vous en prie. (Winston mit les mains dans ses poches et se balança sur ses talons, cherchant la meilleure façon de dire ce qu'il voulait dire.) Nous avons peut-être quelques petites nouvelles concernant notre avion, finit-il par annoncer.

Groom tira une bouffée de sa cigarette puis la tapota sur la rambarde de la véranda, faisant tomber la cendre dans les aiguilles de pin humides en contrebas. Il porta la main à la poche de sa chemise en en tira un paquet de cigarettes qu'il tendit à Winston.

– Marie m'a dit que vous aviez arrêté il y a des années, mais c'est peut-être le bon moment pour s'y remettre.

Winston hésita un instant. Il tourna la tête et regarda la maison, puis il prit l'une des cigarettes que Groom avait fait dépasser du paquet. Groom alluma son briquet, et Winston se pencha vers la flamme. Après une si longue absence, la sensation de la fumée dans ses poumons fut d'abord un choc, mais la douceur plaisante de la cigarette et sa familiarité dans sa main le détendirent. Tout cela lui parut facile et naturel.

– Quelles sont ces nouvelles ? demanda Groom.

– Le shérif du comté d'Horry a appelé aujourd'hui. C'est-à-dire celui de Myrtle Beach. Ils ont fait une grosse prise.

– De… ?

– Cocaïne. Une vingtaine de kilos. Et des armes.

– C'est à quelle distance d'ici ?

– Une centaine de kilomètres, environ.

Groom garda le silence un moment, comme s'il réfléchissait à ce que Winston venait de lui apprendre.

– Cela ne peut pas être tout le chargement, si c'est lié à l'avion, reprit-il. Cet avion est beaucoup trop gros. Si c'est lié, il en réapparaîtra ailleurs.

– Nous espérons trouver un lien avec notre affaire, peut-être par la balistique, ou autre chose.

– J'espère la même chose, ajouta Groom en le dévisageant.

Puis il tira une longue bouffée de sa cigarette, et Winston fit de même.

Chapitre 10

Trois portes comme des portes de garage ouvraient sur la plage, et la brise qui traversait le bar était fraîche et humide. Colleen resserra sa veste et but une autre gorgée de bière. Même si les conversations des autres clients et la musique ne faisaient pas trop de bruit à l'intérieur – elles ne suffisaient pas à couvrir le bruit des vagues lointaines de la marée basse – l'ensemble résonnait dans ses oreilles comme des voix lui parlant dans un rêve. Tout lui paraissait étrange, y compris le temps qu'il faisait – surtout le temps qu'il faisait. C'était encore l'été à Dallas – du moins c'était ce que l'on ressentait – et y penser lui donnait l'impression qu'un brouillard s'était levé ; pour la première fois depuis son retour, elle percevait le mystère du changement de saison qui flottait dans l'air.

Danny et elle avaient pris leurs quartiers depuis le début de la soirée dans un bar-restaurant des abords de la jetée de Oak Island, appelé le Whale of a Time. Ils alignaient les tournées de Budweiser, partageaient un panier de limande panée, de coleslaw et de frites, et dansaient au son du juke-box chaque fois qu'une chanson leur parlait assez pour leur faire quitter les tabourets du bar et s'aventurer sur la piste.

Comme d'habitude, Danny était franc et drôle, indifférent à ceux qui les regardaient danser ou écoutaient ce qu'ils se disaient. Contrairement à Colleen, Danny s'était déguisé pour Halloween, et il portait un jean noir et une chemise Izod noire au grand col relevé, un filet de sang des deux côtés des lèvres, et des dents de vampire en plastique qui dépassaient de sa bouche et atterrissaient sur le bar ou la piste de danse chaque fois qu'il riait. Colleen finit par envelopper le dentier dans une serviette en papier et le glisser dans son sac à main sans qu'il le remarque.

Quand il dansait, Danny gardait les yeux fermés comme s'il regardait intérieurement un film de lui-même, comme si tout dans la pièce était lié à lui et à ses mouvements. Colleen, par contre, gardait les yeux ouverts ; elle regardait Danny, les gens costumés dans la salle, son propre reflet dans la partie visible du miroir accroché derrière les bouteilles du bar. Ses cheveux étaient toujours retenus en une queue-de-cheval qui avait passé la journée à se défaire, et elle portait un débardeur noir sous une veste en jean et un jean serré avec ses Keds. Les cheveux châtain foncé de Danny balayaient son col sur la nuque, là où il les portait longs, et étaient hérissés avec du gel pour le reste. Un petit anneau d'or à son oreille droite attirait la lumière. Pendant qu'ils dansaient, Danny ouvrait de temps en temps les yeux pour lui adresser un clin d'œil comme s'ils étaient tous les deux seuls au monde. C'était ce qu'il lui faisait ressentir, et elle n'avait jamais autant envié quelqu'un de toute sa vie.

Danny était agent immobilier et travaillait dans l'agence de son père, mais Colleen savait qu'il passait le plus clair de son temps à Wilmington ou à Raleigh, des endroits qui paraissaient parfois aussi éloignés que la planète Mars. Elle n'avait aucune idée de la raison pour laquelle il était resté à Oak Island après le lycée, mais peut-être que quelqu'un d'autre se demandait la raison pour laquelle elle était revenue. Quoi qu'il en soit, ils étaient là, tous les deux, pendant la nuit d'Halloween, à danser sur Eurythmics, Go-Go's, The

Cure, et à hurler par-dessus la musique comme si le bar était rempli de gens comme eux.

Colleen ne savait plus combien de bières elle avait bues, et elle avait devant elle le panier de poisson pané, froid et figé. Elle souleva un morceau de limande, trouva une frite cachée en dessous et la porta aussitôt à sa bouche.

– Souris, dit Danny.

Il colla son corps contre le sien, et elle se rattrapa au bar pour ne pas tomber de son tabouret.

– Je suis gaie, je suis joyeuse, répondit-elle.

– Foutaises, tu as l'air au bout du rouleau et en colère.

– C'est la version Halloween du costume *Je viens de perdre mon bébé et mon mariage part à vau-l'eau.*

– Oh, ma belle, dit-il.

Il tira une taffe de sa cigarette, puis passa le bras autour de ses épaules et l'attira contre lui. Elle le sentit tourner la tête pour souffler la fumée dans une autre direction.

– Je n'arrive pas à croire que Myra Jenkins t'ait parlé de ce qu'il s'était passé à la supérette, dit-elle. C'est embarrassant.

Il retira son bras et se redressa sur son tabouret. Il tapota la cendre de sa cigarette dans le cendrier.

– Myra ne m'a rien dit. (Il tira une autre taffe, souffla la fumée.) C'est Rebecca Henderson qui me l'a raconté. Elle est agente immobilière dans l'agence de mon père, et elle le tenait de Myra.

– Bon sang, lâcha Colleen. (Elle laissa tomber son front dans ses mains, le poids de sa tête manquant une nouvelle fois de la faire basculer de son tabouret.) C'est encore pire.

– Bah, qui fait attention à ces petites traînées ? Tu as vu le bébé de Myra ? Si Pete croit qu'il est le père, alors il est encore plus bête qu'elle. Si cette fille avait mis autant de coups qu'elle en a tirés, elle serait championne du monde de boxe !

Colleen se redressa et releva la tête en arrière jusqu'à faire face au plafond, riant de bon cœur. Danny sourit et tira une autre taffe.

– Voilà, dit-il. Relève la tête. Tu n'as pas besoin de t'inquiéter de ce que tout le monde pense sur cette putain d'île. Tu es une fille de Dallas, maintenant. N'allez pas vous frotter à une Texane, les traînées, il pourrait vous en cuire. (Il se tourna vers elle, ses genoux venant toucher ceux de Colleen. Il écarta sa cigarette, indiquant des deux doigts qui la tenaient la plage à l'extérieur.) Et plus tard, quand tu vomiras sur la plage, là-bas, je serai à tes côtés, pour te tenir les cheveux.

Elle se pencha en avant, posa la tête sur l'épaule de Danny. Il laissa tomber sa cigarette dans le cendrier sur le bar et la prit dans ses bras.

– Allons, allons, dit-il en lui frottant doucement le dos.

– Tu as toujours su me remonter le moral, dit-elle. (Elle se redressa sur son siège, le dévisagea.) Merci de m'avoir appelée. Je regrette de ne pas être de meilleure compagnie.

Il hoqueta et écarquilla les yeux comme s'il était mortellement offensé par ce qu'elle venait de dire.

– Tu peux me frapper, m'attacher, piller mes comptes en banque, mais tu ne seras jamais capable de m'ennuyer. Dieu sait que tu n'as jamais réussi à m'ennuyer une seule fois.

– Eh bien, merci de m'écouter me lamenter sur ma putain de vie, dit-elle.

Elle attrapa sa canette presque vide et but la dernière gorgée. Lorsqu'elle la reposa, quelque chose attira son attention à la périphérie de son champ de vision ; elle se tourna, pour voir un homme surgir derrière Danny. Il était vêtu comme le Jason Voorhees de *Vendredi 13*, avec masque de hockey taché et combinaison noire intégrale en lambeaux. Danny ne prit conscience de sa présence que lorsqu'il vit le visage de Colleen. Alors, il tourna la tête et regarda par-dessus son épaule. Il sourit légèrement, puis changea d'expression et rit comme s'il ne savait que faire d'autre. L'homme au masque de hockey s'avança en grognant et en traînant des pieds comme s'il voulait traverser Danny pour atteindre le bar. Danny essaya d'en rire, mais l'homme n'arrêtant pas de le presser, il dut le repousser en plaçant son avant-bras contre sa poitrine.

– C'est bon, là ; ça suffit, tu vas renverser ma bière.

L'homme brandit une machette restée cachée jusqu'ici. Tout arriva si vite que Colleen ne réalisa qu'elle était en plastique que lorsque l'arme mordit la joue de Danny sans verser de sang. Danny chassa la machette de la main et bondit de son tabouret. Colleen n'avait jamais vu Danny se battre – elle ne l'avait même jamais imaginé pris dans une bagarre – et elle ne savait pas ce qu'il se passerait si la situation dégénérait maintenant.

Mais il n'y eut pas de bagarre. L'homme à la machette s'esclaffa et souleva son masque de hockey, révélant un beau visage et une chevelure blonde qui lui rappelèrent presque tous les gars qu'elle avait connus à la fac de droit.

– Ça va, Danny ; je te fais juste marcher ! dit-il.

– Bon sang, Brad ! (Danny remonta sur son tabouret, s'avachissant comme si la perspective d'une altercation l'avait soudain épuisé.) Je ne t'avais pas reconnu.

– Je suis Jason Voorhees, allons ! (Il regarda son costume comme pour s'assurer qu'il s'agissait bien du bon.) J'ai le masque de hockey, et tout et tout.

– Ce n'est pas ce que je voulais dire, Brad, objecta Danny en sortant une nouvelle cigarette, qu'il alluma.

Brad passa le bras derrière Danny et posa masque et machette sur le bar, puis il mit les mains sur les épaules de Danny et fit mine de le masser.

– Détends-toi, Danny, dit-il. Détends-toi et parle-moi de ce qu'il se passe avec les ventes de mes maisons de Plantation Cove. J'aurais pensé que tu en placerais plus que cela.

– Le marché a ralenti à l'approche de l'automne. Il va repartir. Il repart toujours.

– Oui, dit Brad. (Il cessa de le masser et lui tapota les épaules des deux mains.) Espérons qu'il reprenne. (Il tourna la tête vers Colleen et sourit.) C'est ta petite amie ?

– C'est Colleen, répondit Danny en la regardant dans les yeux avec à la fois l'air de lui présenter des excuses et de l'appeler à l'aide.

– Colleen Barnes ? demanda Brad.

Il lui tendit la main, que Colleen serra fermement. Elle était douce et chaude.

– Colleen Banks, répondit-elle.

– Mince, dit Brad, je sais qui tu es. Ton père est un type bien. Dommage qu'il perde les élections la semaine prochaine.

– Bah, dit Colleen, ne sachant pas que dire d'autre.

Brad rapporta son attention sur Danny.

– Danny est un type bien aussi. (Il sourit, puis recula la main pour prendre de l'élan et donna à Danny une grande claque sur la fesse comme s'ils étaient sur un terrain de football et qu'il venait de réussir une réception décisive.) Mais il a besoin de se bouger et de commencer à vendre des maisons. (Danny ne réagit pas, et se contenta de tirer une bouffée de sa cigarette, avant de tapoter les cendres dans le goulot d'une canette vide posée devant lui. Brad se rapprocha de son oreille.) En quoi es-tu déguisé, Danny ?

– En Dracula, répondit Danny sans se tourner.

– Quoi ? demanda Brad.

Danny tourna la tête et parla plus fort :

– En Dracula.

– Vraiment ? Tu es sorti pour aller boire du sang ?

Brad s'esclaffa, posa la main sur la nuque de Danny et serra. Danny la repoussa d'un geste.

– Juste pour boire quelques bières, dit-il.

– C'est ce que je vois, oui. (Brad reprit son masque et sa machette sur le bar.) Eh bien, passez une agréable soirée. (Il fit un clin d'œil à Colleen.) Passe le bonjour à ton père.

Brad les quitta et traversa la piste de danse pour aller rejoindre une table de l'autre côté de la salle, à laquelle deux hommes étaient assis. Ils avaient son âge, mais portaient des chemisettes de golf et des jeans. Ils avaient l'air de vieux potes de fac qui venaient juste de finir un parcours et venaient au bar pour faire beaucoup de bruit et chercher des femmes à ramener à la maison.

– Quel connard, dit Colleen.

– Ouais, renchérit Danny. Il l'a toujours été. J'espère que ton père va lui botter le cul.

– J'ai cru que tu allais essayer.

– Mince, j'aurais dû.

Il regarda la barmaid et leva sa canette vide ; une seconde plus tard, elle venait la remplacer par une bière fraîche.

– C'est quoi, Plantation Cove ?

Danny but une longue gorgée puis reposa sa canette.

– C'était quoi, Plantation Cove, tu veux dire.

– C'était quoi, Plantation Cove ? répéta-t-elle.

– Un projet tombé à l'eau, dit Danny avant de rire. Dans tous les sens du terme.

Il attrapa une serviette en papier sur le bar et s'essuya la bouche, puis les gouttes de condensation sur la canette.

– Qu'est-ce que tu veux dire par là ? demanda Colleen.

– Eh bien, il s'est littéralement enfoncé dans l'eau. C'est un projet immobilier, un lotissement derrière Long Beach Road. Un jour, Brad a débarqué, il a déboisé des marécages et décidé de construire des grandes maisons sur des petits terrains. Certaines des propriétés les plus chères, au bord du bras de mer, sont inondées jusqu'à hauteur d'une bonne trentaine de centimètres, selon la marée. Il n'arrive pas à en vendre et à en construire suffisamment pour maintenir le projet à flot. (Il regarda Colleen, puis tourna un peu plus la tête, comme pour s'assurer que Brad n'était pas revenu derrière lui.) Le projet est donc littéralement tombé à l'eau.

– Je croyais qu'il était riche, dit Colleen.

– Il l'est, répondit Brad. Ou au moins il l'était. Par contre, c'est toujours un connard.

– Je suis désolée qu'il se soit conduit comme ça avec toi.

Danny écarta sa préoccupation d'un geste.

– Ne t'inquiète pas, dit-il. Je peux me charger de types comme Bradley Frye.

– J'espère que mon père pourra se charger de lui.

– Tu m'étonnes ! La seule raison pour laquelle Bradley Frye veut devenir shérif, c'est pour pouvoir toucher sur tout.

– Qu'est-ce que tu veux dire par là ?

– Il raconte partout que cet avion participait à un trafic de drogue, et que Rodney Bellamy était le chef du réseau. (Il tira une taffe sur sa cigarette.) Merde, si c'est vrai, alors je parie qu'il en est jaloux et qu'il regrette de ne pas y avoir pensé le premier.

– Tu crois que c'est pour cela qu'il veut être shérif ? Pour s'enrichir illégalement ?

– Je crois qu'on doit pouvoir affirmer sans trop se tromper qu'à part ton père, personne dans ce putain de comté n'a d'autre raison de vouloir le poste.

Ils restèrent un moment assis en silence, et Colleen observa Danny du coin de l'œil. Elle le vit à cet instant comme l'homme plus âgé qu'il allait devenir, toujours beau, s'affirmant toujours aussi heureux et insouciant qu'avant que

Bradley Frye n'apparaisse et ne gâche la joie que leur soirée ensemble avait pu faire naître.

Elle savait que, même plus vieux, Danny demeurerait toujours un solitaire, au moins à la façon de ceux qui vivent pleinement leur vie sans jamais en partager toute la plénitude. Et elle savait qu'elle faisait partie de ces personnes avec lesquelles Danny n'avait jamais partagé sa vie. Lorsqu'elle était plus jeune, il y avait eu des questions qu'elle voulait poser à Danny, mais sans avoir le vocabulaire pour les verbaliser. Maintenant, elle disposait du vocabulaire, mais elle n'avait plus les questions.

Finalement, Danny écrasa son mégot dans le cendrier. *Tainted Love* de Soft Cell résonna dans les haut-parleurs ; il attrapa les mains de Colleen et la tira de son tabouret vers la piste.

Pendant qu'ils dansaient, Colleen ne pouvait s'empêcher d'entrapercevoir régulièrement Bradley Frye, là où il était assis avec ses amis, autour de leur table dans le coin. Il portait maintenant son masque de hockey remonté sur le front, et elle pouvait sentir son regard sur elle, ce qui, après la façon dont il avait traité Danny et les choses qu'il avait dites sur son père, la rendait nerveuse. C'était le genre d'homme qui lui faisait peur, un homme qui agissait comme s'il n'avait rien à perdre parce qu'il vivait dans un monde où les conséquences n'avaient pas d'importance.

Bien que ce soit la nuit d'Halloween, ça n'en restait pas moins un mercredi, et à minuit, les lumières se rallumèrent dans la salle presque vide. Danny mit les mains autour de sa bouche et hua, puis il se mit à frapper des paumes sur le bar, en s'efforçant d'attirer l'attention de la barmaid. Elle le dévisagea et lui fit de grands yeux comme si elle avait l'habitude de le voir agir ainsi.

– Ton maquillage coule, Danny, dit-elle.

Les filets de sang qu'il avait dessinés aux commissures de sa bouche n'étaient plus que des taches roses. Colleen rit puis tenta gentiment de lui faire baisser les bras. Ne pouvant le convaincre de s'arrêter, elle essaya d'attraper ses mains pour les immobiliser.

– Arrête, dit-elle. Elle va finir par appeler la police.

Danny cessa un temps de huer.

– Appelle la police, Becky ! Appelle-les ! Et qu'ils amènent Sting ! On a besoin de danser !

– C'est fini pour cette nuit, dit Becky.

– La nuit est encore jeune pour les morts-vivants, répondit Danny.

Il sauta théâtralement de son tabouret, déroula le bras d'un grand geste comme pour se dissimuler le visage derrière une cape imaginaire. Becky s'esclaffa et lui jeta une petite serviette de bar. Colleen descendit de son tabouret à son tour et rejoignit Danny sur la piste de danse maintenant pleinement éclairée, tous les deux titubant en direction de la sortie. Elle jeta un coup d'œil en direction du coin où s'étaient trouvés Bradley Frye et ses amis, mais si les deux hommes étaient toujours là, Brad, lui, avait disparu. Elle regarda alentour, espérant qu'il ne serait pas dehors, puis le vit qui appelait d'un téléphone public, l'épaule collée contre le mur du couloir menant aux toilettes.

Dehors, Colleen et Danny zigzaguèrent à travers le parking en direction de sa Camaro décapotable rouge.

– Est-ce que tu peux conduire ? demanda-t-elle, en sachant déjà quelle serait sa réponse.

– Est-ce que tu peux conduire ? demanda-t-il. (Il avait une cigarette au bec et s'efforçait de l'aligner avec la flamme de son briquet tout en marchant. Il réussit à l'allumer et glissa le briquet dans sa poche. Il sourit, tira une bouffée.) Quelle question idiote, reprit-il. Colleen Barnes est née pour nos chevauchées mécaniques.

Elle porta la main à son annulaire et se souvint soudain qu'elle avait laissé son alliance dans le tiroir du haut de la commode dans sa chambre, chez ses parents, avec la photo encadrée de son mariage.

– Colleen Banks, corrigea-t-elle.

– Merde, dit Danny. (Il déverrouilla la portière conducteur et l'ouvrit en grand.) Tu seras toujours Colleen Barnes, pour moi.

Il monta et tendit le bras pour faire jouer le loquet de l'autre portière. Elle entendit le clic et posa la main sur la poignée. Elle se tourna vers l'océan, dont la présence était manifeste, même s'il était invisible dans la nuit noire. Elle savait qu'au plus profond d'elle-même, elle serait toujours Colleen Barnes.

*

Ils remontèrent la rue jusqu'à une station-service qui était encore ouverte et vendait des bières. Danny se gara à côté des pompes et entra dans le magasin.

Colleen s'enfonça dans son siège et laissa sa tête retomber contre l'appui-tête. Le monde se mit à tourner quand elle ferma les yeux. Elle les rouvrit lentement et vit ce qui ressemblait à la voiture de sa mère, garée de l'autre côté de la rue, le long du Carolina Inn, fermé pour l'hiver. Le bâtiment était noir et l'endroit faiblement éclairé, mais elle eût pu jurer que la voiture qu'elle avait devant les yeux était la Regal bordeaux de sa mère.

Elle descendit de voiture et traversa la rue sombre et silencieuse en direction du parking du Carolina Inn. La voiture de sa mère – du moins la voiture qu'elle pensait être celle de sa mère – était garée devant le bâtiment comme si elle avait été abandonnée là, ce qui n'avait aucun sens. La voiture de sa mère était dans l'allée de la maison lorsque Colleen était partie, et il n'y avait aucune raison pour qu'elle se trouve ici à une heure aussi tardive. Elle voulut s'en approcher pour regarder à l'intérieur, mais elle entendit une voix d'homme. Colleen se tourna et vit un homme qui se servait d'un téléphone public à l'autre bout du parking. Il faisait sombre et elle se trouvait trop loin pour en être certaine, mais ce pouvait être son père.

– Papa ? le héla-t-elle.

L'homme au téléphone cessa de parler et se tourna vers elle. Elle sut qu'elle n'avait jamais vu son visage auparavant, et quelque chose dans le fait de l'apercevoir dans ce parking enténébré, après avoir cru qu'il s'agissait de son père, lui glaça le sang. Elle recula jusqu'au milieu de la rue, puis tourna les talons et rejoignit la voiture de Danny. L'homme au téléphone raccrocha et se dirigea vers la Regal bordeaux. Il monta, mit le contact et, sans allumer les lumières, démarra et partit en direction de l'ouest de l'île. Elle s'était trompée. Ce n'était pas la voiture de sa mère. L'homme n'était pas son père. Elle était ivre, et lorsque Danny revint avec un pack de bières qu'il posa sur ses genoux avant de se mettre au volant, elle réalisa immédiatement qu'il était ivre, lui aussi.

Pour Colleen, la nuit avait changé, et en plus d'avoir conscience de son ivresse, elle regretta profondément d'avoir trop bu, tout en sachant que ses regrets seraient plus amers encore au matin. Elle pouvait sentir le regard de Danny.

– Oh oh, dit-il, tu ne vas pas encore vomir ?

– Non, mais je crois qu'il est temps que je rentre chez moi.

*

Il faisait nuit noire sur l'île. Tandis que Danny la ramenait chez elle, les fenêtres de la Camaro ouvertes, l'air frais et humide de la nuit inondant l'intérieur de la voiture. Colleen regardait le pertuis défiler à sa droite de l'autre côté des arbres, visible par intermittence aux endroits où la forêt avait été rasée ou des cabanons démolis pour faire place à des terrains et à des résidences secondaires à un étage.

Dans cette position, les yeux fixés sur l'extérieur pendant que la voiture roulait, la tête lui tournant sous l'effet de la bière et le bruit du vent envahissant l'habitacle, Colleen avait l'impression de se disloquer, d'être hors du temps, comme si le voyage en voiture l'entraînait en un lieu mystique ou spirituel plutôt qu'en un point géographique. Elle voulut en faire part à Danny, mais lorsqu'elle tourna la tête vers lui, son regard balayant le tableau de bord resplendissant avec ses affichages lumineux verdâtres, ses commandes et ses interrupteurs, elle s'aperçut que les yeux de Danny étaient fixés sur la route ; son index tapotait une rythmique muette sur le volant. Il la regarda rapidement et sourit.

– Tu es bien sûre que tu ne vas pas vomir, Colleen Barnes ?

Elle lui rendit son sourire et secoua la tête, le visage de Danny en devenant soudain flou.

– Non, Colleen Banks ne va pas vomir, ni dans ce véhicule ni dans aucun autre, ce soir.

Danny ralentit et mit son clignotant, ; son tic-tac emplit la nuit comme celui d'une pendule qui aurait été blessée et son feu orange projeta devant et derrière la Camaro une lumière qui illumina la nuit d'une lueur souveraine. Danny avait éteint ses phares, comme il l'avait toujours fait pour la déposer la nuit, tous deux dans le même état d'ébriété, quand ils étaient au lycée puis plus tard, quand elle revenait de prépa pour les vacances.

Alors qu'ils ralentissaient, les ténèbres enveloppèrent la voiture et se replièrent sur eux comme quelque chose de tangible. La voiture de Danny pénétra discrètement dans l'allée, la douce lueur de la demi-lune qui les baignait ressemblant moins à une lumière qu'à un élément physique qui flottait dans l'air. Colleen pouvait discerner la masse sombre de la maison de ses parents, les silhouettes de leurs voitures garées dans l'allée, le clair-obscur des branchages des arbres. Danny mit le levier de vitesse sur « parking » et ôta son pied du frein.

– Combien de temps comptes-tu rester ? demanda-t-il.

– Je ne sais pas. (Elle laissa sa tête reposer contre le montant de la portière.) Je n'y ai pas encore beaucoup réfléchi. Ma mère a besoin d'aide et pour mon père, les élections sont proches, alors…

– Foutaises, lâcha Danny.

Colleen releva la tête et la tourna vers lui. Elle attendit qu'il dise autre chose, mais il n'en fit rien.

– Ce ne sont pas des foutaises, finit-elle par marmonner.

– C'est une bien belle connerie, si tu crois que ta mère a besoin de ton aide. Ta mère a autant besoin de ton aide que ton père, et je ne crois pas que ton père ait jamais eu besoin de l'aide de personne.

– Il va probablement perdre l'élection, Danny.

– Et aller placarder des affiches avec ta mère va y changer quelque chose ? Tu plaisantes ?

– Qu'est-ce que tu essaies de me dire ?

– Je n'essaie pas de te dire quoi que ce soit. Mais ils n'ont pas besoin de ton aide, Colleen. Et tu n'as pas besoin de leur aide non plus.

– Je n'ai jamais dit que j'avais besoin de leur aide.

Il posa sa main sur la sienne. Elle lui parut chaude et familière. Elle retourna sa main, paume vers le haut, et leurs doigts s'entrelacèrent.

– Écoute, ma belle, je suis probablement le plus mauvais et le moins qualifié qui soit pour donner des conseils sur les relations humaines, mais je crois que la seule personne qui peut t'aider et la seule personne qui a besoin de ton aide se trouve au Texas.

Elle libéra sa main et la remit sur ses genoux. Comme à son habitude quand elle était nerveuse, elle voulut attraper son alliance pour la faire tourner sur son doigt, puis réalisa qu'elle ne la portait pas. Elle regarda la maison de ses parents.

– Tu te souviens, quand nous étions au lycée, que tu me ramenais chez moi tard et que tu attendais que je sois à la porte d'entrée pour donner un grand coup de klaxon ?

– Oh oui ! s'esclaffa Danny. Je m'en souviens bien.

– S'il te plaît, ne le fais pas ce soir.

Danny posa ses deux paumes au centre du volant comme s'il se préparait à klaxonner. Il sourit.

– Salaud ! murmura Colleen en s'efforçant de ne pas sourire. Ne t'avise pas de me faire ce coup-là.

– Tu ferais mieux de repartir au Texas avant que ma main ne se fasse lourde.

Elle lui tapa espièglement sur le bras.

– Cette soirée m'a fait du bien, dit-elle.

– Je sais, renchérit Danny. À moi aussi.

– J'aurais dû t'épouser, murmura-t-elle avant de lui sourire.

– Bah ! ma belle, dit-il. (Il inclina la tête et la regarda avec une compassion factice.) Il y aurait eu beaucoup moins de sexe et beaucoup plus d'alcool.

– Il n'y a pas eu tant de sexe que cela, répondit-elle, mais il y a eu beaucoup d'alcool.

– Rentre chez toi. Au Texas.

Elle se pencha en avant et l'embrassa sur la joue, puis ouvrit la portière et descendit de voiture. Elle passa la tête à travers la fenêtre ouverte et mit son doigt devant sa bouche.

– N'approche pas tes doigts de ce putain de klaxon ! répéta-t-elle.

Puis elle referma la portière et remonta la courte allée jusqu'à la véranda, ses Keds faisant crisser le gravier et les brisures de coquilles d'huîtres qui couvraient le chemin.

Elle avait atteint l'escalier de la véranda lorsqu'elle entendit Danny passer la marche arrière et redescendre la courte pente de l'allée. Elle s'avança dans le rayon de lumière jaune circulaire là où il projetait un halo sur le sol, et eut l'impression qu'on la regardait. Elle leva les yeux vers l'étage, s'attendant à entrevoir sa mère derrière les lattes d'aluminium du store de la fenêtre du bureau. Il n'y avait personne.

Le temps qu'elle s'accroupisse pour récupérer la clé de la porte d'entrée sous le cache-pot de sa mère – celui en forme de grenouille avec des géraniums rouges émergeant de son dos ouvert –, le moteur de la Camaro de Danny était déjà trop loin sur Yacht Drive pour qu'elle puisse l'entendre encore. Colleen trouva la clé et, aussi silencieusement qu'elle le put, reposa le coin du cache-pot sur le plancher de la véranda.

Lorsqu'elle se releva, elle sentit des effluves de cigarette puissants. Elle ne pouvait croire que le bar presque vide dans lequel ils avaient passé la soirée avait suffi à imprégner à ce point ses vêtements et ses cheveux. Ils couvraient les odeurs de mousse et de bois détrempé de la véranda, et l'humide âcreté des chênes qui ruisselaient.

Elle insérait la clé dans la serrure quand elle entendit une voix d'homme s'élever dans la nuit, à l'autre bout de la véranda.

– N'ayez pas peur, dit la voix.

En ce qui parut être un mouvement unique, Colleen tourna la clé dans la serrure, ouvrit la porte, et pénétra en manquant tomber dans la partie congrue du vestibule au pied de l'escalier. Elle se rattrapa en s'agrippant au bouton de la porte, et reprit son souffle avant de se retourner pour regarder vers l'extérieur.

Elle vit alors un homme qui fumait, debout à l'autre bout de la véranda, et dont la présence était tellement évidente qu'il lui semblait maintenant impossible qu'elle ait pu le manquer. Elle fut stupéfiée de reconnaître l'homme qu'elle avait vu téléphoner du motel quelques minutes auparavant.

– Je ne voulais pas vous effrayer.

– Je ne suis pas effrayée, dit Colleen. (Elle sortit la clé de la serrure et la glissa dans sa poche.) Vous ne m'avez pas fait peur.

– Bien, dit l'homme. (Il tira une autre bouffée de sa cigarette, puis tapota la cendre par-dessus la rambarde, vers le tapis d'aiguilles de pin en contrebas.) Je m'appelle Tom Groom. Je suis le pilote.

– D'accord, répondit Colleen, principalement parce que son cœur battait encore la chamade et qu'elle ne savait que dire d'autre.

– Votre père est passé me prendre aujourd'hui.

Il écrasa sa cigarette sur la rambarde puis s'avança vers elle. Le halo du luminaire au-dessus de la porte d'entrée ne l'éclairait que partiellement, mais Colleen pouvait tout de même voir son visage. Il était plus âgé qu'elle ne l'avait supposé en entendant sa voix, peut-être quarante ans et quelques. Il portait un polo sombre et un pantalon apparemment un peu habillé. L'éclairage faisait briller une vieille paire de bottes bien entretenues.

– Je crois que nous nous sommes déjà vus, dit Groom.

Il posa sa main gauche sur la rambarde, et glissa sa main droite, qui tenait son briquet, dans la poche de son pantalon. Avec les bruits de la nuit, Colleen pouvait tout juste l'entendre faire grincer la roulette du briquet avec le pouce.

– Oui, je crois, dit-elle. Au motel. J'ai vu la voiture de ma mère.

– Oui, elle m'a demandé d'aller faire quelques courses, et j'en ai profité pour passer des coups de fil. Je n'avais pas envie de laisser mes appels longue distance à leur charge.

– Ça n'aurait pas été un problème.

– En fait, ça ne mérite même pas de leur en parler ; mieux vaut l'oublier.

Colleen acquiesça.

– Votre mère m'a dit que vous leur rendiez visite depuis le Texas ?

Elle hocha une nouvelle fois la tête.

Il cessa de parler un instant et se tourna pour regarder en direction de la rue silencieuse et déserte.

– C'était votre petit ami ?

– Quoi ?

Il répéta sa question, mais avant qu'il ait pu terminer, elle l'interrompit.

– Non, non, c'était un ami.

Soudain, elle se sentit plus exposée que lorsqu'elle s'était rendu compte que quelqu'un la regardait sans savoir qui ; elle retourna à l'intérieur et commença à refermer la porte.

– Désolé si je pose trop de questions, dit Groom. Et encore toutes mes excuses si je vous ai fait peur.

– Pas de problème, répondit-elle en continuant de refermer la porte tout en parlant.

– Heureux d'avoir fait votre connaissance, dit-il.

Elle acheva de fermer la porte et le laissa dans la véranda.

Elle ne l'avait pas réalisé plus tôt, mais elle était quasiment à bout de souffle et son cœur battait la chamade. Elle craignit que Groom ouvre la porte et la trouve encore là, alors elle ôta ses chaussures et, sans allumer la lumière, alla dans la cuisine.

Debout devant l'évier, elle regarda quelques minutes le jardin de derrière dans la nuit, puis elle fit couler de l'eau du robinet, attrapa un verre dans le placard et le remplit. Elle le sirota, sentit la note Oak Island – ce qu'ils avaient toujours décrit comme de l'eau du rivage plutôt que du robinet –, s'en gargarisa et la recracha dans l'évier, en espérant que l'arrière-goût de la bière disparaîtrait en même temps.

Elle prit une autre gorgée qu'elle avala cette fois, puis baissa les yeux vers le comptoir, sur lequel sa mère avait posé ses bagues à côté de l'évier, dans un petit bol de céramique fait main couleur du ciel bleu. Colleen avait vu cela toute sa vie : sa mère ôtait ses bagues et les laissait dans le bol chaque soir après dîner, avant de faire la vaisselle, de ranger la cuisine et de monter lire puis de dormir. Colleen ne s'était jamais inquiétée de ce rituel ni de la vulnérabilité des bijoux ainsi abandonnés aussi près de l'évier et de sa bonde. Mais maintenant, avec un étranger qui fumait des cigarettes dans la véranda en pleine nuit – un étranger qui allait dormir un peu plus bas dans le couloir et aurait accès à la totalité de la maison sans contrôle –, les bagues de sa mère lui paraissaient soudain en danger, comme si les laisser là pour la nuit garantissait leur disparition au matin.

Colleen reposa son verre sur le comptoir et explora d'un doigt les bagues dans le bol jusqu'à trouver la bague de fiançailles de sa mère – du moins, ce qui lui avait tenu lieu de bague de fiançailles cette dernière vingtaine d'années. La première bague, celle que son père avait utilisée pour faire sa demande, un genou à terre sur la rive du lac Gaston en 1955, avait été remplacée après que le petit solitaire, que son père avait toujours appelé depuis « poussière de diamant », était tombé de sa monture un jour que sa mère tondait la pelouse du jardin, quelques années après leur emménagement à Oak Island.

Un certain temps avait passé, puis son père était rentré du travail un après-midi et était venu rejoindre Colleen qui jouait dans sa chambre pendant que sa mère passait l'aspirateur au rez-de-chaussée. Il était entré dans la chambre et avait refermé la porte derrière lui, le bruit de l'aspirateur soudain réduit à un ronronnement assourdi, hormis les claquements que les roulettes en plastique produisaient quand sa mère tirait l'aspirateur sur le sol du couloir du bas.

Son père n'avait jamais refermé la porte de sa chambre en y entrant auparavant, alors elle avait d'abord craint de s'être attiré des ennuis, et son esprit d'enfant avait immédiatement parcouru un catalogue d'infractions qu'elle avait pu commettre dans un passé récent. Mais son inquiétude avait été balayée lorsqu'elle avait vu le visage de son père. Il portait son uniforme brun clair d'adjoint du shérif, et avait tiré de sa poche quelque chose qu'il avait gardé serré dans sa main. Il s'était accroupi devant Colleen, qui était assise sur son lit.

– Tu veux voir quelque chose de beau ? avait-il demandé.

Colleen, soupçonnant qu'il avait pu lui rapporter un cadeau, avait hoché la tête, de crainte que le son de sa voix mette fin à une séquence qui ressemblait à un rêve. Son père avait ouvert la main et révélé ce qui s'y cachait : un simple anneau de platine surmonté d'un solitaire, dont Colleen apprendrait plus tard qu'il pesait un peu plus d'un carat, une chose qui, elle le savait, fascinait et embarrassait sa mère. Ses parents n'avaient pas le goût du luxe. Le plus bel objet que son père possédait était une montre Bulova en argent que sa mère lui avait offerte juste avant la naissance de Colleen. Il portait toujours cette montre, ses rayures et griffures et les douzaines de bracelets qu'il avait usés témoignant de son âge et de son usage.

Et là, en tenant la bague de sa mère, Colleen se souvenait du choc qu'elle avait ressenti devant sa beauté et sa simplicité.

Lorsqu'elle avait tendu la main, son père y avait déposé la bague, et elle s'était immédiatement émerveillée de l'extrême légèreté d'une chose aussi belle et délicate.

Elle ressentait encore la même chose aujourd'hui, en tenant la bague dans la lumière ténue des étoiles et de la lune, de l'autre côté de la fenêtre de la cuisine. Elle se souvint de ce que son père lui avait dit lorsqu'il avait passé la bague à son doigt miniature.

– Porte-la à ta mère, en bas, lui avait-il dit. Dis-lui : « Regarde ce que j'ai trouvé dans le jardin ! »

Et c'était devenu leur blague : le diamant d'origine était tombé dans l'herbe des années plus tôt et, avec le temps, avait poussé pour devenir la bague que sa mère portait depuis le jour où son père l'avait rapportée à la maison.

Mais, lorsque Colleen était descendue, la bague fermement serrée dans sa petite main, sa mère ne l'avait pas entendue l'appeler à cause du bruit de l'aspirateur. Et, le temps qu'elle se tourne et se serve de son pied pour éteindre le moteur, elle n'avait plus vu que Colleen debout devant elle, exhibant la bague comme un trophée pour la tâche qu'elle venait de remplir. Du texte que son père lui avait suggéré, Colleen n'avait pu dire que : « Regarde ce que j'ai trouvé ! » avant que sa mère ne lâche l'aspirateur pour prendre la bague de sa main.

Cette fois, Colleen enfila la bague sur son doigt et monta subrepticement à l'étage, sentant toujours la présence de Groom dans la véranda, puis elle se glissa dans la salle de bains, où elle trouva ce qui était probablement la trousse de toilette en cuir de cet homme, posée sur la tablette. Elle alluma la lumière et se brossa les dents, s'émerveillant de son ivresse et de l'éclat du diamant tandis qu'elle faisait tournoyer la brosse à dents dans sa bouche tout en regardant sa main dans le miroir.

Elle garda la bague au doigt après s'être changée et glissée dans son lit défait, refermant les yeux lorsque la pièce entama le cycle de rotations qui lui était familier. Elle roula sur le côté, serra les yeux si fort qu'elle vit des étoiles et des taches lumineuses, puis elle fit tourner la bague de sa mère sur son doigt en répétant sans cesse : « Regarde ce que j'ai trouvé ! Regarde ce que j'ai trouvé ! »

Elle le répétait encore lorsqu'elle entendit Groom monter les escaliers, aller dans la salle de bains, faire couler de l'eau et tirer la chasse avant de refermer la porte du bureau au bout du couloir, dernier bruit avant que le silence de la nuit ne s'impose à elle.

Chapitre 11

Jeudi 1er novembre 1984

La sonnerie du téléphone posé sur la commode à l'autre bout de la chambre tira Winston de son sommeil juste après deux heures du matin. Il sauta du lit et traversa la pièce en deux enjambées, agrippa le combiné comme si c'était une bombe qu'il espérait désamorcer avant qu'une sonnerie de plus ne la fasse exploser. Il était essoufflé lorsqu'il chuchota dans le microphone.

– Oui, dit-il.

C'était Rudy, de service au standard, la même voix rauque et détendue qu'il avait entendue dans la cuisine deux nuits plus tôt.

– Il y a un bâtiment en feu juste derrière Beach Road, annonça-t-il. On vient de me prévenir. Les pompiers ont déjà été envoyés, mais je me suis dit que vous voudriez être tenu au courant.

Winston n'avait pas vraiment envie d'être tenu au courant des bâtiments en feu, en tout cas pas en pleine nuit, mais il était de nouveau d'astreinte, parce qu'il prenait la place d'Englehart qu'il avait viré dans l'après-midi.

– À quelle hauteur de Beach Road ? demanda Winston.

Rudy lui donna plus de détails : Winston comprit qu'il s'agissait du nouveau projet immobilier que développait Bradley Frye. Il ne savait pas si des maisons étaient déjà achevées ou occupées.

– Selon l'homme qui a appelé, la maison est inhabitée, précisa Rudy.

– Qui a appelé ? demanda Winston.

Il se souvint que le lotissement se trouvait près du rivage, à l'embouchure du pertuis, mais qu'il était adossé à une forêt qui servait de frontière avec la Plantation. Winston imagina Bellamy dressé sur la terrasse de son jardin de derrière, en short et débardeur blanc, plissant les yeux pour regarder au loin un panache sombre qui s'élevait dans la lumière de la lune, convaincu qu'il sentait une odeur de fumée.

– Je ne sais pas exactement qui a appelé, répondit Rudy.

Il lui lut le nom et l'adresse, mais Winston ne reconnut ni l'un ni l'autre.

– Sans doute quelqu'un qui habite le lotissement, dit-il. J'imagine qu'il va falloir que j'aille voir. C'est la nuit d'Halloween, après tout. Il s'agit probablement d'ados qui se sont un peu trop lâchés.

Il raccrocha et, aussi silencieusement qu'il le put, mit son uniforme dans la semi-obscurité à laquelle ses yeux avaient fini par s'ajuster. Une fois habillé, il s'immobilisa à côté de la porte de la chambre et attendit, en quête d'un bruit de Marie, mais elle ne s'agita pas dans son sommeil ni ne dit un mot pour lui signifier qu'elle était réveillée.

– Marie, chuchota-t-il.

Toujours rien. Il sortit de la pièce, mais juste avant de s'engager dans les escaliers, son regard se posa sur la dernière porte au bout du couloir, et il se souvint soudain que Groom couchait chez eux. L'idée de laisser Marie et Colleen seules à la maison avec un étranger, qui que cet étranger puisse être, lui donna à réfléchir.

Il retourna dans leur chambre et fit jouer le loquet du bouton de porte qui servait à la verrouiller de l'intérieur. Il ressortit en tirant la porte et marqua une pause juste le temps d'entendre le pêne s'engager dans la gâche. Marie et lui verrouillaient rarement leur porte, et il n'avait pas souvenir de l'avoir jamais fait la nuit, même quand Colleen était plus jeune et vivait encore avec eux.

La porte de la chambre de Colleen était à l'opposé du palier en haut des marches, et lorsque Winston posa la main sur le bouton et voulut le faire tourner, il s'aperçut qu'elle l'avait verrouillée avant d'aller se coucher ; il ressentit une profonde satisfaction de savoir qu'elle était sa fille, de subodorer qu'elle aussi s'était sentie plus en sécurité derrière une porte verrouillée quand un inconnu dormait juste un peu plus bas dans le couloir.

Winston n'avait jamais vu le nouveau lotissement vers lequel il se dirigeait, mais avec les instructions que lui avait données Rudy, il le trouva facilement. Il passa le pont pour quitter l'île, prit la direction de l'aéroport, sur la piste duquel Kepler était de faction, consacrant ses heures de service à garder un œil sur l'avion. Aucun des adjoints ayant dû y passer une nuit n'avait vraiment été enthousiasmé par cette perspective, mais Winston savait qu'il s'agissait d'une chose qui devait être faite. On leur avait déjà repris une telle part de l'enquête qu'il ne voulait plus perdre le peu qu'il leur en restait.

Juste avant l'aéroport, Winston quitta Beach Road en tournant à droite pour s'engager dans une rue goudronnée sans marquage au sol qui s'appelait, si l'on en croyait le panneau de signalisation, Fishcamp Road. Il avait dû passer devant des millions de fois au fil des années, sans jamais avoir une raison ou ressentir l'envie de l'emprunter. Il avait toujours supposé qu'elle se changeait vite en chemin de terre simplement recouvert de gravier avant d'aller mourir près de la rive du pertuis, au milieu de cabanes plantées sur des terrains privés, occupées par des familles qui pêchaient là depuis des générations et donnaient son nom à la rue.

Mais ce ne fut pas ce que Winston trouva lorsqu'il alluma les feux de route de la voiture de patrouille et progressa vers le lotissement. La route avait été pavée de frais, l'herbe tondue ras et les arbres abattus pour dégager un terre-plein d'un mètre cinquante de chaque côté. Devant lui, les phares éclairèrent l'entrée du lotissement, signalée par deux panneaux de ciment incrustés de coquilles d'huîtres et dressés dans des massifs paysagers soigneusement aménagés des deux côtés de la route. Des lumières tamisées dissimulées dans les tapis de liriopes qui bordaient les massifs éclairaient les lettres de métal doré qui formaient le nom du lotissement : Plantation Cove.

Winston ne fut pas surpris par ce nom : sur toute la longueur des Highways 87 et 133 qui étaient les portes d'entrée et de sortie du comté, les forêts étaient lentement déboisées et remplacées par des projets immobiliers dont les noms faisaient toujours des références aux plantations : Plantation Woods, Tara Oaks, Brunswick Plantation. L'ironie de tout cela, qui n'échappait pas à Winston, était que presque tous ces lotissements étaient financés par des fonds venus des États du Nord, et que la plus grande partie des gens qui achetaient ou faisaient construire ces maisons étaient des couples de retraités venus du New Jersey, de New York, de Pennsylvanie ou de l'Ohio, qui cherchaient une résidence secondaire pour échapper à la neige et aux rigueurs de leur climat et lui préféraient les hivers plus cléments de la côte de Caroline du Nord. Mais il se demanda également s'il n'y avait pas aussi autre chose, en particulier au vu de l'apparent engouement du moment pour la résurrection des plantations du passé. Peut-être que, malencontreusement nés ailleurs, ces déracinés saisonniers avaient l'impression de se réapproprier la puissance d'un passé qui n'avait jamais été le leur, mais auquel ils pouvaient maintenant d'une certaine façon prétendre, par la vertu de leur richesse et du nom de leur quartier.

Plantation Cove avait conservé ses vieux chênes moussus, et passé au bulldozer à peu près tous les autres arbres du paysage. Winston n'eut donc aucune difficulté à repérer le camion de pompiers et les véhicules du service des pompiers volontaires qui étaient rassemblés devant une maison à un étage en cours de construction, juste quelques rues après l'entrée du lotissement.

Winston dépassa quelques maisons achevées avec des pelouses détrempées et souvent des voitures dans les allées, certaines avec des occupants curieux postés sur leur véranda et des lumières allumées aux fenêtres du rez-de-chaussée, d'autres enténébrées et apparemment inoccupées. De nombreuses parcelles avaient été nivelées, des fondations creusées, les charpentes en bois dressées dans un sol sablonneux qui, d'une manière ou d'une autre, ressemblerait dans quelques mois à une pelouse.

En entrant dans le quartier par Beach Road, Winston s'était souvenu de ce que Bellamy avait dit : que Bradley Frye voulait les terres sur lesquelles la Plantation était construite. Même au plus noir de la nuit, Winston pouvait se figurer la forêt qui séparait les deux quartiers rasée, les petites maisons de la Plantation démolies, l'érection directement sur la Highway 87 d'un accès bien plus grand pour Plantation Cove, une entrée qu'aussi bien les locaux que les touristes croiseraient systématiquement en allant au centre-ville de Southport ou en en revenant. Les cavalcades nocturnes, les tirs d'intimidation et le déploiement du drapeau confédéré n'étaient peut-être pas un bon moyen de pousser une communauté à abandonner ses racines, mais Winston l'avait vue employée une décennie plus tôt, quand la ségrégation avait été abolie dans les écoles. Et il l'avait vue porter ses fruits.

Tous les gens, quelle que soit leur race, sont plus motivés par la peur et la puissance que par l'argent ou la fierté, et il jugea probable que les cavalcades nocturnes de Bradley Frye ne soient que les premières escarmouches d'une guerre de très longue haleine.

Winston s'arrêta à un stop. Devant lui, la terre cédait le pas à un marécage qui lui-même faisait peu après place au rivage du pertuis. Il put voir qu'un grand espace supplémentaire avait été dégagé, et il supposa qu'allait bientôt débuter la construction d'une marina avec des cales, un club-house et une piscine. À sa gauche, il pouvait apercevoir les lumières du centre-ville de Southport. À sa droite, le puissant faisceau du phare à l'extrémité orientale de l'île.

Devant lui, de l'autre côté de la baie, une autre île – une île privée sur laquelle les riches avaient érigé d'opulentes demeures et un complexe hôtelier de luxe appelé Bald Head – se cachait dans les ténèbres. Elle faisait partie du comté, mais ses résidents, dont la plupart ne venaient qu'en saison et ne pouvaient être joints que par bateau puis voiturette de golf, avaient autant envie d'entrer en contact avec le continent que les continentaux d'entrer en contact avec eux, et cela convenait tout à fait à Winston.

Plus bas dans la rue sombre à sa gauche, Winston vit des lampes torches se déplacer à l'intérieur de la charpente d'une maison en construction. Il tourna et roula dans la direction des pompiers. Il arrêta la voiture de patrouille derrière le camion, prit sa propre torche et descendit.

Il ne reconnut pas les quatre hommes présents, mais eux le reconnurent et l'appelèrent shérif. Seul l'un d'entre eux portait un surpantalon de feu avec bottes en caoutchouc épais intégrées et bretelles, son casque lourd à bouclier facial en plastique étant relevé en arrière. Pendant que les autres chargeaient la lance sur le camion, il se tenait dans ce qui semblait être le salon, dans lequel de grandes baies vitrées à l'arrière de la pièce ouvriraient sur une vue du marécage lorsque le soleil se lèverait. Le mur et le sol au coin de la salle le plus proche du marécage étaient partiellement carbonisés. Le pompier les éclaira de sa torche et les indiqua de sa main libre.

– Ça ressemble à un engin incendiaire, shérif, dit-il.

Winston s'avança vers la partie brûlée ; le sol était trempé, des débris de verre craquèrent sous ses pieds.

– Quelqu'un a lancé une bouteille en verre remplie d'un accélérant, ajouta le pompier.

– Je vois ça, dit Winston. (Il fit courir le faisceau de sa torche à travers toute la pièce. Les vitres et fenêtres n'avaient pas encore été scellées.) Est-ce que cela brûlait toujours quand vous êtes arrivés ?

– Oui, monsieur. À peine. Nous l'avons noyé juste pour être sûrs que c'était bien éteint.

Sous les éclats de verre, le contreplaqué était détrempé, et Winston pouvait entendre de l'eau goutter du plafond et des avant-toits au-dessus des baies béantes dans les murs, là où les fenêtres seraient posées. Il imagina les quatre pompiers aspergeant la maison en commençant par l'extérieur, avant de faire passer la lance par une baie vide et de poursuivre à l'intérieur.

– On dirait que vous avez sauvé la maison, dit Winston. Ou du moins, ce qui sera une maison un jour.

– Merci, monsieur, répondit le pompier en se détendant ; le caoutchouc gémit comme il transférait tout son poids sur une seule jambe.

– Espérons qu'il n'utilise pas plus d'accélérant la prochaine fois, ou un autre type d'engin incendiaire.

– La prochaine fois ? répéta le pompier. Vous croyez qu'il va recommencer ?

– Je pense, oui. La plupart des pyromanes ne provoquent pas un incendie comme celui-là juste pour voir le coin d'une pièce noircir avant l'arrivée des pompiers. Ils apprennent avec chaque feu qu'ils déclenchent, et n'arrêtent pas tant qu'ils ne se sont pas fait prendre.

Le pompier resta là encore quelques instants pendant que Winston faisait courir le faisceau de sa torche sur le plancher et le plafond, puis il sortit et alla rejoindre les autres qui s'étaient réunis dans la pénombre autour du camion. Winston vit la braise d'une cigarette et entendit des bribes de conversation.

Il marcha vers la baie la plus proche de l'endroit où l'incendie semblait avoir débuté, et éclaira le sol gris et sablonneux de l'autre côté de la fenêtre, en quête de traces de pas fraîches. Il passa par l'ouverture et se laissa retomber des quelques centimètres qui le séparaient de la terre meuble. Là, il y avait d'innombrables mottes de terre qui pouvaient être les traces de pas d'un pyromane, d'un ouvrier, d'un pompier ou d'un chevreuil, voire le résultat de la chute d'un outil ou d'une planche, l'endroit où une pluie violente avait creusé le sol en tombant du toit au hasard sans gouttière pour la guider.

Il repassa de l'autre côté de la maison, là où une allée avait été ouverte entre le garage et la rue, sans avoir été encore remplie de ciment. Il descendit dans la large tranchée et regarda vers la rue, où les phares d'un pick-up venaient juste de s'éteindre. Winston releva sa torche et sut immédiatement qu'il s'agissait de celui de Bradley Frye.

Frye passa devant son pick-up pour parler aux pompiers qui étaient toujours rassemblés derrière leur camion. Winston remarqua que Frye n'était pas vêtu comme s'il venait de quitter précipitamment son lit : il portait une combinaison noire intégrale et des bottes. Une fois de plus, il avait un revolver engainé à la ceinture. Winston n'entendait pas ce que Frye et les autres se disaient, mais il préféra rester là où il se trouvait, dans l'allée, plutôt que se rapprocher de l'endroit où ils étaient réunis, dans la rue. Finalement, le pompier auquel il avait parlé se tourna vers Winston et lui fit signe.

– Nous partons, shérif. Vous avez besoin d'autre chose ?

– Pas pour l'instant. Je vous appellerai peut-être demain, si ça ne vous ennuie pas de rassembler vos souvenirs sur ce que vous avez découvert lorsque vous êtes arrivés ici.

– Vous pouvez compter sur nous, shérif.

Winston le regarda monter dans son camion pendant que les trois autres hommes rejoignaient leurs pick-up. Bradley Frye resta au bord du terrain, son regard passant de la maison à Winston. Winston l'observa, sans bouger ni dire un mot jusqu'au moment où Frye voulut traverser le jardin et rejoindre la maison.

– Non, non, non, dit Winston.

Il éteignit sa torche, la glissa dans l'anneau de sa ceinture, puis alla intercepter Frye avant qu'il n'aille plus avant.

– Qu'est-ce que cela veut dire, « Non, non, non » ? demanda Frye. C'est ma putain de maison, là !

– C'est une scène de crime, maintenant, répondit Winston. Je ne veux pas d'ingérences, de qui que ce soit.

– Des ingérences ? répéta Frye. Des ingérences ? (Il se tourna et indiqua de la main la forêt à sa gauche qui séparait le lotissement de la Plantation qui, quand on se trouvait aussi près de l'eau, était à un bon kilomètre de là.) C'est à ces nègres que vous devriez interdire les ingérences. Des outils ont disparu, des maisons et des véhicules ont été endommagés, des 4 × 4 ont creusé des sillons dans les pelouses. Et vous venez me parler d'ingérences à moi, le propriétaire, quand vous ne faites rien pour les arrêter ?

– Peut-être qu'ils viendraient moins chez vous si vous alliez moins chez eux, répliqua Winston.

Il le dépassa sans attendre sa réponse. Il reprit sa torche, la ralluma et éleva son faisceau une fois arrivé assez près du pick-up de Frye.

– De quoi parlez-vous ? demanda Frye.

– Pourquoi êtes-vous vous-même ici à cette heure de la nuit ? Pour jouer à Farce ou friandise ?

– Je surveille ma propriété. Il faut bien que quelqu'un le fasse, et ça n'a pas l'air de vous tenter.

Winston fit courir le faisceau de sa torche sur le pick-up et regarda à travers les vitres.

– Où est-ce que vous les rangez ? demanda-t-il.

– Où je range quoi ? demanda Frye. Attendez, éloignez-vous de mon pick-up. Vous n'avez pas le droit de regarder.

– Oh ! Brad, s'esclaffa Winston, vous avez beaucoup de choses à apprendre sur la loi avant de pouvoir prêter serment. Vous devriez vous y mettre vite. (Il tapota la boîte à outils de la benne du pick-up de Frye avec le bout de sa lampe torche, l'entendit sonner creux.) C'est là que vous gardez vos drapeaux guerriers quand ils ne sont pas déployés ? (Winston tourna un instant la tête vers lui, puis il se remit à examiner le pick-up à la lueur de sa torche jusqu'au moment où il trouva ce qu'il cherchait : un étrier fait pour tenir une hampe de drapeau avait été fixé à la cabine juste en dessous de la lunette arrière. Winston regarda Frye qui était toujours posté dans le jardin de la maison, en éclairant l'étrier.) C'est là que vous l'installez ?

– Que j'installe quoi ?

– Votre petit drapeau confédéré. Celui que vous déployez quand vous essayez de terrifier les Noirs en tentant de leur faire croire que vous êtes un dur.

– Écartez-vous de mon pick-up !

Frye franchit au pas de charge les quelques mètres qui le séparaient de Winston. Il lui attrapa le bras qui tenait la lampe, la faisant bruyamment tomber sur l'asphalte.

Winston saisit le bras gauche de Frye et fit pivoter son corps de façon à aller faire claquer son dos contre la portière passager. Il lui écarta les jambes du genou, et mit son avant-bras gauche sous son menton pour l'immobiliser. Leurs deux visages n'étaient qu'à quelques centimètres l'un de l'autre, et Winston pouvait entendre le souffle de Frye, percevoir son pouls qui battait dans son cou et sentir l'odeur de bière dans son haleine.

– Mon gars, ne porte jamais la main sur un policier. *Jamais.*

Il sentit la main droite de Frye se diriger vers le revolver à sa hanche, mais il fut plus rapide, et avant qu'il ait pu s'emparer de son arme, Winston enfonçait le canon du sien dans les chairs tendres du dessous de son menton. Il le maintint là, l'esprit occupé par des choses qui le choquèrent. Avait-il envie d'abattre Bradley Frye ? Le pouvait-il ? Comment l'expliquerait-il et saurait-il s'en sortir indemne ? Ces pensées lui traversèrent l'esprit dans le temps qu'il aurait fallu à une balle pour quitter son arme et pénétrer dans le crâne de Frye, ce qui lui suffit pour se reprendre. Au lieu d'appuyer sur la détente, il abaissa sa main gauche, dégaina le revolver de Frye et le jeta par terre derrière lui. Il se demanda si l'alcool avait rendu l'homme plus téméraire et plus stupide qu'il ne l'était habituellement.

– Je vous avais dit de ne plus sortir cette arme de chez vous, dit Winston.

Il recula d'un pas en direction de la maison et baissa son revolver. Frye se redressa et passa ses mains sur ses vêtements comme s'il les défroissait ou qu'il cherchait des impacts de balles.

– Refaites ça dans un ou deux mois et vous aurez pointé une arme sur le shérif du comté de Brunswick, dit-il.

– Pas grave, répondit Winston. De toute façon, je dégainerai toujours plus vite que vous.

– Vous allez me descendre, maintenant ? D'abord un nègre à Gastonia, et maintenant un Blanc ici. Une putain de belle façon de finir sa carrière. Passer d'abattre des criminels à tuer des héros.

– Non, soupira Winston en rengainant son revolver. Je ne vais pas vous abattre. Je ne vais même pas vous botter le cul, d'autant qu'il n'y a pas de témoins et que vous mentiriez, de toute façon. (Winston garda les yeux fixés sur lui et marcha à reculons jusqu'au moment où il dépassa son arme. Il s'accroupit, la ramassa, ouvrit le barillet, le fit tourner pour en faire tomber les cartouches dans sa main, qu'il referma. Puis il tendit l'arme déchargée à Frye, qui la saisit et la rengaina.) Et vous n'êtes pas un héros, Frye. Juste un fils à papa indolent qui a grandi avec de l'argent et cru que ça rendait intelligent. Si vous devenez shérif, vous n'en serez pas pour autant plus malin ou plus courageux que quand vous étiez un petit con vous y mettant à plusieurs pour agresser des gosses noirs parce que vous pensiez que cela ferait la fierté de votre papa.

– Vous feriez mieux de ne plus jamais parler de mon père.

– Vous feriez mieux de ne plus jamais aller à la Plantation, Brad, sauf si vous y êtes invité, et je ne crois pas qu'il y ait là-bas une seule âme qui ait envie de vous voir. Ces gens ont assez souffert.

– Ces gens sont des trafiquants de drogue et des vandales. Vous avez vu ce qui est arrivé à Rodney Bellamy. Et maintenant, ils incendient ces maisons.

– Nous ne savons pas ce qui est arrivé à Rodney Bellamy, répondit Winston. Et nous ne savons pas qui a mis le feu ici. Ç'aurait pu être vous. Ne vous approchez plus de la Plantation, Brad. (Winston, le poing toujours refermé sur les cartouches, leva la main.) Je vais les garder. Vous feriez mieux de rentrer chez vous. Mon bureau vous contactera demain pour que vous fassiez une déclaration. Ils vous demanderont peut-être de repasser ici pour voir tout ça à la lumière du jour.

– J'en ai assez vu pour savoir ce qu'il s'est passé, répondit Frye.

– Alors vous pouvez partir.

Winston resta dans le jardin et regarda le pick-up faire demi-tour au rond-point du cul-de-sac avant que Frye ne fasse rugir le moteur lorsqu'il repassa devant lui. Winston attendit que les feux arrière du pick-up aient disparu et que l'on n'entende plus le bruit de son moteur.

Les sons de la nuit – les crapauds, les clapotis de l'eau, les grillons – grossirent autour de lui comme ceux d'un téléviseur dont on augmente peu à peu le volume. Il envisagea de passer à l'adresse sur Spoonbill d'où était venu l'appel téléphonique, mais les lumières du quartier étaient toutes éteintes pour la nuit et l'incendie maîtrisé. Tout ce qui devait arriver ensuite pouvait bien attendre le matin.

Chapitre 12

Colleen s'éveilla au son de la voix de son père de l'autre côté de la porte de sa chambre, à laquelle il frappait doucement. Elle avait été en plein rêve, une histoire d'eau qui cognait dans les canalisations d'une vieille cité européenne où elle n'était jamais allée. Elle ouvrit les yeux, la lumière du soleil les lacérant comme des lames de rasoir. Sa montre était posée là où elle l'avait laissée, sur la table de chevet ; elle s'en saisit et l'examina, mais sa vision était encore trop bouffie de sommeil pour qu'elle puisse lire l'heure. Elle vit et sentit néanmoins qu'elle portait toujours la bague de fiançailles de sa mère. Elle laissa sa tête retomber en arrière sur son oreiller.

– Colleen, dit son père en frappant de nouveau. J'ai besoin que tu te réveilles.

Elle savait qu'il frappait parce que sa mère s'était réveillée, était descendue dans la cuisine et n'avait pas pu trouver sa bague. Elle se figura la peur et la panique qui avaient dû s'emparer d'elle lorsqu'elle avait découvert sa disparition. Un instant, Colleen voulut se dire que c'était bien fait pour sa mère, d'avoir laissé une bague bien en vue quand un étranger passait la nuit à la maison, puis elle se sentit coupable d'être celle qui l'avait prise.

– D'accord, dit Colleen juste assez fort pour que sa voix paraisse s'élever hors de sa bouche.

Un mal de tête martelait juste au bord des tempes, mais elle combattit sa venue en lui opposant les images d'une douche chaude, d'un comprimé de Tylenol et d'un verre d'eau.

– Tu es debout ? demanda son père, qui n'avait apparemment pas quitté son poste dans le couloir.

– Oui !

Elle se sentait maintenant frustrée, de se souvenir de ce que c'était que d'être une adolescente réveillée pour aller à l'école, ou appelée par ses parents pour participer à une quelconque corvée matinale qu'elle n'avait pas envie d'accomplir. Lui vint à l'esprit la possibilité que Scott soit au téléphone, et la panique enserra sa poitrine dans un étau glacé. Elle avait débranché la prise à l'arrière de l'appareil juste avant de s'endormir, de crainte qu'il ne sonne en pleine nuit pour son père ou tôt le matin pour sa mère, sans considérer que Scott pouvait appeler. Mais s'il était tôt ici, il était encore plus tôt là-bas, et il n'y avait aucune chance qu'il appelle pour autre chose qu'une urgence. Or, Scott était seul à Dallas. Et il n'y avait jamais d'urgence quand Scott était seul, parce que c'était la personne la plus autonome qu'elle ait jamais rencontrée.

Elle étira ses bras au-dessus de sa tête, pensant à Danny et à ce qu'il avait dit la nuit précédente : qu'il n'y avait personne au monde avec qui elle avait plus de choses en commun qu'avec Scott, et elle savait que c'était vrai, que Danny avait raison. À leur mariage, le pasteur des parents de Scott avait cité les versets qui disaient que l'amour était patience et douceur – elle ne se souvenait plus dans quel Évangile. Mais où étaient les versets sur le chagrin ? Où étaient les versets qui disaient que le chagrin était égoïste, cruel et solitaire ?

Elle s'assit sur le bord du lit et posa ses coudes sur ses genoux. Elle se frotta les yeux et passa ses doigts sur son visage. Elle ôta la bague de sa mère de son doigt gonflé et la serra dans sa main. Elle revérifia sa montre, maintenant qu'elle était réveillée. Il était huit heures tout juste passées. Son père frappa encore.

– Bon sang, marmonna-t-elle.

Elle se leva, marcha jusqu'à la porte et la déverrouilla. Son père était appuyé au chambranle, dans le couloir. Elle ouvrit la main et lui montra la bague. Il était déjà en uniforme, mais ses yeux étaient rougis et alourdis par le manque de sommeil, et son visage mêlait épuisement et confusion.

– Pourquoi me montres-tu ça ? demanda-t-il.

– Je pensais que vous la cherchiez ; elle était dans ma chambre.

Il s'en saisit et la serra dans sa main.

– Je ne crois pas que ta mère ait même remarqué son absence, dit-il.

Colleen se pencha dans le couloir et remarqua que la porte de la chambre de Groom était ouverte, mais qu'il ne semblait pas se trouver à l'intérieur. Puis elle entendit naître le bruit d'une douche dans la salle de bains, de l'autre côté du couloir.

J'ai besoin que tu m'accompagnes chez Rodney Bellamy, dit son père.

– Pourquoi ?

– Il faut que j'interroge sa veuve. Je sais que Rodney s'est probablement juste trouvé au mauvais endroit au mauvais moment, mais je dois tout de même lui poser quelques questions, maintenant qu'elle a eu un jour ou deux pour se remettre du choc. (Son père se recula et croisa les bras. Il leva les yeux au ciel.) Eh puis, ce n'est pas tout.

– Quoi d'autre ?

– Bradley Frye. Il a organisé des virées nocturnes dans la Plantation avec certains de ses bons petits gars : ils ont déployé des drapeaux confédérés, tiré en l'air, essayé d'effrayer les gens. J'ai besoin de lui faire comprendre que je m'en occupe.

– Ça ne me surprend pas de lui.

– Je ne m'attendais pas à ce que tu sois surprise.

– On l'a vu hier soir, avec Danny. Danny m'a dit qu'il...

Mais elle fut interrompue par la voix de sa mère qui les appelait depuis le rez-de-chaussée.

– Venez tous à table ! Et dites à M. Groom que le petit-déjeuner est servi.

Son père s'était tourné vers les escaliers lorsqu'elle avait parlé. Mais il regarda Colleen par-dessus son épaule, et son visage avait changé ; il avait l'air irrité, excédé.

– Il faut que tu fasses la connaissance de notre pilote du FBI, dit-il. Nous le déposerons à l'aéroport au passage. Aidons-le à se mettre au travail, qu'il nous débarrasse de ce fichu avion.

Elle envisagea de dire à son père qu'elle avait déjà rencontré Groom quelques heures plus tôt, qu'elle avait vu la voiture de sa mère devant le Carolina Inn et l'avait vu se servir d'un téléphone public sur le parking désert, qu'ensuite elle l'avait retrouvé qui l'attendait lorsqu'elle était rentrée à la maison. Mais elle n'avait pas envie de lui expliquer tout aussi tôt le matin, pas envie d'admettre qu'elle était ivre et désorientée et qu'elle avait été prise au dépourvu.

– Comment est-il ? préféra-t-elle demander.

Son père regarda en direction de la porte de la salle de bains, de l'autre côté du couloir. Il baissa la voix.

– Il est un peu guindé. C'est généralement le cas, avec les agents du FBI.

– Oui, c'est logique.

Son père descendit, et elle put bientôt entendre sa voix assourdie et celle de sa mère venir de la cuisine. Elle se doutait qu'il devait la titiller sur le fait qu'elle ne s'était pas aperçue de la disparition de sa bague. De l'autre côté du couloir, la douche coulait toujours.

Sans réfléchir – du moins sans une pensée claire –, Colleen dépassa la salle de bains pour se rapprocher de la chambre dans laquelle Groom avait passé la nuit. Elle jeta un coup d'œil par la porte ouverte. Le lit était fait au carré, un simple matelas posé sur un cadre sans sommier que ses parents gardaient toujours rangé dans un coin pour des invités qui ne venaient jamais. La vieille machine à coudre de sa mère trônait sur une table à jeux à côté du lit ; divers petits coffres aux tiroirs remplis de fils, d'aiguilles et de rubans étaient empilés autour. Les bottes que Groom portait la veille étaient alignées sous le lit. Un sac marin kaki était posé à côté. En dehors de ça, rien dans la pièce n'indiquait que quelqu'un avait dormi là.

Colleen se retourna pour regarder dans le couloir et s'assura que la douche continuait de couler. Elle entra dans la chambre et s'accroupit, puis elle tira la fermeture éclair du sac marin qu'elle ouvrit juste assez pour voir son contenu. La chemise et le pantalon qu'elle l'avait vu porter sur la véranda étaient pliés au-dessus. La première poche qu'elle ouvrit contenait une pince à billets qui serrait le permis de conduire de l'État de Floride de Groom et ce qui semblait être une petite liasse de billets de vingt dollars pliés. Dans l'une des poches extérieures, Colleen trouva un portefeuille noir, et lorsqu'elle l'ouvrit, elle vit qu'il s'agissait de sa carte d'identification du FBI et d'un insigne doré. Ses mains se mirent à trembler lorsqu'elle vit cela, comme si la gravité de ce qu'elle venait de faire ne lui apparaissait que maintenant. Elle referma le portefeuille et le remit en place, fit de son mieux pour plier le pantalon et la chemise comme ils l'avaient été lorsqu'elle les avait trouvés. Quelque chose craqua à l'intérieur du sac, et lorsqu'elle regarda sous les vêtements, elle découvrit un sac de courses de chez Sears. Il contenait deux polos et un pantalon beige de rechange, les étiquettes encore accrochées, ainsi qu'un ticket de caisse du magasin de Wilmington. Au fond du sac, il y avait des paires de chaussettes noires et un paquet ouvert de caleçons. Sous le sac se trouvaient un pistolet dans son holster et une cartouche de cigarettes ouverte d'une marque asiatique que Colleen n'avait jamais vue auparavant.

Colleen avait grandi dans une maison où il y avait toujours eu des armes, et voir un pistolet n'était pas ce qui la dérangeait quant à ce bagage. Après tout, Tom Groom était un agent du FBI. Il était évident qu'il serait équipé d'une arme et d'un insigne. Ce qui lui donnait à penser, c'était les vêtements neufs jamais portés dans le sac de courses et le ticket du magasin de Wilmington. Elle savait que son père était allé prendre Groom à l'aéroport, et elle ne se souvenait pas l'avoir entendu dire qu'il l'avait amené au centre commercial. Elle voulut réfléchir plus avant au mystère qu'elle avait sous les yeux, mais réalisa soudain qu'elle avait cessé de guetter le bruit de la douche.

Elle remit frénétiquement les vêtements dans le sac de courses, puis réarrangea ceux du sommet de la pile avant de tirer la fermeture éclair du sac marin et de le ranger là où elle l'avait trouvé, à côté des bottes. Elle entendait bien que l'eau de la douche de Groom ne coulait plus, alors elle fit de son mieux pour longer le couloir sans faire de bruit. Elle entra dans sa chambre et referma la porte derrière elle. Son cœur battait la chamade et elle gardait les poings serrés pour que ses mains ne tremblent pas. Il n'y avait rien d'effrayant hormis sa décision inconsidérée de jeter un coup d'œil dans la chambre de Groom, mais maintenant qu'elle s'en était sortie sans se faire prendre, elle réalisa que quelque chose l'effrayait toujours.

Elle entendit Groom ouvrir la porte de la salle de bains et remonter le couloir vers sa chambre. Il en referma la porte, et elle se demanda s'il avait l'impression que la pièce différait de celle dans laquelle il avait passé la nuit. Quelque chose dans sa formation ou un talent propre lui indiquait-il que l'on avait touché à ses affaires ?

Colleen ouvrit le tiroir du haut de sa commode, attrapa des chaussettes et des sous-vêtements, puis elle se trouva un jean et un chemisier, et se précipita dans la salle de bains.

*

Lorsqu'elle descendit, Colleen trouva sa mère assise à table avec Tom Groom, tous deux papotant autour des biscuits au jambon de pays que sa mère avait préparés un peu plus tôt. Son père les regardait depuis la cuisine, dos appuyé à l'évier, à la main une tasse de café qu'il maintenait devant ses lèvres comme s'il hésitait à souffler dessus pour le refroidir.

Depuis la table, sa mère la vit descendre les dernières marches et tourner vers la cuisine.

– Sa majesté le soleil s'est levée, dit sa mère.

Colleen sourit sans grand enthousiasme, puis dépassa la table et entra dans la cuisine. Elle prit un verre dans un placard et le remplit de glace puis, se penchant derrière son père, fit couler de l'eau au robinet de l'évier.

Elle but une gorgée puis regarda ses parents tour à tour.

– Vous avez du Tylenol ? demanda-t-elle.

– En fait, oui, répondit sa mère. (Elle indiqua le placard à l'entrée de la cuisine, à la droite de Colleen.) Grâce à notre hôte. Il en a eu besoin hier soir et il est allé en chercher.

– Ainsi que du café, ajouta le père de Colleen.

– Eh bien, j'ai besoin des deux, dit Colleen.

Elle ouvrit le placard et trouva le flacon de paracétamol. Puis elle dévissa le couvercle et catapulta deux comprimés dans le fond de sa bouche. Elle but une gorgée d'eau et avala.

– Colleen, dit sa mère d'une voix dont le ton indiquait qu'elle avait dû faire quelque chose de modérément décevant, et en désignant du bras son vis-à-vis de l'autre côté de la table. Voici Tom Groom. C'est le pilote qui va…

Colleen ouvrit la bouche pour l'interrompre et indiquer à ses parents qu'ils avaient déjà fait connaissance : il lui aurait paru étrange d'agir autrement en sa présence. Mais ce fut Groom qui parla le premier.

– Heureux de vous rencontrer, Colleen, dit-il, avant de sourire.

Sa salutation prit Colleen au dépourvu, et comme elle se tenait là, indécise, elle réalisa que quelque chose de secret s'était passé entre eux, quoiqu'elle ne sache pas de quoi il s'agissait. Le fait qu'elle l'ait vu se servir d'un téléphone public ? Qu'il ait fumé sous la véranda tard dans la nuit ? Qu'elle soit rentrée ivre après que ses parents s'étaient couchés ? À moins qu'il ne s'agisse des premiers mots qu'il lui avait adressés – « N'ayez pas peur » –, qui lui paraissaient maintenant plus inquiétants qu'ils ne l'avaient été alors.

– Heureuse de vous rencontrer, répondit Colleen.

Elle but une autre gorgée d'eau, écrasa de la glace entre ses dents. Elle se figura son mal de crâne refluant déjà, le Tylenol se dissolvant dans son estomac et pénétrant dans son flux sanguin pour faire ce qu'il pouvait pour apaiser la douleur dans sa tête et lui éclaircir les idées.

*

Tous les trois, Colleen, son père et Groom, roulaient sur Beach Road en direction de l'aéroport après avoir passé le pont.

Colleen occupait le siège passager de la voiture de patrouille de son père. Groom était assis sur la banquette arrière.

Colleen et son père parlèrent de tout et de rien durant le trajet. Il ne posa pas de questions sur Danny. Il ne lui avait jamais posé de questions sur Danny, et elle savait que cela était dû au fait qu'il voyait Danny comme impulsif et irresponsable, et parce qu'à l'évidence, il ressentait à son sujet des choses qu'il ne savait pas exprimer.

Dans l'ensemble, Colleen et son père parlèrent surtout, comme à leur habitude, de sa mère et de son cancer. *Est-ce qu'elle te paraît épuisée ? Est-ce qu'elle mange bien ? Que disent les médecins ?* Colleen en aurait oublié que Groom se trouvait dans la voiture avec eux si sa voix n'avait pas finalement brisé le silence à l'arrière du véhicule.

– Shérif Barnes, je veux vous remercier encore une fois pour m'avoir reçu au sein de votre famille, dit Groom. Pour m'avoir hébergé et avoir assuré tous mes déplacements. Je vous en suis infiniment reconnaissant.

– Il n'y a pas de quoi, répondit son père. (Il regarda dans le rétroviseur et sourit à Groom.) Nous aurions mangé, roulé et dormi de toute façon, que vous soyez là ou pas, alors autant que vous soyez là.

– C'est probablement vrai, dit Groom.

Le silence se fit. Les seuls bruits étaient les sifflements et les craquements de la radio. Son père avait baissé le volume quand ils étaient montés dans la voiture, et les voix leur parvenaient comme des murmures.

– Pendant que j'y pense, reprit Groom, si l'un d'entre vous a besoin de quelque chose dans ma chambre, ne vous gênez pas.

Colleen eut l'impression qu'un poing se refermait sur son cœur. Elle réalisa qu'elle ne respirait plus. Elle attendit que Groom poursuive, mais ce fut son père qui parla.

– Non, dit Winston. Elle est votre disposition. Il n'y a rien là-bas dont nous puissions avoir besoin. (Il se tourna et regarda Colleen.) N'est-ce pas, mon ange ?

Colleen hocha de la tête son approbation.

– Eh bien, n'hésitez pas si vous changez d'avis, ajouta Groom.

– Un téléphone, dit Colleen.

Son père jeta un coup d'œil dans sa direction, comme s'il essayait de comprendre ce qu'elle venait de dire. Elle se reprit, puisant du courage dans sa frustration que Groom paraisse vouloir la prendre en défaut.

– Je veux dire, vous devriez avoir un téléphone, reprit-elle. En fait, je crois qu'il y en a un ; mais si ce n'est pas le cas, je peux prendre celui de ma chambre et l'installer dans la vôtre.

Colleen entendit Groom déplacer son poids sur la banquette.

– Il y en a un, dit-il.

– C'est bien ce que je me disais. N'hésitez pas à vous en servir.

Winston tourna à gauche, quittant Beach Road pour entrer dans le parking de l'aéroport. Deux voitures étaient garées devant le bureau. La voiture de patrouille le dépassa et dépassa d'étroits hangars. Les portes de certains étaient ouvertes, révélant de petits avions monomoteurs et des hommes – a priori leurs propriétaires – qui les réparaient, les entretenaient ou s'affairaient autour pour une quelconque raison.

Après les hangars, ils tournèrent et s'engagèrent sur la piste, où du ruban de scène de crime était déroulé de piquet en piquet. Tout au bout, l'avion brillait sous le soleil. Colleen ne l'avait vu que de loin, mais d'aussi près, il paraissait gigantesque. Une voiture de patrouille était garée sur la piste, juste derrière l'appareil. Étant donné l'angle de la lumière, on ne voyait personne à l'intérieur, mais la portière s'ouvrit et il en descendit un adjoint qui s'étira, les bras tendus vers le ciel.

– Il a passé toute la nuit là ? demanda Colleen.

– Pas toute la nuit, mais une bonne partie, oui, répondit son père.

Il se gara, et lui et Groom descendirent. Son père consacra quelques minutes à discuter avec l'adjoint. Groom les dépassa pour marcher jusqu'à l'endroit où la queue de l'avion était soulevée du sol par un cric. Un mécanicien sortit de l'un des hangars en poussant un caisson que Colleen supposa contenir des outils. Elle continua d'observer Groom jusqu'à que son père revienne dans la voiture.

– C'est un gars intéressant, dit-elle.

– Qui cela, Groom ? demanda son père.

– Oui.

– On doit pouvoir le décrire ainsi.

– Tu ne l'aimes pas ?

Son père sortit du parking et tourna à gauche sur Long Beach Road.

– Je l'aime bien, répondit-il. Comme on peut aimer un agent du FBI.

– Il m'a l'air bizarre, dit Colleen.

– Toute cette histoire est bizarre.

– Je l'ai vu la nuit dernière se servir du téléphone public du parking du Carolina Inn.

– Vu qui ?

– Lui. Le pilote. Groom.

– C'est pour ça que tu as fait ce commentaire étrange sur le téléphone ?

Qu'il ait repéré ce qu'elle avait cru être une habile réplique l'embarrassa.

– Non, dit-elle. Ou plutôt oui, en un sens. Cela me paraissait juste bizarre de le voir se servir d'un téléphone public en pleine nuit. Et il conduisait la voiture de maman.

– C'était parce qu'elle la lui avait prêtée, Colleen. Il est allé à l'épicerie de nuit. Chercher du paracétamol et du café.

Winston mit son clignotant et tourna à droite vers Southport.

– Et pour se servir du téléphone, ce qu'il aurait pu faire à la maison.

– Il avait peut-être besoin d'un peu d'intimité.

– Il y a un téléphone dans sa chambre. Il m'a dit qu'il ne voulait pas s'en servir pour des appels longue distance.

– Eh bien, c'était fort aimable de sa part, répondit son père, avant de la regarder. Et quand t'a-t-il dit cela ?

Colleen se sentit rougir un peu. Elle n'aurait pas dû avoir honte d'être rentrée tard, d'avoir bu, d'avoir été surprise par Groom dans la véranda en pleine nuit, mais quelque chose dans le fait que ni elle ni lui n'en avait parlé devant ses parents donnait l'impression que l'on exhumait maintenant un secret honteux.

– Danny pense que c'est une histoire de drogue, dit-elle.

Son père la toisa, son regard s'arrêtant un temps sur son visage avant de revenir à la route.

– Ah oui ? C'est ce que Danny pense ?

– Oui, et il pense aussi que c'est la raison pour laquelle Bradley Frye veut devenir shérif : pour pouvoir regarder de l'autre côté, et peut-être toucher des pots-de-vin, ce genre de choses.

– Euh, répondit Winston. (Il fit mine d'être amusé et conduisit un temps en silence.) Eh bien, reprit-il, je vais te dire : entre tes amis et les amies de ta mère, je crois que le mystère est résolu. Le shérif du comté d'Horry pourrait avoir une affaire liée à l'avion et au meurtre de Rodney, mais je vais lui dire que ce n'est plus la peine de s'embêter avec toute cette histoire.

L'intensité du sarcasme de son père opprima le corps de Colleen comme s'il s'était agi d'une chose physique faisant pression sur son visage et ses épaules. Il la comparait à sa mère et aux amies de sa mère, et même s'il ne l'avait jamais dit et que Colleen ne l'avait jamais demandé, elle avait une assez bonne idée de ce que son père pensait de sa mère et de ses amies, principalement parce que c'était la même chose que ce qu'elle en pensait : la curiosité de sa mère était triviale et cancanière, ses centres d'intérêt fugaces et présomptifs, comme si les règles de l'univers étaient conçues de façon à ce qu'il lui soit facile d'en clarifier les complexités tant qu'elle et ses amies pouvaient en parler suffisamment longtemps au téléphone.

Colleen aurait voulu trouver un moyen de rappeler à son père qu'elle avait fait son droit, qu'à la fac de droit, elle avait étudié et appris les règles régissant les preuves et la procédure criminelle – qu'elle les avait, en fait, étudiées plus attentivement et plus précisément que lui, malgré toutes ses décennies d'expérience du travail de police. Si elle avait eu une opinion sur ce dossier – ce qui, honnêtement, n'était pas le cas –, elle l'aurait fondée sur des faits, des connaissances et de l'expérience, et non sur l'instinct, l'intuition et la rumeur. Elle ne voulait pas être comme sa mère et ne pensait pas l'être, mais peut-être qu'elle ne ressemblait pas beaucoup non plus à son père, un homme qu'elle avait toujours tenu pour être l'épitomé d'une rationalité fondée sur les faits. Elle avait fait plus d'études que l'un ou l'autre, avait plus voyagé, et, contrairement à eux, ne vivait plus dans l'État de sa naissance. Mais qu'elle n'exerce pas, qu'elle ait repoussé ou abandonné le droit en faveur d'un enfant qu'elle n'avait pas et d'un mari qui n'était pas là – toutes choses qui flottaient toujours en périphérie de son état émotionnel – lui transperça le cœur avec toute la froideur d'un terrible constat. Peut-être qu'elle n'était pas comme ses parents, un couple plus âgé marqué par les habitudes et convictions, fonctionnant à l'émotion et à l'intuition. Elle était rompue aux choses de la vie, instruite et cultivée, et toutes ces qualités l'avaient ramenée ici, chez eux, avec des émotions proches de celles de l'adolescente qu'elle était avant de partir à la fac, d'épouser Scott, de s'installer au Texas et de perdre son bébé.

Non, elle n'était pas comme ses parents, mais peut-être qu'elle était pire.

Colleen n'arrivait pas à se souvenir si elle avait déjà mis les pieds dans la Plantation. Avait-elle jamais eu une raison d'y aller ? Elle avait eu des amies noires dans son enfance, pour jouer au softball et à d'autres sports, pour se retrouver pour quelques anniversaires quand elles étaient petites ou des événements scolaires après les cours, comme des pièces de théâtre, des spectacles de danse ou des réunions de clubs. Mais elle ne se souvenait pas être jamais entrée dans la maison d'une des filles noires. Ni fêtes, ni soirées pyjama, ni rien de ce genre. Puis elle réalisa qu'aucune des filles noires avec lesquelles elle avait grandi n'était entrée chez elle non plus. Et maintenant elle était là, une femme adulte de vingt-cinq ans qui venait de perdre un bébé et qui allait rendre visite à une veuve dans la maison d'un camarade de classe noir, décédé de mort violente. Les mystères de la vie lui semblaient toujours obscurs et inexplicables, et tandis que son père roulait devant de petites maisons de briques bardées de bois, leurs jardins débordant de fleurs, d'ornements et de meubles d'extérieur, ou envahis par de mauvaises herbes, elle ne pouvait s'empêcher de s'interroger sur les caprices inéluctables du destin qui l'avaient amenée là tout en mettant fin à la vie de Rodney.

La voiture de patrouille entra dans la Plantation, ralentit et s'arrêta au bord d'un trottoir. Winston mit le levier de vitesse sur « parking ». Colleen releva sa tête jusqu'alors appuyée contre la vitre de la portière passager. Ils demeurèrent tous deux assis sans bouger.

– Je suis désolé, finit par dire son père.

Elle le dévisagea.

– Désolé de quoi ?

– De ce que j'ai dit. Je ne devrais pas dire des choses de ce genre. Je serais content de savoir ce que tu peux en penser. La piste dans le comté d'Horry va probablement faire long feu.

– Tu n'as pas à t'excuser.

– J'ai des soucis par-dessus la tête. J'ai dû virer un adjoint hier à cause du souk que Bradley Frye a mis ici, dans la Plantation, et cela me fait un homme de moins alors que je dois justement faire surveiller l'aéroport. Il se passe beaucoup de choses en même temps.

– Je suis désolée, dit-elle.

– Eh bien, *toi*, tu n'as pas besoin de me dire cela *à moi*.

– Et maman ?

– Maman, quoi ?

– Les idées de maman sur l'affaire. Tu veux en savoir plus sur ce qu'elle a à dire ?

Il s'esclaffa et secoua la tête. Il repassa la marche avant et ils repartirent.

– Je crois que je me passerai des siennes, si tu n'y vois pas d'inconvénient.

Winston s'engagea dans l'allée gravelée d'une petite maison à la structure en bois. Une berline bordeaux était garée devant, dans la rue et le bout de l'allée était occupé par une Datsun blanche et un pick-up. Une feuille de contreplaqué avait été clouée à l'avant de la maison, apparemment pour recouvrir une fenêtre qui avait été brisée. Le temps que Colleen déverrouille sa ceinture, le père de Rodney était sorti sous la petite véranda. Aux yeux de Colleen, il n'avait pas changé en vingt ans, bien que ses cheveux aient blanchi autour des tempes. Les mêmes lunettes épaisses, le même maintien rigide. Il portait une chemise à col boutonné bleue et un pantalon de toile, et il regardait Colleen et Winston comme s'il les attendait, les mains dans les poches, sans avoir encore décidé s'il allait les accueillir ou leur demander de partir.

– M. Bellamy, chuchota Colleen, mais à l'évidence tout de même assez fort pour que son père l'entende.

– Oui, répondit-il d'une voix teintée de résignation.

Il coupa le contact et ouvrit sa portière. Colleen descendit de voiture et suivit son père sur le court chemin menant à la véranda.

– Bonjour, Ed, dit son père.

– Shérif, dit Bellamy en saluant Winston d'un signe de tête, sa voix ne se teintant ni de la chaleur d'un accueil, ni de la froideur de l'indifférence.

Le regard de Bellamy courut de Winston à l'endroit où se trouvait Colleen. Son visage s'adoucit légèrement, comme lorsqu'un élève disait ou faisait accidentellement quelque chose d'amusant en classe.

– Colleen Barnes, ajouta-t-il.

Elle sourit et lui fit un petit signe de la main. Elle se sentit soudain intimidée.

– Bonjour, monsieur Bellamy, dit-elle. Je suis tellement désolée.

– Allons, Colleen, vous êtes adulte, maintenant. Appelez-moi Ed. (Colleen n'en envisagea même pas la possibilité.) Nous ne sommes plus à l'école, dit-il, son visage formant un léger sourire, presque imperceptible. Entrez, tous les deux. Janelle vous attend.

Colleen suivit son père et M. Bellamy jusqu'au salon d'une maison confortablement meublée. Immédiatement, Colleen réalisa qu'il s'agissait de la première maison de Rodney et de son épouse, et bien que la maison que Scott et elle avaient achetée à Dallas soit fort différente, celle-ci était porteuse des mêmes espoirs et possibilités qu'ils avaient investis dans la leur. La poitrine de Colleen se serra d'un chagrin horrible et terrifiant, tant de la perte qu'elle ressentait dans sa propre vie que de celle que la veuve de Rodney ne pouvait que ressentir, et elle eut soudain désespérément besoin de voir Scott, de le toucher, d'entendre sa voix.

Mais alors, la veuve de Rodney apparut, une superbe jeune femme dans une robe violette bien coupée, maquillée, bien coiffée, souriante. Elle s'essuya les mains avec une serviette qu'elle jeta au passage sur le comptoir de la cuisine, attrapa la main de Colleen et la serra fermement ; ses vêtements ou sa peau ou ses cheveux avaient une légère odeur de quelque chose de doux et de propre, comme de la vanille ou du talc. Janelle se présenta, et lorsqu'elle lâcha la main de Colleen sans s'être départie de son sourire, cette dernière identifia l'odeur mystérieuse : celle des bébés. Janelle Bellamy sentait comme son bébé. Colleen résista à l'envie de porter à son nez la main que Janelle venait de serrer pour la sentir et voir si elle aussi avait maintenant une odeur de nouveau-né – elle savait qu'il n'y avait aucun moyen de faire cela sans paraître fantasque et inconvenante. Mais elle ressentait un besoin impérieux de la sentir encore, comme une drogue dont elle aurait longtemps inconsciemment manqué et sans laquelle elle savait maintenant ne plus pouvoir vivre.

Le fait que Rodney et son épouse venaient d'être parents ne constituait pas une surprise pour Colleen – son père le lui avait dit quelques jours plus tôt – et il y aurait donc évidemment un bébé dans la maison. Comment avait-elle pu l'oublier ? Elle fouilla rapidement la pièce des yeux, cherchant le bébé ou le moindre signe de lui : une tétine, un jouet, une couverture ou un biberon, mais il n'y avait rien.

Janelle regarda Colleen, puis Winston.

– Je peux vous offrir quelque chose ? demanda-t-elle. Un café, un verre de thé glacé ?

– Non, non, répondit Winston. Nous ne voulons pas vous ennuyer trop longtemps. (Il marqua une pause et regarda en direction de Colleen, qui se tenait à sa droite.) Il y a quelques questions que je dois vous poser – une simple formalité, en fait – et Colleen est venue avec moi… (Il laissa sa voix mourir, et il parut évident qu'il cherchait le meilleur moyen de justifier sa présence.) C'était une amie de Rodney.

– Nous étions au lycée ensemble, dit Colleen. Et M. Bellamy était mon professeur.

Janelle hocha la tête en faisant de son mieux pour leur sourire à tous les deux ; en cet instant, Colleen eut l'impression d'être une gosse en jean et Keds devant cette femme élégante qui avait un bébé et avait déjà perdu un époux.

– Eh bien, merci d'être venus, dit Janelle en leur indiquant le canapé d'un geste du bras.

Colleen et son père s'y installèrent, et Janelle s'assit dans un fauteuil bleu à gauche de Colleen. Bellamy prit le fauteuil correspondant, à la droite de son père.

– Vous êtes sûrs de ne rien vouloir boire ? demanda Janelle.

– Certains, mais merci beaucoup, répondit Winston. (Il se pencha en avant, les coudes sur les genoux et le menton posé sur ses poings serrés.) Eh bien, madame Bellamy, je sais…

– S'il vous plaît, appelez-moi Janelle.

– Madame Janelle, commença-t-il.

– Non, s'il vous plaît, juste Janelle. Je préfère Janelle. Juste Janelle.

– OK.

Winston semblait nerveux, troublé, et Colleen n'avait pas le souvenir de l'avoir jamais vu gêné à ce point. Cela la détendit et lui donna l'impression d'être aux commandes, comme si elle risquait de devoir intervenir pour atténuer ou rediriger quelque maladresse que son père pourrait commettre. Elle comprenait maintenant pourquoi il avait voulu qu'elle vienne avec lui. Il avait besoin d'elle, et il lui était plaisant de se sentir utile à quelqu'un, d'être digne de confiance. Elle regarda Bellamy à sa droite, par-dessus la petite table de verre, pendant que Winston parlait avec Janelle. M. Bellamy n'était plus le professeur bourru et exigeant qu'elle avait connu durant son adolescence. Il cilla, et sa bouche, qui était restée avachie pendant qu'il avait regardé le père de Colleen, se tendit en une seule ligne dure et droite lorsque leurs yeux se croisèrent.

– Janelle, dit Winston, j'ai parlé avec Ed de ce qu'il s'est passé ici, chez vous, il y a deux nuits, et je voudrais vous présenter mes excuses en tant que shérif de ce comté. Personne ne devrait avoir à subir cela, et encore moins après les épreuves que vous avez vécues. (Il marqua une pause, comme pour donner à Janelle la possibilité de dire quelque chose si elle le désirait, mais elle garda le silence.) L'adjoint qui a répondu à l'appel sans faire de rapport a été renvoyé du bureau du shérif. D'après ce que je sais, le capitaine Glenn Haste a recueilli vos témoignages, à vous et à votre frère, et je veux que vous sachiez que mon bureau continue d'enquêter sur…

– C'était Bradley Frye, dit Bellamy.

Le père de Colleen se tourna vers lui.

– Ed, laissez-moi finir.

– Il n'y a pas d'enquête à faire, Winston.

Ce dernier reporta son attention sur Janelle.

– Mon bureau va continuer de se renseigner sur ce qu'il s'est passé, et si je trouve la personne qui a fracassé cette fenêtre, je l'arrêterai. D'ici là, je ne peux qu'interdire aux gens de refaire ce genre de choses.

– C'est insuffisant, dit Bellamy.

– C'est tout ce que je peux faire, Ed.

– C'est insuffisant, répéta Bellamy.

– Personne n'a pu être identifié, Ed.

– J'ai vu le pick-up de Frye sillonner les rues du quartier en pleine nuit en faisant flotter ce maudit drapeau derrière sa cabine.

– Ce n'est pas un motif d'arrestation.

Janelle prit la parole, comme pour les sortir de cette impasse.

– Ça va, dit-elle. Je comprends. Contentons-nous de…

Elle agita la main devant elle comme pour faire signe au père de Colleen de continuer.

– Janelle, reprit-il, je déteste devoir vous poser des questions sur ce qu'il est arrivé à Rodney, mais je dois le faire. Ce sont juste des questions de routine et y répondre ne devrait pas poser de problème, mais vous pouvez prendre tout le temps que vous voulez.

Janelle inspira comme si elle se préparait à un effort physique. Pour la première fois, Colleen remarqua que la jeune femme serrait un mouchoir en papier dans sa main ; elle supposa qu'elle devait toujours en avoir une pochette sur elle ces derniers temps, et qu'elle était devenue experte dans l'art de les attraper et de les utiliser discrètement.

– Que pouvez-vous me dire au sujet de la dernière fois que vous avez vu Rodney ?

Janelle expira l'air qu'elle avait dû retenir et se tourna pour regarder son beau-père. Il hocha la tête, la bouche encore plus droite et pincée qu'auparavant. Elle commença son récit.

– Le bébé nous avait réveillés dans la nuit, dit-elle. Il avait une colique, pleurait beaucoup, était énervé. (Elle baissa les yeux et marqua une pause.) Rodney savait y faire, quand le bébé était comme cela. Souvent, il réussissait à le calmer, à l'apaiser.

Son visage se referma, emportant avec lui tout ce qu'elle avait pu vouloir dire ensuite. Elle leva la main qui tenait le mouchoir et le porta à l'un de ses yeux, puis à son nez. Elle se reprit et releva la tête vers le père de Colleen, son expression soudain débarrassée de l'émotion qu'elle venait de prendre le temps d'effacer au vu de tous, et Colleen prit plus profondément conscience de la force de certaines tragédies qui n'étaient pas la sienne.

– Je suis retournée me coucher, reprit Janelle, mais je pouvais les entendre de l'autre côté du couloir, Rodney chantant et parlant au bébé. Il a fini par l'endormir, et m'a rejointe dans la chambre. J'imagine qu'il savait que j'étais encore éveillée. Il m'a dit qu'il n'arriverait pas à dormir, et qu'il ferait mieux d'aller chercher des couches à la supérette.

– Vous aviez besoin de couches ? demanda Winston.

Un instant, Janelle parut trahie, comme si Winston n'avait pas cru ce qu'elle venait de dire, mais Colleen vit son visage se détendre une fois de plus, peut-être d'avoir pensé *Cet homme n'a aucune idée du nombre de couches dont on peut avoir besoin.*

– Oui, nous avions besoin de couches, finit-elle par répondre. On a toujours besoin de couches.

– Et à quelle boutique est-il allé ?

– Au Food Lion, plus haut sur Beach Road.

– C'est ce que je m'étais dit.

– C'est juste au-dessus de l'aéroport, ajouta Bellamy. Il a probablement vu l'avion arriver.

– Avait-il l'air bizarre, inquiet ou irrité quand il est parti ? demanda le père de Colleen.

– Non, il avait l'air normal. Il avait l'air d'être lui.

– Avait-il des amis à problèmes, ou avait-il commencé à fréquenter quelqu'un qui vous semblait pouvoir en avoir ou en poser ?

– Oh, allons, dit Bellamy.

Il agita la tête et regarda un instant en direction de la porte d'entrée.

– Ça va, Ed, dit Janelle. (Elle revint à Winston.) Non, pas de nouveaux amis, personne d'inquiétant.

– Avez-vous eu l'impression qu'il avait peur de quelqu'un ?

Bellamy se leva de son fauteuil.

– Excusez-moi, dit-il.

– Ça va, Ed, répéta Janelle. Ce sont juste des questions.

Bellamy fit le tour de la petite table, tournant le dos aux trois autres. Il avait les mains dans les poches, et Colleen pouvait voir qu'il serrait et desserrait les poings, la toile de son pantalon se tendant et se détendant autour de ses cuisses chaque fois qu'il bougeait les doigts. Il avait les yeux fixés sur la moquette.

– Ed, dit Janelle.

Sans se retourner, Bellamy releva la tête comme s'il s'apprêtait à dire quelque chose, mais il dut décider de s'abstenir. Au lieu de cela, il sortit l'une de ses mains et ouvrit la porte d'entrée.

– Je vais attendre dehors, dit-il avant de la refermer derrière lui.

Colleen, son père et Janelle restèrent un instant assis en silence.

– Je suis désolée, dit Janelle. Il est juste…

Mais elle se tut, comme incertaine de pouvoir expliquer ce que son beau-père ressentait après ce qu'il s'était passé.

– Pas de problème, intervint Winston. Je ne peux même pas imaginer ce qu'il a traversé, ce que vous avez tous traversé.

Janelle hocha la tête comme si elle avait entendu ce que Winston venait de dire, mais Colleen savait qu'elle n'écoutait pas vraiment. Janelle avait gardé les yeux fixés sur la porte après que Bellamy l'avait refermée derrière lui, et Colleen savait ce qu'elle pensait : Ed Bellamy était maintenant le seul lien qui lui restait avec cet endroit. Bien sûr, Janelle avait son bébé, mais le bébé allait la retenir à la maison, à l'écart du reste du monde. Colleen ne put s'empêcher de penser à sa vie à elle, à Dallas, et en particulier à sa vie depuis qu'ils avaient perdu le bébé : les heures du jour, longues, interminables, entre le moment où Scott partait travailler et le moment où il revenait, Colleen errant dans une maison qui ressemblait maintenant plus à une forteresse de solitude qu'à un foyer, tout en se sentant alternativement furieuse et malheureuse à l'idée qu'elle et Scott auraient pu se construire une vie ou une famille en cet endroit. Colleen remua sur son siège et chassa ces considérations personnelles de son esprit. Son père s'était remis à poser des questions, et le regard de Janelle s'était détourné de la porte pour revenir sur son visage.

– Avez-vous jamais eu l'impression que Rodney avait des dettes, qu'il devait de l'argent à quelqu'un ?

Janelle pouffa légèrement, non pas devant l'absurdité de la question, mais devant l'absurdité de ce que cela semblait impliquer.

– Non, répondit-elle. Absolument pas. Rodney avait une très bonne place chez Brunswick Electric. Il y était très apprécié et adorait son boulot. C'est pour cet emploi que nous sommes revenus vivre ici. (Elle cessa un instant de parler, et son regard parcourut le salon comme pour faire l'inventaire de ce qui s'y trouvait.) Je ne l'aurais pas laissé me convaincre de quitter Atlanta pour un boulot sans intérêt.

– Vous vous êtes rencontrés là-bas ? demanda Winston.

– Oui.

– À Morehouse ? Il a fait ses études à Morehouse, n'est-ce pas ?

– Morehouse est une université réservée aux hommes, lui indiqua-t-elle.

– Oh, lâcha Winston. Et elle a un pendant féminin ?

– Oui, Spelman. Mais moi, je suis diplômée d'Emory.

Janelle regardait Winston comme si la mention des universités pouvait peser ou signifier quelque chose pour lui, mais Colleen savait que ce ne serait pas le cas, non parce qu'il ne croyait pas en l'éducation ou ne respectait pas les diplômes, mais parce qu'il ne connaissait pas suffisamment ce monde pour extrapoler à partir des différences entre Morehouse, Spelman et Emory. Colleen savait que, pour les gens comme son père, l'université était un endroit où l'on allait étudier quelque chose de particulier, parfois quelque chose de singulier, et qu'une école en valait bien une autre. Colleen, elle, savait à quoi s'en tenir.

– En quoi êtes-vous diplômée ? demanda-t-elle d'une voix trop claire, trop sonore.

– J'ai un double diplôme en journalisme et en sciences de la communication. Je me destinais à l'information, soit dans la presse écrite, soit à la télévision. (Elle eut un petit rire et regarda ses mains, le mouchoir en papier toujours serré.) J'ai décroché un stage chez CNN et je croyais que mon avenir était assuré. Puis j'ai rencontré Rodney, on s'est mariés, on a eu le bébé et on s'est installés ici.

Elle regarda Colleen, et celle-ci se demanda ce qu'il y avait à lire sur son visage. De l'ironie ? De la tristesse ? De la résignation ? Colleen brûlait de lui dire que tout allait s'arranger, qu'elle allait pouvoir reprendre la carrière qu'elle n'avait pas encore entamée, mais elle se retint, parce qu'elle savait ce que cela faisait d'entendre ces choses lorsque les gens les lui disaient, comme s'il était facile pour les femmes de s'arrêter et de reprendre, d'avoir un enfant ou d'en perdre un, de dépendre d'un mari qui peut quitter la maison douze heures par jour ou définitivement. Janelle n'avait pas plus besoin des discours consolateurs de gens comme Colleen que Colleen n'en avait besoin.

Au lieu de cela, elle opina du chef devant ce que Janelle venait de dire, puis lui adressa un sourire contrit et lui demanda la permission d'utiliser ses toilettes.

– Bien sûr, répondit Janelle. (Elle se tourna sur son siège et lui indiqua le couloir derrière elle.) La première porte à droite, dans ce couloir.

Colleen se leva et s'éclipsa.

Elle entendit son père reprendre le fil de ses questions alors qu'elle refermait la porte. Lorsqu'elle actionna l'interrupteur, la lumière au-dessus du lavabo s'alluma, ainsi que le ventilateur au plafond, qui noya le son de la voix de son père.

Colleen fit couler un filet d'eau dans le lavabo et s'assit sur le couvercle fermé de la cuvette. Elle posa ses coudes sur ses genoux, laissa tomber sa tête dans ses mains. Comment en était-elle arrivée là ? Comment sa vie avait-elle pris un tel tournant ? Elle entendit quelque chose qui venait du mur à sa droite, un son grave et assourdi qui affleurait à peine sous le ronronnement du ventilateur au-dessus d'elle. C'était de la musique.

Elle se leva et ferma le robinet, puis elle tira la chasse d'eau et actionna de nouveau l'interrupteur, si bien que la pièce, soudain paisible, ne fut plus éclairée que par le peu de lumière du soleil qui réussissait à franchir les stores fermés de la fenêtre derrière la cuvette. Elle reconnut la chanson qui parvenait jusqu'à elle, mais sans être capable de l'identifier. Elle se demanda si Janelle avait laissé la musique ou s'il y avait quelqu'un d'autre dans la maison.

Elle ouvrit la porte, en s'attendant à percevoir la source de la musique. Au lieu de cela, directement face à elle, de l'autre côté du couloir, elle aperçut un mur bleu pastel à travers une porte à peine entrouverte. Puis elle entendit le doux gazouillis caractéristique d'un bébé. Elle traversa le couloir en deux enjambées, entrouvrit un peu plus la porte, et jeta un coup d'œil à l'intérieur.

Elle trouva ce qu'elle avait à la fois espéré et craint de trouver. Des murs bleu pâle ; un vieux fauteuil à bascule dans le coin ; un berceau blanc à barreaux avec un bébé emmailloté à l'intérieur. Il était étendu sur le dos, avec une main libre et un petit poing inséré dans la bouche, ses gencives mâchant vigoureusement ses phalanges. Comme tous les bébés, il avait les joues rebondies et ses yeux, bien que sombres, luisaient dans la lumière. Ses cheveux noirs avaient commencé à couvrir son petit crâne, et sa peau, qui avait la même coloration que celle de Janelle, était lisse et implorait qu'on la touche. Hormis son propre fils qui, bizarrement, ne lui était pas venu à l'esprit jusqu'à maintenant alors qu'il ne quittait jamais son esprit, Colleen n'avait jamais rien vu de plus beau.

Elle fut entraînée à travers la pièce comme par lévitation, et une fois devant le berceau, dans une telle proximité du bébé, elle ne put s'empêcher de tendre un doigt à l'intérieur du cadre et de laisser ses petits doigts chauds et humides s'enrouler autour. Ce fut comme si elle venait de prendre une drogue puissante ; son corps lui parut vivant et alerte, en parfaite harmonie avec la vie, ses bienheureuses espérances et ses infinies possibilités. Ce qui serait la raison pour laquelle, plus tard, lorsqu'elle se remémorerait cet instant, Colleen serait effarée de réaliser qu'elle n'avait pas entendu son père ouvrir la porte d'entrée pour sortir et aller parler avec M. Bellamy. Qu'elle n'avait pas non plus entendu

Janelle se lever, entrer dans le couloir puis dans la chambre de son nouveau-né, et y trouver une femme, une étrangère qu'elle venait à peine de rencontrer, debout au milieu de la pièce et touchant la main de son enfant dans son berceau sans y avoir été invitée.

Pour qui me suis-je prise ? se demanderait-elle plus tard. La question que Janelle se posa alors dut être similaire. Les mots qu'elle choisit – « Est-il réveillé ? » – ne constituaient pas une condamnation directe de son intrusion, mais le ton sur lequel elle les prononça l'était, et Colleen accusa le coup lorsqu'elle entendit cette voix.

Elle arracha son doigt à l'emprise du bébé, sa main revenant vers son corps comme si le berceau était un réservoir d'eau saumâtre et qu'un alligator venait d'émerger de ses profondeurs en faisant claquer sa mâchoire. La soudaineté du mouvement effraya le bébé, et il se mit à pleurer. Le corps de Colleen fit volte-face vers Janelle, là où elle se trouvait dans le couloir, mais Colleen réalisa qu'elle traversait déjà la pièce, les yeux fixés sur son bébé. Colleen s'écarta du berceau, et Janelle se pencha par-dessus le montant pour prendre le bébé sur le matelas.

– Je suis désolée, dit Colleen. (Pour tout, voulut-elle ajouter. D'avoir pénétré dans la chambre, d'avoir touché l'enfant de Janelle, de l'avoir fait pleurer.)

– Tout va bien, dit Janelle, mais elle ne savait pas si elle s'adressait à elle ou au bébé.

– Je ne voulais pas lui faire peur. Je n'aurais pas dû entrer.

– Tout va bien, répéta Janelle, cette fois clairement à l'attention de Colleen.

Janelle berça le bébé dans ses bras et rejoignit le fauteuil à bascule, dans lequel elle s'assit. Elle baissa les bretelles de sa robe et de son soutien-gorge puis porta le bébé à son sein. Il se mit à téter.

L'intimité de la scène attrista Colleen, et sa propre poitrine devint douloureuse comme si elle avait le souvenir d'une sensation qu'elle n'avait jamais connue. Elle crut que son cœur allait exploser de chagrin. Elle était gênée de savoir qu'elle avait fait pleurer le bébé, et plus gênée encore d'assister à l'allaitement, qui est – hormis la naissance elle-même – l'instant le plus intime et le plus maternel qu'une femme puisse partager avec son enfant. Elle se dirigea vers la porte.

– Je suis désolée, dit-elle. Je vais vous laisser tranquille.

– Attendez, répliqua Janelle. Restez. Votre père parle avec mon beau-père. Ça pourrait prendre du temps.

Colleen se retourna vers elle ; Janelle lui indiqua le pouf en bois posé dans le prolongement du fauteuil à bascule et auquel il était assorti. Son assise était constituée d'un coussin beige. Colleen le fit glisser un peu plus loin pour se donner un peu d'espace et pouvoir s'asseoir, puis elle prit place, genoux serrés, les doigts croisés et posés sur ses cuisses.

Le bébé continuait de téter, les yeux ouverts, observant ce qu'il pouvait voir depuis sa position, le bras gauche levé vers le ciel, sa main s'agitant distraitement dans l'air. Colleen n'avait jamais vu d'aussi près une femme qui donnait le sein, et elle s'efforça de s'intéresser à tout ce qui pouvait se trouver dans la pièce et qui n'était pas la poitrine découverte de Janelle et le téton que suçait le bébé.

– Il est absolument splendide, dit Colleen.

– Merci.

– Comment s'appelle-t-il ?

– R.J., répondit Janelle. Rodney James, ou Rodney Junior. R.J.

Colleen hocha la tête sans quitter des yeux le visage du bébé.

– Quel âge a-t-il ?

– Un peu plus de cinq mois.

Colleen fut incapable de contrôler ses pensées qui parcoururent le livre de Brazelton. Elle voulut dire à Janelle que R.J. en savait maintenant assez pour comprendre ses émotions, qu'il pouvait saisir le chagrin, la peur ou l'espoir sur son visage. Mais le bébé avait fermé les yeux, et Colleen préféra le regarder, en se demandant quelles étaient les images et les pensées qui naissaient derrière ses paupières. Était-elle la première personne à l'avoir effrayé ? Quelqu'un d'autre l'avait-il jamais fait pleurer ?

Le bras du bébé continuait de s'agiter dans l'air. Janelle l'attrapa de sa main libre, le rapprocha de son corps. Elle garda les yeux fixés sur son visage.

– Il ressemble à son père, dit-elle. (Elle soupira, puis libéra sa main et sécha les pleurs sur les joues du bébé.) Mais il pleure comme sa mère.

Puis, craignant peut-être d'avoir dit quelque chose de trop personnel ou de s'être trop livrée, Janelle regarda Colleen et sourit comme pour remettre les compteurs à zéro.

– Vous voulez bien me parler de lui ? Vous avez dit que vous étiez amie avec Rodney, au lycée.

– Oui, dit Colleen.

– Comment était-il, à l'époque ?

– Je suis sûre qu'il était déjà comme vous l'avez connu. L'époque où nous étions tous au lycée ne remonte pas si loin.

Mais, alors qu'elle disait cela, elle repensa à la photo de Rodney dans son album de terminale qu'elle avait retrouvé deux nuits plus tôt et, son image en tête, elle passa ses souvenirs en revue, en cherchant un qui révélerait à Janelle quelque chose sur Rodney qu'elle ne savait pas déjà.

Son esprit s'arrêta sur un visage qui n'était pas celui de Rodney, et des souvenirs vifs et concrets, des sensations sonores et olfactives, l'envahirent aussi pleinement que si elle ne les avait vécus que quelques instants plus tôt. Le visage dont elle s'était souvenue était celui d'un garçon qui s'appelait Billy O'Grady. Ils avaient tous été en seconde en même temps et devaient donc tous avoir quinze ou seize ans, mais lorsque Colleen pensa au visage de Billy O'Grady à cet instant-là, elle se figura le visage d'un homme d'âge mûr, les traits anguleux et les joues creuses, la peau mordorée, et une tignasse de cheveux blond-blanc incroyablement lumineuse. Elle ne se souvenait pas avoir jamais vu Billy sourire ou parler, mais elle savait que ses dents avaient été inégales et vilaines, et son accent prononcé, presque inintelligible à cause de ses sonorités nasillardes et frustes.

– Il y avait un garçon à l'époque de notre seconde, au lycée, dit Colleen. (Elle se tourna vers la fenêtre de la chambre d'enfant comme si ses vitres ouvraient sur le passé, les arbres alignés derrière la maison paraissant moins réels que ses souvenirs.) Tout le monde se moquait de lui parce qu'il était pauvre et que ses vêtements avaient l'air sales, et nous… tout le monde l'appelait du même terrible surnom.

– Vous l'appeliez comment ?

Colleen continua de fixer la fenêtre.

– Blaireau, répondit-elle. Tout le monde l'appelait le Blaireau.

– Oh, mon Dieu, dit Janelle. Le pauvre garçon. Les enfants peuvent être tellement cruels.

Le bébé s'agita dans ses bras, et un gémissement presque muet s'éleva de son tout petit corps, se poursuivit un instant, puis s'acheva en un soupir.

– C'est horrible quand on y repense maintenant, mais nous étions des gosses, et cela ne gênait personne à l'époque.

– Rodney… ?

– Non. C'est ce que je m'apprêtais à dire. Je n'ai pas le souvenir que Rodney se soit jamais montré méchant avec lui.

En fait, je me souviens d'eux faisant des tirs ensemble sur le panneau de basket avant les heures de gym. (Elle regarda le bébé, puis ses yeux revinrent à la fenêtre.) Billy tentait ces tirs plutôt exubérants et maladroits depuis le centre du terrain ou la ligne à trois points, et Rodney assurait les rebonds pour lui, récupérait le ballon, le lui renvoyait. (Elle regarda Janelle qui souriait, les yeux humides.) Je me souviens que Rodney faisait cela.

– Alors, il était comme ça, au lycée ?

– Oui, c'est comme ça qu'il était.

– Il n'a jamais changé. C'était simplement un homme bon.

– C'est le souvenir que j'ai de lui, moi aussi, dit Colleen.

La musique que Colleen avait entendue dans la salle de bains augmenta, et elle comprit qu'une porte s'était ouverte dans le couloir. Elle se tourna et découvrit un adolescent noir dans l'embrasure de la porte de la chambre d'enfant. Il était vêtu d'un short noir et d'un maillot de basket aux couleurs des Hawks d'Atlanta. Ses cheveux étaient courts et bien coupés, ses yeux plutôt grands, et son corps paraissait mince et long, comme celui de tous les adolescents qui n'ont pas encore trouvé leur contenance.

– Jay, dit Janelle, voici Colleen.

– 'lut, dit-il.

– Bonjour, dit Colleen.

– C'était une amie de Rodney, à l'époque du lycée.

– Je suis désolée pour votre beau-frère, dit Colleen.

Jay resta là un moment, son visage n'arborant aucune expression.

– Il y a du Coca ? finit-il par demander à Janelle.

– Je ne sais pas, Jay. J'ai autre chose à faire. Tu peux aller voir dans le réfrigérateur plus facilement que moi pour l'instant.

Sur ces mots, le garçon fila. Colleen entendit son pas lourd descendre le couloir, traverser le salon et entrer dans la cuisine.

– Je suis désolée, dit Janelle. C'est mon petit frère. Il est monté d'Atlanta pour poursuivre sa scolarité ici, et il n'était pas encore complètement installé quand tout cela est arrivé.

– Pas de problème. Je suis sûre que c'est un réconfort que de l'avoir près de vous.

– Pas vraiment, chuchota Janelle, comme si elle lui confiait un secret. Il commençait à avoir des problèmes, et mes parents espéraient juste…

Elle s'interrompit, comme pour chercher ses mots ou une formulation, mais n'acheva finalement pas. À la place, elle baissa les yeux vers son bébé. Il ne tétait plus et menaçait de fermer les yeux et de se rendormir. Janelle, sentant peut-être le malaise de Colleen après ce qu'elle venait de lui confier, la regarda et sourit.

– Vous voulez le tenir ?

– Moi ? demanda Colleen comme s'il y avait quelqu'un d'autre dans la pièce. Je veux dire, si c'est possible, j'adorerais.

– Vous voulez bien lui faire faire son rot ?

Janelle sourit, comme de savoir qu'elle offrait à Colleen la moitié la moins plaisante du repas de bébé.

– Oh oui ! Cela ne me gêne vraiment pas du tout.

Janelle fit passer le bébé à Colleen. Il avait rouvert les yeux et la dévisageait intensément. Elle leva les mains et le prit sous les aisselles. Elle le contempla un instant, puis commença à faire des grimaces pour essayer de le faire sourire. Il gloussa et sourit. Il régurgita du lait, qui retomba sur son maillot.

– Oups, dit Colleen.

Elle tourna le bébé de façon à ce qu'il soit face à Janelle, qui sourit aussi, se pencha en avant et essuya le lait de sa bouche et de son maillot. Elle étala la petite serviette sur l'épaule de Colleen, qui vint y placer la tête du bébé. Elle lui tapota doucement le dos.

– Ce ne sont absolument pas mes affaires, dit Janelle, mais votre père m'a raconté ce qui vous est arrivé, à vous et à votre mari, et même si, encore une fois, ce ne sont pas mes affaires, je voulais juste vous dire que j'étais désolée.

Colleen dévisagea Janelle, sa main tapotant en rythme le dos du bébé jusqu'à ce qu'enfin, il laisse échapper un rot. Mais elle ne cessa néanmoins pas de le tapoter. Elle était choquée, tant de recevoir les condoléances de Janelle qui venait de vivre sa propre tragédie, que par le fait que son père ait pu en faire mention dans le court laps de temps qu'elle avait passé aux toilettes.

Les larmes roulaient déjà sur ses joues lorsqu'elle réalisa qu'elle pleurait. Janelle inclina la tête et répéta : « Je suis désolée », puis elle posa la main sur son genou. Colleen hocha la tête quoiqu'elle ne sût pas pourquoi, puis Janelle tendit les bras en direction du bébé, que Colleen rendit à sa mère. Le petite serviette demeura sur son épaule. Janelle lui tendit un mouchoir en papier, et elle s'essuya les yeux.

– Merci, dit-elle.

– J'espère que je n'ai rien dit d'offensant, dit Janelle. Je voulais juste vous dire que j'étais désolée.

Colleen pensa à Scott à Dallas, à tant de kilomètres et un fuseau horaire de là. Elle ne voulait pas retourner là-bas, mais elle ne pouvait imaginer vivre sans lui après ce qu'ils avaient traversé, même si elle avait souvent l'impression qu'ils ne l'avaient pas traversé ensemble. Elle savait qu'elle devait rentrer chez elle, et elle se demanda ce que Janelle allait faire.

– Vous pensez que vous allez rester ici ? demanda Colleen.

Janelle regarda le sol et agita négativement la tête.

– Quelqu'un a tué mon mari sans raison. Et il y a deux nuits, le Klan ou un truc du genre est venu devant chez nous : ils ont tiré des coups de feu, fracassé la fenêtre de la chambre de mon petit frère avec un rondin. Est-ce que je vais rester ? (Elle agita de nouveau la tête.) Vous resteriez ?

*

L'après-midi s'achevait, et elle était assise sur le lit de sa chambre, au téléphone avec Scott. Après avoir quitté la maison de Janelle Bellamy, son père l'avait ramenée chez eux avant de retourner travailler. Dès qu'elle avait franchi la porte, elle avait filé dans sa chambre et appelé le bureau de Scott à Dallas. Il n'avait pas répondu lorsque la réceptionniste lui avait passé son poste, mais Colleen avait laissé un message vocal, et elle avait passé une bonne partie de la journée à attendre qu'il rappelle.

Lorsqu'il avait fini par le faire, Colleen avait versé de chaudes larmes en lui racontant la visite chez Janelle Bellamy, ses souvenirs de Rodney et la situation singulière dans laquelle Janelle se trouvait, avec un nouveau-né et un frère adolescent vivant tous deux sous son toit. Colleen avait tenté de s'imaginer dans cette situation – le meurtre, la terreur, la solitude.

– À sa place, je partirais aussi, dit Colleen. On ne peut pas lui en vouloir.

– Mais qui pourrait avoir envie de vivre à Atlanta ? répliqua Scott. C'est terne et torride, la circulation est cauchemardesque, et il n'y a pas d'eau. Et c'est totalement enclavé à l'intérieur des terres, il n'y a pas une plage.

Elle rit.

– Tu viens de décrire Dallas, Texas, à la perfection.

Les magazines de sa mère – *Southern Living*, *Ladies' Home Journal* –, à peine survolés, étaient étalés, grands ouverts, un peu partout sur le lit, autour d'elle.

– Je suppose, oui, dit Scott. (Il se tut un instant, mais Colleen sentait qu'il réfléchissait à l'autre bout de la ligne.) C'est pour cette raison que tu es partie et rentrée chez toi ? Tu penses qu'elle doit retourner à Atlanta parce que tu es retournée à Oak Island ?

– Je ne suis pas revenue m'installer ici, moi. Par contre, je crois que Janelle va retourner vivre à Atlanta. Ça lui paraît logique.

– C'est bon à entendre. La partie sur le fait que tu ne sois pas là-bas définitivement, je veux dire.

– Je crois que Janelle ferait mieux de repartir parce que ni elle ni sa famille ne sont en sécurité ici, et qu'elle n'y a pas d'ancrage. Et puis, elle n'y a pas vécu assez longtemps pour s'y attacher.

– Tu crois que Dallas pourrait te subjuguer un jour ?

– Mon Dieu ! J'espère bien que non ! s'exclama Colleen. (Elle l'entendit s'esclaffer. Elle attendit qu'il ait fini de rire parce qu'elle voulait dire quelque chose de juste, quelque chose de sincère.) Mais tu es mon ancrage, énonça-t-elle finalement.

– Et toi le mien.

Après avoir raccroché, Colleen se rendit compte que son organisme bourdonnait de satisfaction. Elle s'allongea, la tête sur l'oreiller, regarda le plafond, et résista à l'envie de rappeler Scott pour attiser cette flamme nouvelle qu'elle ressentait maintenant. C'était le sentiment auquel elle avait aspiré maladivement ces derniers mois, et elle ne le réalisait que maintenant qu'elle l'éprouvait. Elle réalisa autre chose, une chose qui à la fois la peina et l'apaisa : la conversation qu'elle venait d'avoir avec Scott était la première conversation sérieuse dans laquelle ils n'avaient pas fait mention de leur fils depuis le jour où ils l'avaient perdu. Rien que cela lui donnait déjà envie de le rappeler, pour partager cette nouvelle avec lui et pour lui demander ce qu'il pensait que cela pouvait signifier. Avaient-ils guéri ? L'avaient-ils oublié ? S'étaient-ils habitués à son absence ? Ou leurs vies – pour ne pas dire *la* vie – avaient-elles simplement continué ?

Elle se remémora le sentiment qu'elle avait éprouvé en volant au-dessus du pertuis avant d'atterrir à Wilmington, l'impression que le fantôme ou l'esprit de son fils l'avait suivie depuis le Texas. Elle pensa à la porte de la chambre d'enfant qu'elle avait gardée fermée depuis son retour de l'hôpital, et aux traces de son bébé qu'elle avait espéré maintenir à l'intérieur sans qu'elles puissent s'échapper. Sauf qu'il serait avec elle – qu'il était avec elle – où qu'elle aille. Elle pensa à Janelle, son bébé et son frère, partant en voiture pour Atlanta, et à l'esprit de Rodney les regardant s'en aller, puis les suivant dans leur périple vers le sud, en volant à côté de la voiture, les yeux fixés à travers les vitres sur le siège où dormait son enfant.

Colleen somnola, son esprit ne s'éloignant jamais trop de Scott, de Janelle ou de son père, ni du souvenir de la sensation de tenir le bébé de Janelle dans ses bras, et de l'odeur de talc qui émanait de son corps et de ses vêtements. Depuis son lit, elle entendit son père rentrer à la maison, l'entendit parler à sa mère, l'entendit décliner l'offre de dîner alors qu'il se dirigeait vers les escaliers. Elle ouvrit les yeux. Dehors, la nuit était tombée.

Lorsqu'elle ouvrit sa porte, elle put entendre la voix de Groom en bas, qui parlait à sa mère dans la cuisine. La lumière était allumée dans la chambre de ses parents, alors elle traversa le couloir et trouva son père assis sur leur lit en pantalon et maillot de corps. Il avait l'air épuisé.

– Coucou, dit-elle.

Elle s'appuya de l'épaule sur le cadre de la porte et croisa les bras.

– Coucou, répondit-il.

– Ta journée est finie ?

– C'en est fini de ma journée. Mais pas de ma nuit. Je suis de faction sur la piste d'atterrissage.

– J'en suis désolée.

Son père en maillot de corps, elle vit à quel point ses bras étaient maigres, à quel point son corps semblait plus vieux.

– Mais j'ai de bonnes nouvelles. Il a fini de réparer la roulette de queue. Nous sommes parés au décollage, comme ils disent.

– Excellent.

– La moitié du puzzle est résolue, dit-il. (Il avait ôté ses chaussures, et elle pouvait voir ses orteils dans ses chaussettes se replier sur la moquette.) Merci d'être venue avec moi chez Janelle, ce matin. Ça a facilité les choses, je crois. Pour elle et pour moi. Nous devrions pouvoir découvrir ce qu'il lui est arrivé.

– Des nouvelles de la descente à Myrtle Beach ?

– Non, aucun résultat encore. Mais j'ai bon espoir qu'il en sorte quelque chose.

– Moi aussi, répondit Colleen. Moi aussi, j'en ai bon espoir.

Chapitre 13

Vendredi 2 novembre 1984

Ce fut peut-être le faisceau crépitant de la balise lumineuse de l'aéroport qui fit faire ce rêve à Winston, à moins que ce ne lui soit venu d'être assis sur le siège conducteur, la tête rejetée en arrière contre l'appui-tête, sa bouche inspirant l'air froid et humide de la nuit par les vitres ouvertes de la voiture de patrouille. La lumière était dans son rêve, ainsi que la difficulté à respirer, et l'humidité. Et l'avion.

Dans son rêve, il faisait nuit, et Winston, Marie et Colleen ondoyaient dans l'océan, l'éclatante lumière intermittente du phare flottant au-dessus de l'horizon dans un lointain noir comme l'encre. Winston savait que tous trois se maintenaient à la surface grâce à un objet dur qui flottait, et alors que le phare tournait et projetait son faisceau ténu comme une main tendue trop éloignée pour vous atteindre, Winston put distinguer le bout d'aile d'avion auquel il se raccrochait. Colleen et Marie flottaient à portée de voix, assez près pour qu'il puisse voir qu'elles aussi se raccrochaient à des débris de l'appareil, assez près pour qu'il puisse entendre les cris de panique de Marie, assez près pour qu'il puisse entendre le silence terrifiant de Colleen. L'océan rugissait autour d'eux. Winston savait qu'ils étaient poussés vers la rive, qu'ils se rapprochaient toujours plus des brisants et des montagnes d'eau qui allaient bientôt s'écraser sur eux. Ses vêtements étaient trempés, et tellement lourds qu'il craignit qu'ils ne l'entraînent vers le fond, ou qu'ils ne s'arrachent à son corps, exposant sa peau au métal acéré des débris de l'avion qui flottaient partout alentour. Ses doigts serraient l'aile aussi fort qu'ils le pouvaient. Il était terrifié à l'idée de s'en détacher, de couler et de ne plus jamais revoir ni Colleen ni Marie. Puis il se souvint qu'elles flottaient quelque part derrière lui. Il regarda en arrière, vit que l'océan était en feu autour de l'épave de l'avion, les plaques de fuel brûlant comme des torches, les visages de Colleen et de Marie teintés dans toute leur terreur d'une lueur orangée.

– Tenez bon ! hurla Winston.

Lorsque la radio fit hurler une voix dans la voiture silencieuse, Winston tressauta, comme poussé en avant par une vague, ses pieds battant l'air comme s'il essayait de nager vers la surface. Il se trouvait dans sa voiture de patrouille sur la piste d'atterrissage, la balise lumineuse derrière lui, le pourtour de l'avion éclairé par la lune.

– On nous signale à l'instant un nouvel incendie à Plantation Cove, annonça la voix de Rudy à la radio.

– Je peux y être en dix minutes, répondit la voix de Glenn.

Winston prit une inspiration, chassa de son esprit l'image de l'océan en feu, et attrapa le micro.

– Et moi en deux minutes : je suis juste à côté, à l'aéroport.

– Alors on se retrouve là-bas, conclut Glenn.

Winston regarda sa montre. Il était minuit passé de quelques minutes. Il mit le contact, engagea la marche arrière, et fit parcourir un grand demi-cercle à la voiture avant de repasser en marche avant et de dévaler la piste d'atterrissage à contresens, en direction du parking.

Il n'y avait personne dans les rues et il était déjà tellement près qu'il n'y avait plus besoin de mettre la sirène ou les gyrophares, mais il remonta tout de même Beach Street aussi vite que possible avant de tourner vers le lotissement. Il avait toujours su que le pyromane allait continuer de déclencher des incendies, mais il demeurait surpris qu'il ait recommencé aussi rapidement, et au même endroit. Cela signifiait que, au moins du point de vue du pyromane, les incendies qu'il provoquait avaient quelque chose de personnel.

Winston éteignit ses codes en entrant dans la résidence, les feux de position de la voiture de patrouille éclairant déjà largement assez pour se déplacer. Il suivit la route jusqu'à l'endroit où elle se terminait par un carrefour en T, et regarda à sa gauche vers la maison qu'il avait inspectée la nuit précédente. Elle semblait vide et paisible, mais en face, de l'autre côté de la rue, dans une maison en construction, il aperçut la lueur de flammes orangées. Il vit aussi un pick-up se ranger dans son jardin boueux et se mettre pleins phares. Quelqu'un était arrivé avant lui. Il tourna à gauche et fonça droit dessus aussi vite que la voiture de patrouille le pouvait.

Il écrasa les freins devant la maison, et lorsqu'il descendit de voiture, il eut la surprise d'entendre quelqu'un crier de l'autre côté du garage. Il attrapa une lampe torche, et dégaina son revolver qu'il maintint à hauteur de la hanche tandis qu'il traversait le jardin en courant dans la lumière des phares du pick-up, avant de tourner au coin de la maison. Là, il trouva Englehart qui tenait en joue avec son fusil quelqu'un, à l'orée de la forêt.

– Englehart ? s'exclama-t-il. Mais qu'est-ce que vous foutez là ?

– Ne bougez plus ! hurla Englehart en direction de la personne qu'il visait.

– Englehart, répéta Winston.

– Ceci est une propriété privée, shérif, dit Englehart avant de crier en direction du bois : Mettez-vous à genoux !

Winston alluma sa torche et la dirigea vers la forêt. Un homme noir se tenait là-bas, Winston braqua son revolver sur lui.

– Baissez votre arme, Englehart.

– Aucune chance, non. Je fais mon boulot, répondit un Englehart haletant, qui s'efforçait de reprendre son souffle après avoir couru depuis son pick-up.

– Vous n'êtes plus adjoint, dit Winston.

– Plus pour vous.

L'homme au bout du terrain dut sentir qu'il avait une occasion à saisir. Il bondit hors du cercle de lumière et disparut dans l'obscurité de la forêt.

– Arrêtez ! cria Winston.

Englehart tira vers les arbres et la détonation assourdit momentanément Winston.

– Bon sang, Englehart, arrêtez !

Winston rengaina son arme et se lança à la poursuite du fuyard. Tout en courant, il décrocha son talkie-walkie de sa ceinture.

– J'ai un suspect à pied, qui se dirige plein est à travers la forêt, transmit-il.

Il courait à toute vitesse. À chaque écart qu'il faisait, la forêt éclatait de la lumière de sa torche. Il pouvait entendre les pas de l'homme à travers les arbres, et percevoir ses mouvements dans ce qu'il piétinait du sous-bois.

– Arrêtez-vous ! Bureau du shérif !

Le faisceau de la torche rebondissait devant lui, saisissant des bouts de vêtement à mesure que le décor reprenait sa place tandis que la silhouette filait entre les troncs et les branches.

Sans avertissement, il émergea soudain de la forêt, se retrouva derrière une rangée de maisons, sa torche toujours fixée sur le dos du fuyard. Il était hors d'haleine, mais fit de son mieux pour crier dans sa radio.

– Le suspect est un homme noir, environ un mètre quatre-vingts, tee-shirt blanc et jean. (Il prit une grande inspiration.) À pied dans la Plantation.

– Je suis quasiment arrivé, annonça Glenn.

L'homme heurta violemment un buisson d'azalées. Winston n'était pas loin derrière lui. Leur poursuite avait perturbé la quiétude du quartier. Des chiens aboyaient et hurlaient depuis des jardins clos. Des éclairages de vérandas et des projecteurs s'étaient allumés et illuminaient des jardins, des allées et des auvents.

Winston se retrouva dans le jardin derrière une propriété. Le suspect courut vers l'arrière de la maison, et s'enfonça dans l'épaisse haie qui la bordait. Winston vit sa main attraper une fenêtre à guillotine et tenter de l'ouvrir. Winston laissa tomber son talkie-walkie et dégaina son revolver, pointant celui-ci ainsi que le faisceau de sa torche sur le centre du dos du suspect.

– Shérif du comté de Brunswick, clama-t-il. Vous êtes acculé. Vous n'avez plus aucune issue.

La lumière s'alluma derrière la fenêtre que l'homme avait tenté d'atteindre, et à l'intérieur, quelqu'un ouvrit les rideaux. Cela surprit Winston et, un instant, il leva son revolver et le pointa sur la personne qui se trouvait derrière la vitre. C'était Janelle Bellamy.

Leurs regards se croisèrent et restèrent longuement fixés l'un sur l'autre. Elle cilla dans la lumière de la torche, l'arme toujours braquée sur sa poitrine. Il baissa lentement son revolver, le pointant de nouveau sur la silhouette dans la haie, une personne dont il était maintenant relativement convaincu de connaître l'identité.

Winston fixait des yeux l'espace éclairé sous la fenêtre, mais il entendit néanmoins Janelle la déverrouiller et l'ouvrir.

– Jay, appela-t-elle. Jay, qu'est-ce que tu as fait ?

– Sors de ces buissons, Jay, dit Winston. Ce n'est pas bien grave. Personne n'a été blessé. Personne n'a de raison de l'être. Montre-moi juste que tu n'as rien dans les mains.

Le garçon leva ses mains au-dessus de sa tête, par-dessus la haie.

– Garde-les en l'air et sors de là, dit Winston.

Il pouvait entendre la sirène de la voiture de patrouille de Glenn se rapprocher. La haie commença à s'agiter, puis le garçon sortit dans la lumière. Winston fut surpris par son évidente jeunesse, par le fait que ce n'était qu'un gosse, et il se demanda comment il avait pu prendre la silhouette du fuyard pour celle d'un homme.

– Jay, je veux que tu gardes les mains en l'air, dit Winston, et je veux que tu te retournes et que tu marches à reculons vers moi.

L'adolescent fit ce qu'on lui avait dit. Par-dessus son épaule, Winston pouvait voir Janelle qui observait la scène depuis la fenêtre.

– Qu'a-t-il fait ? demanda-t-elle. Il vit ici, shérif. C'est mon petit frère. Il ne s'introduisait pas dans la maison par effraction. Il n'a que quatorze ans.

– Continue de reculer, dit Winston en faisant de son mieux pour rester concentré et se fermer au visage de Janelle et à sa voix qui provenait de la fenêtre ouverte.

– Qu'a-t-il fait ? demanda-t-elle une nouvelle fois.

Mais entre-temps, Jay avait reculé jusqu'à Winston, qui avait rengainé son arme et sa torche, et sorti ses menottes. Il referma ses doigts sur les poignets fluets de Jay et lui passa les menottes. Puis il ramassa sa radio.

– Suspect appréhendé, annonça-t-il.

Winston fit tourner Jay sur lui-même de façon à l'avoir face à lui.

– Je vous arrête pour incendie volontaire, dit-il. Vous avez le droit de garder le silence…

– J'appelle Ed, cria Janelle depuis la fenêtre.

D'autres lumières s'étaient allumées dans les vérandas et maisons environnantes, et les jardins étaient aussi éclairés que si l'aube était venue.

Winston acheva de lui lire ses droits, puis il l'entraîna à travers une petite porte vers l'avant de la maison où Glenn les attendait, sa voiture de patrouille garée au bord du trottoir.

– Je n'ai rien fait, murmura Jay lorsqu'il vit la voiture de Glenn dont les gyrophares rouges et bleus tournaient toujours.

– OK, Jay, dit Winston. Trouvons d'abord M. Bellamy, puis nous te chercherons un avocat.

– Il veut faire ses cavalcades ici la nuit et terrifier ma sœur ? Eh bien, je vais lui montrer !

– OK, Jay, répéta Winston. S'il te plaît, ne dis plus rien tant que nous n'avons pas trouvé Ed.

Winston l'entraîna vers le bout du jardin où se trouvait Glenn, la porte arrière de sa voiture ouverte, prête à l'accueillir.

Au loin, Winston entendit le bruit d'un autre véhicule qui se dirigeait vers eux, et il l'écouta se rapprocher. Toute l'adrénaline qui était retombée lorsqu'il avait passé les menottes à Jay inonda de nouveau son corps. Il pouvait le sentir réagir à une menace qui, potentiellement, venait sur lui.

Le pick-up de Bradley Frye dévala la rue paisible et s'arrêta dans un grand crissement de pneus devant la voiture de patrouille de Glenn, à une quinzaine de pas de lui. Le pick-up d'Englehart se gara juste derrière. Frye sortit d'un bond de sa cabine, son revolver déjà en main. Englehart descendit lui aussi de son véhicule, et Winston put voir qu'il tenait toujours le fusil avec lequel il avait tiré un peu plus tôt. Il laissa la porte conducteur ouverte et se plaça derrière elle. Frye se dirigea vers Winston et Jay d'un pas lourd. Il s'arrêta à deux mètres d'eux et leva son revolver, le pointant sur le garçon. Au bout du jardin, Winston vit Glenn sortir son revolver et le braquer sur le dos de Frye.

– Livrez-le-moi, dit Frye.

Winston continua de serrer l'avant-bras de Jay. De sa main libre, il posa les doigts sur son .38 là où il était engainé dans son holster à sa ceinture.

– Rangez cette arme, Brad. Et rentrez chez vous. Vous n'avez aucune raison d'être ici.

– Je vous avais prévenu. Je vous avais dit que ces nègres étaient déchaînés. Et vous ne faites absolument rien pour y remédier.

Du côté du bois derrière eux, Winston entendit le ululement de la sirène d'un camion de pompiers qui s'enfonçait dans Plantation Cove. À ce bruit, Frye tourna la tête tout en gardant les yeux sur Jay.

– Retourne là-bas t'en occuper, Billy, cria-t-il en direction d'Englehart. Assure-toi bien que tout est sous contrôle.

Englehart remonta dans son pick-up, fit demi-tour et reprit la route.

– Vous repartez aussi, Brad, dit Winston.

Les bouts de ses doigts restaient posés sur son revolver. Winston vit que les yeux de Frye brûlaient de fureur et d'excitation, et il craignit qu'il soit capable de faire n'importe quoi.

– Livrez-le-moi, répéta Frye.

Il fit passer son point de mire de Jay à Winston. Winston dégaina son arme et la pointa à son tour sur Frye.

La nuit était silencieuse. Les seuls bruits que Winston pouvait entendre étaient son propre souffle et le ralenti du pick-up de Frye, là où il stationnait sur la route. Puis il entendit la porte de la maison de Janelle s'ouvrir derrière lui et il sentit Jay s'arracher à son emprise. Il ne se tourna pas pour voir dans quelle direction Jay s'enfuyait ; au lieu de ça, il regarda Frye tourner son arme et mettre Jay en joue alors qu'il courait vers Janelle et la porte ouverte.

Un coup de feu retentit et Winston tressaillit comme une pluie de sang chaud venait frapper son visage. Il cilla, rouvrit les yeux et vit Frye qui trébuchait vers lui, le devant de sa chemisette noir et lourd de sang. Frye le dévisageait follement de ses yeux écarquillés, sa bouche s'agitant comme s'il essayait de dire quelque chose d'important, mais ne trouvait pas les mots. Son revolver lui tomba des mains et il baissa les yeux vers sa poitrine, posa doucement ses mains sur sa chemisette. Ses doigts fouillèrent le sang et le tissu comme s'ils cherchaient quelque chose, et Winston sut qu'il voyait un homme mourir devant lui, sa force de vie l'abandonnant lentement. Frye tomba à genoux à ses pieds, et Winston recula juste avant qu'il ne s'effondre face contre terre.

Tout était arrivé si vite que Winston n'avait pas eu le temps d'envisager qu'il puisse être en danger, mais là, il releva les yeux et scruta tout ce qui était visible alentour. Celui qui avait effectué le tir qui avait tué Frye s'était trouvé à bonne distance, et il avait disparu dans la nuit ou était resté embusqué. Dans la rue, Glenn s'était tapi derrière la porte arrière à demi-ouverte de sa voiture de patrouille. Il ressortit la tête par le côté et regarda en direction de Winston.

– D'où est venu le tir ? cria-t-il.

Winston lui fit signe de rester à l'abri, puis il se fit aussi petit que possible et traversa le jardin en direction de la voiture de patrouille. Il s'accroupit à côté de Glenn, le dos contre l'aile arrière.

– Il est venu de l'autre côté de la route, dit Winston.

– Est-ce que Frye…

– Oui, je crois.

Il regarda en direction du jardin, et vit les semelles des bottes de Frye là où il était tombé.

– Merde, lâcha Glenn.

Tous deux demeurèrent ainsi, le souffle court et rapide, tandis que la nuit reprenait ses droits. Quelques chiens aboyèrent. Winston pouvait entendre des voix dans quelques-unes des maisons environnantes. Il savait que les gens regardaient par leur fenêtre, essayaient de se figurer ce qu'ils venaient d'entendre, de voir ce qu'ils pouvaient voir sans se mettre en danger.

– Qui que ce soit, il ne nous tire pas dessus, dit Glenn.

– C'est loin d'être certain, répondit Winston, qui préférait ne pas tenter le diable.

Il regarda par-dessus la malle arrière l'autre côté de la route, puis se redressa en levant son revolver, balayant les alentours en un arc de cercle long et lent, ses yeux scrutant les fenêtres enténébrées, les toits, les arbres, les vérandas, ainsi que les ombres portées des voitures, des haies et des maisons. Il n'y avait rien, mais Winston continuait de chercher. Le tir avait pu venir de n'importe où, mais n'aurait certainement pas pu être effectué par n'importe qui en pleine nuit.

Glenn se glissa jusqu'à l'aile avant et se mit dans la même position que Winston. Ils s'y tinrent jusqu'à ce que le grésillement des grillons et le coassement des grenouilles reprennent, tandis que les chiens dans les jardins s'apaisaient, que les lumières des salons et des vérandas commençaient à s'éteindre une à une. Bientôt, les seules lumières restantes furent celles des fenêtres et de la véranda de la maison de Janelle derrière eux, et le seul bruit, le moteur du pick-up de Bradley Frye qui tournait toujours au ralenti à l'endroit où il restait garé, au bord de la route.

*

Une heure plus tard, Winston était assis autour de la table de la petite salle de réunion du bureau du shérif. Jay, nouvellement débarrassé de ses menottes, était à sa droite, avec Ed Bellamy à côté de lui. Le garçon était mineur, et comme Janelle ne voulait pas amener le bébé au poste et ne pouvait pas le laisser seul à la maison, elle avait demandé à Bellamy de l'accompagner ; Winston avait donné son accord. Mais il avait gardé Jay menotté et l'avait transporté à l'arrière de la voiture de patrouille de Glenn, pour l'effrayer autant que possible.

Et Jay avait l'air effrayé. Il était assis, ses mains libres posées sur ses cuisses, et regardait les mouchetures du sang séché de Frye sur la chemise de Winston quand il ne tournait pas la tête vers Bellamy pour y chercher conseil, ce qu'il faisait chaque fois que Winston lui posait une question.

Jay leur avait tout raconté, depuis les après-midi passés à traîner avec un gosse blanc du quartier jusqu'au fusil qu'il avait sorti du dressing de Rodney. Il leur avait raconté sa rencontre avec Frye dans les bois, l'apparition de celui-ci et de sa bande devant la maison de Janelle la nuit après que le corps de Rodney avait été découvert. Le gosse était paniqué, révolté et blessé à vif, et Winston ne lui reprochait pas ce qu'il avait fait. Il avait eu envie de faire bien pire à Bradley Frye, sauf que maintenant, quelqu'un l'avait fait pour lui. Il avait donc des scrupules à inculper Jay, en particulier après tout ce que lui, Janelle et Bellamy avaient traversé.

Une fois que Winston et Glenn avaient jugé le danger écarté, ils étaient ressortis de derrière la voiture et étaient entrés dans la maison de Janelle, arme encore en main, pour y chercher Jay. Janelle était dans la chambre d'enfant, tenant le bébé endormi dans ses bras, dans le noir et la porte ouverte. Elle n'avait pas parlé ni même réagi à sa présence dans l'embrasure de la porte lorsque Winston avait essayé de lui expliquer ce qu'il s'était passé et pourquoi il était dans sa maison.

Ils avaient trouvé Jay, les mains toujours menottées dans le dos, caché dans son placard, les joues striées de larmes, la poitrine soulevée par d'énormes sanglots.

– Ils ont essayé de me tuer, ne cessait-il de répéter.

– Ce tir ne t'était pas destiné, lui avait répondu Winston.

Il avait attendu à l'intérieur de la maison que l'ambulance arrive et que les ambulanciers couvrent le cadavre de Frye. Après quoi, il avait entraîné Jay dehors et l'avait fait monter à l'arrière de la voiture de patrouille de Glenn.

Winston avait laissé son adjoint sur place pour sécuriser la scène de crime et s'occuper du bureau du coroner, puis lui et Jay avaient roulé en silence vers son bureau, où ils avaient attendu Bellamy. Entre-temps, Winston avait eu des nouvelles des pompiers. L'incendie de Plantation Cove s'était quasiment éteint tout seul avant leur intervention. Englehart était arrivé juste après eux, mais aucun pompier ne savait qu'il avait été renvoyé du bureau du shérif. Ils l'avaient laissé sur place, supposant qu'il allait sécuriser la scène de crime, ce qui avait mis Winston en rogne. Il en avait plus qu'assez de Billy Englehart.

Maintenant, Winston et Bellamy étaient seuls à la table de conférence, parce qu'une fois l'interrogatoire terminé, il avait permis à Jay de quitter la salle de réunion et d'aller aux toilettes.

Winston n'avait pas dit un mot à Bellamy de ce qu'il était arrivé à Frye, et Bellamy ne lui avait pas posé une seule question sur le sang qui maculait sa chemise. Bellamy était assis, les doigts posés sur le bord de la table, ses yeux regardant ses mains à travers les verres épais de ses lunettes. Winston l'observa quelques minutes. La pièce était silencieuse.

– C'est un sacré merdier, n'est-ce pas ? finit par dire Winston.

Bellamy répondit sans relever la tête.

– Relâchez ce gosse, Winston.

– Ed, je ne peux pas simplement…

– Si, vous le pouvez, Winston. Vous êtes le shérif. Vous savez que vous n'êtes pas forcé de l'inculper si vous n'en avez pas envie.

– Les gens savent ce qu'il a fait, Ed.

– Qui ça ? demanda Bellamy en dévisageant Winston. Vous ? Cet homme mort étendu dans le jardin de Janelle ? Le pauv' 'tit blanc que vous avez déjà viré ? *Qui* peut bien savoir, Winston ? (Bellamy posa les coudes sur la table et se pencha en avant.) Les parents de Jay arrivent demain pour les funérailles de Rodney. Et ils prévoient de ramener Jay à Atlanta. Ce que son père envisage de lui faire est bien pire que tout ce que vous lui feriez, je vous le promets.

– Janelle repart aussi ?

– Et pas qu'un peu, mon neveu, lâcha Bellamy, avec une puissance et une colère qui prirent Winston au dépourvu.

Une chasse d'eau se fit entendre à travers le couloir, et Winston se figura Jay maintenant debout devant le lavabo, se lavant les mains et se regardant dans le miroir en se demandant comment il avait faire tout ce chemin depuis Atlanta pour incendier des maisons pendant que des gens se faisaient abattre ici et là. Winston se dit que ce devait être un sacré cauchemar que de devoir réfléchir à de telles choses à son âge. Son propre esprit revint à ces instants qu'il avait passés du mauvais côté du canon du revolver de Frye. Avait-il finalement ressenti ce qu'il avait fait ressentir à James Dixon tant d'années auparavant, dans la pharmacie de Gastonia ? Il n'y avait eu personne, là-bas, pour protéger Dixon à la dernière seconde avant que Winston ne lui prenne la vie, quand les choses s'étaient passées autrement pour lui cette nuit. Il regarda Bellamy qui demeurait assis, les coudes sur la table.

– Vous avez toujours cette Winchester ? lui demanda-t-il.

Bellamy resta un temps immobile, puis il se recula dans son siège et croisa les doigts sur ses cuisses.

– Je ne suis pas certain de savoir de quoi vous parlez, dit-il.

– Ce fusil de tireur d'élite dont vous m'avez parlé.

– Je ne m'en suis plus servi depuis des années.

– Je pourrais avoir besoin d'y jeter un coup d'œil.

– Je ne sais même pas si je saurais le retrouver, dit Bellamy en agitant la tête.

Winston sourit, hocha la tête à son tour.

– J'ai bien cru que Bradley Frye allait m'exploser la cervelle, cette nuit, dit-il.

Bellamy ôta ses lunettes et se frotta les yeux.

– Il aurait pu, mais il ne l'a pas fait. (Il remit ses lunettes et regarda Winston dans les yeux.) Maintenant, relâchez ce gosse.

La porte des toilettes s'ouvrit dans le couloir et Winston entendit les pas de Jay qui revenait vers la salle de réunion. Jay s'arrêta dans l'embrasure de la porte et s'appuya contre le chambranle, les mains profondément enfoncées dans les poches. Il paraissait diminué, plus petit même que quand il était arrivé, plus jeune même que lorsque Winston et Glenn l'avaient trouvé en larmes dans le placard de sa chambre après que Frye avait été tué. Winston se demanda comment il avait bien pu prendre ce gosse terrifié pour un adulte. Bellamy tourna juste assez la tête pour voir Jay par-dessus son épaule. Puis il fixa de nouveau Winston.

– Relâchez-le, dit-il.

– Je prendrais un sacré gros risque, Ed.

– Je sais. Je sais ce que c'est que de prendre de gros risques. Je le sais très bien.

Winston resta un moment assis en silence, en s'efforçant d'évaluer la différence entre ce qui était juste et ce qui était légal, et quelque part, juste hors de sa portée, se trouvait une réponse qui couvrait tout ce qui était arrivé jusqu'ici – le meurtre de Rodney, le mystère de l'avion, les incendies, Frye se faisant abattre sous ses yeux – et rendait l'ensemble, sinon satisfaisant, du moins plus facile à envisager sans causer plus de souffrances. Mais Winston n'aurait su l'exprimer, alors il se contenta de hocher la tête en direction de Jay, et Bellamy se leva et se dirigea vers la porte.

– Viens, mon garçon, dit-il.

Winston se leva et se dirigea vers la porte à son tour, et il regarda Bellamy et Jay traverser le hall en direction de la réception.

– Mais c'en est fini des incendies, Jay. OK ?

Jay s'arrêta et se retourna vers Winston.

– Oui monsieur, dit-il.

– Viens, mon garçon, répéta Bellamy.

*

Lorsque Winston gara la voiture de patrouille de Glenn devant la maison de Janelle, il trouva son adjoint debout au bord de la route. L'ambulance était partie, emportant le corps de Frye. La Plantation avait retrouvé sa paisible inactivité. En dehors des lumières de la véranda, la maison de Janelle était sombre. Winston savait que Bellamy avait ramené Jay ici puis était rentré chez lui, à quelques rues de là. Winston imagina Jay à l'intérieur, étendu sur son lit, le regard fixé au plafond, se repassant dans sa tête le film des événements de la nuit, tout comme Winston venait de le faire dans la voiture et continuerait de le faire durant les quelques heures qu'il passerait au lit avec Marie avant de devoir se lever pour conduire Groom à l'aéroport une dernière fois.

Winston descendit et fit le tour de la voiture pour remonter du côté passager ; Glenn prit le volant. Ils retournèrent à Plantation Cove pour récupérer la voiture de Winston là où il l'avait laissée garée, devant le lieu de l'incendie. Winston regarda sa montre : il était trois heures du matin passées.

– Sacrée nuit, dit Glenn.

– Sacrée nuit, répéta Winston.

En chemin, Glenn rapporta à Winston que Janelle n'était pas sortie de chez elle après que Jay avait été arrêté, ni personne d'autre dans la Plantation. Qu'il avait pris une lampe torche et inspecté les rues et les jardins autour de la maison de Janelle en quête du moindre signe de la personne qui avait abattu Bradley Frye, mais il n'y avait pas une trace. Que les ambulanciers l'avaient informé que la balle était entrée au centre du dos, que le cœur de Frye avait probablement été perforé, et qu'il savait que seul un tireur extrêmement compétent armé d'un fusil de gros calibre pouvait avoir fait autant de dégâts d'aussi loin.

Une fois dans Plantation Cove, Glenn ralentit puis s'arrêta derrière la voiture de patrouille de Winston. Il regarda Winston.

– Je crois que nous devrions retourner à la Plantation, établir un périmètre. Organiser une surveillance. Peut-être même aller frapper à des portes pour demander si quelqu'un a vu quelque chose.

– Je ne sais pas, répondit Winston. Il n'y a tout simplement aucun moyen de savoir d'où le coup est parti. Je ne sais même pas par où nous pourrions commencer, en particulier s'il faut aller tirer des gens du lit.

– Tout le quartier était debout quand c'est arrivé, répliqua Glenn. Il n'y a aucune chance que qui que ce soit ait pu dormir avec tout ce tapage.

– Mieux vaut attendre le matin, et venir avec toute une équipe.

– Shérif, avec tout le respect que je vous dois, votre challenger a été abattu cette nuit en votre présence. Il y va de l'intérêt du comté et du vôtre que l'enquête soit menée dans les règles de l'art. Il y a un justicier solitaire dans les rues qui sait se servir d'une arme, et il n'a peut-être pas fini de tuer.

– Celui qui a effectué ce tir a sauvé la vie du gosse, répondit Winston, ainsi que la mienne probablement.

– Là n'est pas la question. (Winston pouvait sentir les yeux de Glenn qui scrutaient le côté de son visage comme s'il essayait de découvrir quelque chose qu'il lui cachait.) Y a-t-il quelque chose que vous ne me dites pas, shérif ?

Winston serra les dents comme si sa bouche pouvait s'ouvrir d'elle-même et avouer la vérité à n'importe quel instant. Glenn et lui travaillaient ensemble depuis des années ; il avait toujours été l'adjoint en lequel il avait le plus confiance, et Winston espérait qu'un jour, Glenn deviendrait shérif, parce qu'il était honnête, constant et juste. Pour ce qu'il en savait, ils ne s'étaient jamais sciemment induits en erreur ou caché des choses, et encore moins menti l'un à l'autre. Mais Winston savait qu'il mentait, en cet instant : si ce n'était pas un mensonge, qu'était-ce ? S'il était honnête, il admettrait qu'il n'était pas triste que Bradley Frye eût été abattu – peut-être même qu'il reconnaîtrait devant Glenn que, l'espace d'un instant, il avait lui-même envisagé de faire la même chose, la nuit dernière – même s'il aurait tout de même préféré que Frye soit encore en vie, parce que son meurtre rendait les choses plus difficiles pour tout le monde. Mais, en dépit de ses espérances et préférences, il avait pour toute alternative d'être un homme intègre et de se taire, ou d'être un shérif intègre et de dire à Glenn tout ce qu'il savait. Il souhaitait à Glenn, s'il devenait jamais shérif, de toujours trouver le moyen d'être à la fois un homme intègre et un shérif intègre. Lui avait toujours cru qu'en ce qui le concernait, ce serait toujours le cas, mais il savait maintenant qu'il pouvait en être autrement.

– Demain matin, dit-il. Demain, nous irons frapper aux portes dans la Plantation. Nous aurons le rapport du légiste, nous saurons ce qu'il y a à savoir sur l'arme.

– C'est une erreur d'attendre demain.

– Peut-être.

– Non, vraiment.

Glenn soupira et agita la tête. Il se tourna et regarda la maison à laquelle Jay avait mis le feu quelques heures auparavant. De l'endroit où ils se trouvaient, il faisait trop sombre pour en voir grand-chose de plus que les grandes bâches blanches qui recouvraient la charpente.

– D'après vous, qu'est-ce qu'Englehart pouvait bien faire ici ? reprit Glenn.

– Il jouait les vigiles. Il semble évident que Frye l'a embauché pour garder un œil sur l'endroit. J'imagine qu'Englehart essayait de se mettre dans les petits papiers du nouveau shérif.

– Peut-être qu'il y était déjà, dit Glenn.

– Qu'est-ce que vous voulez dire ?

– Je ne sais pas vraiment. C'est juste que ça me paraît bizarre que Frye ait renvoyé Englehart ici après l'incendie. (La mention du feu parut rappeler à Glenn qui l'avait déclenché, et il regarda Winston.) Qu'avez-vous fait, pour le gosse ?

– Je l'ai relâché.

– Pas d'inculpation ?

– Non.

– C'est ce que je pensais que vous feriez.

– Oui, dit Winston. Ça semblait être la meilleure chose à faire.

– Difficile à dire.

– Ça l'est toujours.

Les deux hommes en restèrent là un moment, comme si chacun attendait que l'autre confesse quelque chose ou pose une question qui entraînerait une confession, mais ils demeurèrent tous deux silencieux.

– Eh bien, je vais y aller, finit par dire Winston. (Il posa la main sur la poignée de sa portière.) Nous avons un décollage demain matin.

– Ouais, renchérit Glenn.

– Bon… reprit Winston.

Glenn fit un signe de la tête en direction de la maison.

– Je vais peut-être tout de même aller y farfouiller un peu.

– Qu'est-ce que vous espérez trouver ? lui demanda Winston.

– Je ne sais pas. C'est juste que je ne suis pas encore prêt à rentrer chez moi.

– Très bien, dit Winston.

Il ouvrit la portière et descendit de voiture.

– Shérif, dit Glenn. (Winston se tourna et regarda vers l'intérieur du véhicule.) Allez dormir un peu.

– Oui, dit Winston. Vous aussi.

Il referma la portière, rejoignit sa voiture et monta à l'intérieur. Il alla faire demi-tour au rond-point du cul-de-sac, et lorsqu'il repassa devant la scène, il put apercevoir le faisceau lumineux de la torche de Glenn qui courait çà et là autour de la maison.

Winston avait à peine atteint l'entrée du lotissement que Glenn l'appela sur son talkie-walkie. Il s'arrêta et prit la radio à sa ceinture.

– J'écoute, dit-il.

– Shérif, dit Glenn. Ce serait peut-être une bonne idée de faire demi-tour.

*

Winston se gara devant la maison et traversa le jardin boueux jusqu'à l'endroit où Glenn attendait, à côté du garage. Là, l'allée s'achevait devant une porte d'aluminium assez large pour deux voitures. Passé le coin, le flanc de la maison était noirci et calciné, sauf pour la partie dans laquelle la torche de Glenn éclairait une grande bâche de chantier toute neuve qui avait visiblement été placée sur la maison après l'incendie.

– Qu'est-ce que vous en pensez ? demanda Glenn.

– Je ne savais pas qu'Englehart travaillait dans le bâtiment, répondit Winston.

Glenn releva sa torche et balaya toute la surface du mur du garage.

– Il n'y a pas de fenêtres, dit-il. Tous les autres garages de ces maisons ont des fenêtres.

Winston tourna la tête pour regarder alentour et vérifier que Glenn disait vrai, mais il faisait trop sombre et les maisons étaient trop éloignées.

– Vous avez essayé d'ouvrir la porte du garage ? demanda Winston.

– Elle est verrouillée, répondit Glenn. La porte d'entrée et la porte de derrière le sont aussi, ainsi que toutes les fenêtres du rez-de-chaussée.

– Une grande bourrasque aurait pu soulever la bâche, dit Winston. Nous aurions pu la trouver ainsi.

– Je crois que c'est ainsi que nous l'avons trouvée, conclut Glenn.

Il s'avança et, sans un mot, commença à arracher consciencieusement le plastique du coin de la maison. Les agrafes sautaient et la bâche venait facilement. Glenn continua de tirer, en reculant à mesure que la feuille de plastique se libérait. En dessous, les flammes avaient creusé un trou dans le contreplaqué et l'isolant, révélant des poteaux de cloison noircis et des plaques de plâtre endommagées. Winston se servit de sa torche pour faire tomber le placo fragilisé, et vit que cela dégageait un trou assez grand pour y passer la tête et les épaules. Glenn et lui se regardèrent en partageant la même pensée : qu'ils venaient de faire ensemble quelque chose qu'ils n'auraient pas dû faire ; et à un niveau plus personnel, Winston fut, en cet instant de complicité, tout particulièrement rasséréné que Glenn ait choisi de faire front commun avec lui.

Glenn tint la torche pendant que Winston se pliait en deux et s'accrochait au bord de la structure pour passer la tête à travers le mur. Il n'y avait pas assez de lumière et il ne pouvait voir que peu de choses de ce qu'il y avait à l'intérieur du garage, mais ce qu'il vit suffit pour que Glenn aille chercher un pied-de-biche sur un chantier voisin et force la porte. Ce ne fut qu'alors, comme ils se tenaient devant le garage ouvert, qu'ils purent réellement apprécier ce qu'ils avaient découvert. Dans le coin au fond à gauche, les faisceaux de leurs torches éclairèrent quatre palettes chargées de cubes enveloppés dans du papier brun et empilés jusqu'à hauteur de taille, chaque palette emballée sous film plastique rétractable. L'une des palettes avait été ouverte, et il était évident que des paquets en avaient été extraits.

Au milieu du garage se trouvait une table pliante couverte de balances, de sachets hermétiques, d'attaches et autres menus objets. Ceux qui avaient travaillé là avaient pris leurs aises : ils avaient laissé derrière eux des canettes vides, des mégots et des paquets de chips éventrés.

– Ben mon salaud… murmura Glenn.

Pour Winston, tout devint clair : les commentaires qu'Englehart avait faits sur Bellamy sur la piste d'atterrissage le lendemain matin de l'arrivée de l'avion ; la venue de Bradley Frye sur la scène de crime et ses questions sur le FBI ; son insistance pour que Winston tienne les gens à l'écart de Plantation Cove ; et son choix d'y employer Englehart comme gardien de nuit. Il avait voulu que Jay lui soit livré parce qu'il craignait que le garçon ait aperçu quelque chose, c'est-à-dire ce que Winston voyait maintenant, ce qu'Englehart avait tenté de soustraire à la vue de quiconque.

– Nous ferions bien de trouver Englehart, dit Winston.

Il appela Rudy et lui fit envoyer tous ceux qui n'étaient pas en patrouille à Plantation Cove, à l'exception d'un adjoint chargé de localiser Englehart. Mais ce dernier s'était évaporé.

Dans les heures qui restaient avant l'aube, Winston et Glenn établirent un périmètre de sécurité autour de la scène de crime et, avec l'aide de quelques adjoints frais et dispos, ils entreprirent de cataloguer chaque élément de preuve présent dans le garage, en commençant par ces palettes sous film rétractable.

Chapitre 14

Samedi 3 novembre 1984

Winston arriva chez lui alors que le soleil se levait, avec trois caisses dans son coffre, chaque élément de chaque caisse dûment classé et répertorié. Les palettes de drogue avaient été rapatriées et mises en lieu sûr dans la salle des scellés du poste en l'attente d'un transfert au FBI, mais Winston voulait remettre tous les autres éléments en sa possession en main propre aux agents Rollins et Rountree, à Wilmington. Ses hommes et lui avaient résolu l'affaire, et il voulait que ce soit clair. Les informations qu'ils venaient de découvrir, la façon dont elles impliquaient Bradley Frye et l'euphorie qui en découlait se liguaient pour lui faire oublier son épuisement.

Il mit la cafetière en route et, pendant que le café passait, il monta discrètement à l'étage, se déshabilla dans la salle de bains et prit la douche la plus chaude que sa peau pouvait tolérer. Son esprit bouillonnait d'idées et d'hypothèses, certaines plus difficiles que d'autres à décrypter à travers le tourbillon de ces dernières heures. Pendant qu'ils travaillaient, Winston, Glenn et les autres adjoints présents avaient disséqué tous les événements passés, depuis le meurtre de Bellamy et celui de Frye jusqu'à la découverte de la drogue ici et à Myrtle Beach. Beaucoup de choses avaient soudain pris sens, et si Winston ne savait pas exactement qui avait tué

Rodney, il était convaincu de savoir pourquoi il l'avait été : il était tombé sur quelque chose qu'il n'aurait pas dû voir, et avait peut-être même reconnu des gens comme Bradley Frye. Des questions restaient posées sur celui qui avait tué Frye, mais Winston espérait que ces questions passeraient avec le temps. On savait maintenant que Bradley Frye était un trafiquant de drogue – et peut-être même un meurtrier, si la balle qui avait tué Rodney correspondait à son revolver. Winston ne serait donc pas choqué si les gens du comté en venaient à croire que la main invisible qui avait posé l'avion avait également abattu Frye pour s'assurer de son silence.

La douche l'avait un peu ragaillardi, mais il se sentit soudain très fatigué malgré l'adrénaline. Il fit de son mieux pour rester discret, mais Marie s'éveilla pendant qu'il s'habillait, ouvrit les yeux dans le peu de lumière matinale qui franchissait les stores tirés, et le regarda en fronçant les sourcils.

– Bon sang, qu'est-ce qui a pu t'empêcher de rentrer pendant toute la nuit ? demanda-t-elle.

Il se tenait au pied de leur lit en pantalon et maillot de corps. Il boutonna son uniforme pendant qu'il parlait.

– Marie, je ne saurais même pas par où commencer.

Mais évidemment, il y avait des choses qu'il était nécessaire de lui apprendre. Alors il lui raconta la mort de Bradley Frye, puis de la drogue qu'ils avaient saisie.

– C'est terrible, dit-elle.

Et elle le pensait, mais Winston put aussi lire sur son visage qu'elle réalisait que, au moins pour un temps, il allait rester shérif et ce qu'ils craignaient tous les deux n'arriverait pas. Il y avait encore beaucoup à démêler, mais au moins, ce serait Winston qui en aurait la charge, pas Bradley Frye. Il allait pouvoir assister aux obsèques de Rodney Bellamy cet après-midi tout en s'assurant que l'enquête progressait et promettre que justice serait finalement rendue.

Dans la cuisine, Winston trouva Groom attablé devant une tasse de café, son sac marin à ses pieds.

– Bonjour shérif, dit Groom.

– Bonjour.

Winston attrapa la cafetière et se servit une tasse, puis il regarda par la fenêtre de derrière. Une brise légère venait du pertuis et agitait la cime des pins. La journée semblait parfaite pour voler. Winston sourit. Il regarda Groom.

– Vous allez en entendre parler dès que vous vous poserez à Wilmington, de toute façon, dit-il. Alors autant que ce soit moi qui vous l'apprenne. Nous avons progressé de façon substantielle, cette nuit.

Groom, jusqu'ici détendu, devint sérieux. Il inclina la tête.

– À quel point ? demanda-t-il.

– Il est encore tôt pour le dire, mais nous avons trouvé approximativement vingt millions de dollars en cocaïne, emballée et rangée dans une maison en construction à un kilomètre de l'aéroport. Et il semblerait que nous sachions maintenant qui était le contact local.

Le visage de Groom afficha une immense incrédulité. Il sourit, puis s'esclaffa. Il posa les mains sur le bord de la table et s'enfonça dans son siège.

– Alors là, shérif… dit-il. Là, vous m'en bouchez un coin. Félicitations.

*

Peut-être que c'était la nouvelle de la saisie ou le fait qu'il avait réparé l'avion et serait bientôt dans les airs, voire même en Floride dès ce soir, mais, quelle qu'en fût la raison, Groom ne s'était jamais montré aussi détendu et disert depuis son arrivée que lorsque Winston le ramena à l'aéroport. Il s'enquit de qui était ce Bradley Frye, de la scène de crime et de l'enchaînement des événements qui avait, la nuit dernière, entraîné des retournements aussi imprévisibles. Winston lui raconta ce qu'ils avaient découvert, et son projet d'aller porter lui-même les preuves au bureau de Wilmington.

– Je n'arrive pas à croire qu'ils ne soient pas allés plus loin que l'autre côté de la rue, commenta Groom. Ce devait vraiment être de sérieux amateurs.

– Eh bien, n'oublions pas la descente de Myrtle Beach, répondit Winston. Donc, ils ont au moins réussi à en emporter jusque là-bas, et qui sait quoi d'autre ? Nous ne le saurons peut-être jamais. Mais peut-être que nous relierons les empreintes digitales des deux scènes. On verra bien.

– Du solide, ici ? demanda Groom.

– Oui, et pas qu'un peu. Énormément d'empreintes digitales, ce qui est drôle, puisque nous n'en avions pas trouvé une seule dans l'avion. Peut-être qu'ils sont devenus négligents à partir du moment où ils se sont crus en sécurité.

– Ils commettent toujours une erreur, dit Groom. Il y en a toujours un qui devient négligent.

– Pas mal d'autres choses, aussi. Des balances, de la nourriture, des notes manuscrites, un pistolet, des mégots.

Ils s'arrêtèrent au feu rouge du seul croisement de l'île à en être équipé. Un livreur de journaux dans un vieux pick-up pétaradant passa devant eux en direction de la plage. Groom le suivit des yeux et continua de le regarder jusqu'à ce qu'il disparaisse au bout du virage vers Caswell Beach. Puis il se tourna vers Winston.

– Vous voulez voler avec moi ? lui demanda-t-il.

– Quoi ?

Winston se tourna vers lui et le dévisagea, s'attendant à ce que ce soit une plaisanterie, mais ce n'était visiblement pas le cas.

– Venez avec moi, dit Groom. Vous comptiez de toute façon conduire jusqu'à Wilmington pour déposer les preuves au bureau. Vous pourriez tout aussi bien les leur donner à l'aéroport.

Winston rit parce qu'il ne savait pas que dire d'autre. Le feu passa au vert, et il tourna en direction du pont.

– Dans cet avion ? demanda-t-il. Celui que vous venez de réparer ?

– Bon sang, vous ne ferez jamais un vol plus sûr. Et puis, imaginez : quand vous allez descendre de l'avion avec les preuves sur la piste d'atterrissage de Wilmington, ce sera comme dans un film !

Ce serait comme dans un film, pensa Winston. Ils avaient réussi à cacher aux médias le départ de Groom, mais il savait que la nouvelle se propagerait dès que l'avion aurait décollé pour Wilmington. Il se dit que les chaînes télé seraient toutes là-bas, caméras déployées, lorsque Groom atterrirait. Ce ne serait pas rien, tout particulièrement après ce qu'il était arrivé à Bradley Frye la nuit dernière, si Winston jouait un rôle dans la livraison au FBI tant de l'avion que des preuves incriminant Frye. Après tout, l'élection avait lieu dans trois jours. Cela méritait peut-être d'être envisagé. Il pouvait appeler chez lui du bureau de Sweetney pour demander à Colleen de venir le chercher à l'aéroport de Wilmington. Ils seraient encore largement dans les temps pour assister aux obsèques de Rodney.

Groom et lui traversaient maintenant le pont. Winston se figura Colleen enfant sur la banquette arrière, lui posant sans relâche des questions sur l'effondrement du pont et la chute de leur voiture dans l'eau. Tandis qu'il réfléchissait à l'offre de Groom, Winston ne ressentit pas l'effroi qui le saisissait parfois quand il traversait le pont – la crainte de s'enfoncer dans quelque chose qui n'avait peut-être pas de fond. Au lieu de ça, à mesure que la voiture s'élevait, il se sentit porté, comme s'il pouvait, à n'importe quel instant, s'envoler vers le ciel.

Chapitre 15

Colleen avait réglé son réveil sur huit heures, ce qui lui donnerait largement le temps de se lever et de s'habiller, de prendre un café puis d'emmener sa mère au salon de beauté pour se faire coiffer avant les obsèques de Rodney. Elle s'éveilla en pensant à Rodney, mais elle s'éveilla en pensant aussi à Tom Groom. Il était censé effectuer son décollage miraculeux ce matin, et comme elle restait encore un peu au lit, Colleen sentit que sa présence s'était évanouie de la maison. Elle sentit également l'absence de son père, une sensation à laquelle elle s'était déjà habituée enfant, et qui n'avait fait que devenir plus familière encore à mesure qu'elle grandissait.

Elle se brossait les dents, debout dans la salle de bains, lorsque le téléphone sonna. Elle passa la tête dans le couloir, entendit la douche couler dans la salle de bains de ses parents. Elle acheva son brossage, cracha dans le lavabo, et rejoignit sa chambre pour décrocher. Elle s'assit au bord du lit.

– Colleen, dit Winston.

– 'lut, répondit-elle.

– Écoute, mon ange.

Il y eut un silence.

– Papa ?

– Oui. Je suis là. Écoute, mon ange, j'ai besoin que tu fasses quelque chose pour moi.

– Quoi ? demanda-t-elle. Il faut que j'emmène maman se faire coiffer.

– À quelle heure est son rendez-vous ?

– Onze heures. Que se passe-t-il ?

– C'est largement suffisant.

– Suffisant pour quoi ?

– Je vais aller à Wilmington en avion, dit Winston.

– Toi ? finit-elle par dire avant de rire. Tu vas voler dans cet avion ?

– Oui, je crois que cela va être un plaisir. Et il aurait fallu que j'y aille en voiture pour déposer des choses, de toute façon.

– Quelles choses ?

– Je te raconterai plus tard. Écoute, j'ai besoin que tu viennes me chercher à l'aéroport. Nous allons bientôt décoller. Alors, si cela ne te gêne pas, ce serait bien que tu y ailles maintenant. Je serai là-bas avant toi. On se retrouve à l'endroit où je t'ai récupérée la dernière fois.

– Tu vas voler ? reprit-elle. Toi ?

– Oui. On se voit dans pas longtemps. Dis à ta mère que tu seras rentrée à temps pour son rendez-vous.

– OK. C'est du délire, papa, mais bon, on se voit à Wilmington.

– OK, répondit son père. On se voit là-bas.

Elle entra dans la chambre de ses parents et passa la tête dans leur salle de bains, où sa mère était toujours sous la douche, la vapeur se déversant de derrière le rideau, le miroir embué.

– Changement de programme, maman, annonça-t-elle.

*

Colleen descendit Oak Island Drive avec la Buick Regal de sa mère, en scrutant le ciel, les nuages et la cime des arbres dans l'espoir d'y voir un signe de l'avion.

Le temps qu'elle atteigne le pont qui enjambait le pertuis, elle avait abandonné tout espoir de l'apercevoir, sachant qu'elle avait raté son décollage ou alors, pensa-t-elle, qu'elle avait raté la scène où il ne réussissait pas à quitter le sol du tout. Elle l'avait raté à cause de ces quelques instants où elle était restée assise sur son lit en pensant à l'envie soudaine de son père de prendre un avion, à cause de ces quelques instants où elle avait parlé à sa mère avant de monter en voiture. Comme elle se rapprochait du sommet du pont, elle regarda à sa gauche dans l'enfilade du pertuis, en direction de la maison de ses parents.

C'est alors qu'elle en vit le reflet dans l'eau tandis qu'il émergeait à basse altitude au-dessus de la cime des arbres, par-dessus le pertuis. Colleen suivit des yeux le miroitement argenté de l'avion qui s'élevait résolument vers les cieux, son enveloppe métallique si proche qu'il lui semblait qu'elle aurait pu ouvrir sa vitre, tendre la main et caresser son ventre luisant ; les imposants moteurs noirs de chaque aile si proches qu'elle sentait leur puissance agiter presque le flanc de la voiture de sa mère. À travers la vitre, elle regarda l'avion s'élever lentement, flottant presque dans les airs, puis elle le suivit dans ses rétroviseurs lorsqu'il la dépassa. Elle s'arrêta au sommet du pont et descendit de voiture, à temps pour voir les ailes osciller, comme l'avion se stabilisait au-dessus de l'océan avant de virer à gauche. Il revint vers les terres en dessinant un magnifique arc de cercle, et partit plein nord le long de la côte, en direction de Wilmington. Comme elle regardait l'appareil s'éloigner, elle ressentit un profond soulagement, de savoir que Groom et son père avaient réussi à quitter le sol, sans percuter les arbres dans leur envol en direction du pertuis ni piquer du nez vers l'océan après le décollage.

Lorsqu'elle arriva à l'aéroport de Wilmington, elle parcourut au ralenti la zone des arrivées. Elle s'attendait à y trouver son père, debout sur le trottoir, mais ne l'y vit pas. Elle se gara tout près de l'endroit où il s'était garé lorsqu'il était venu la chercher, il y avait de cela à peine quelques jours. À l'extérieur, elle pouvait entendre des avions rouler, atterrir et décoller, et bien qu'elle sache que son père et Groom avaient dû arriver bien avant elle, elle ne pouvait s'empêcher de chercher dans le ciel l'avion argenté qu'elle avait vu décoller de Oak Island. Les taxis faisaient la queue devant la porte des arrivées comme lorsqu'elle était arrivée de Dallas. Bien qu'elle ne le voie pas, Colleen se demanda si le chauffeur de taxi auquel elle avait parlé ce jour-là la regardait maintenant. Qu'aurait-il à dire d'elle ? Il y avait seulement quelques jours, elle avait été une femme attendant que son père vienne la chercher après qu'elle avait fait quelque chose d'imprévisible. Et maintenant, elle ne pouvait s'empêcher de considérer l'ironie du fait qu'elle était une femme venue chercher son père qui venait de faire quelque chose de plus imprévisible encore.

À l'intérieur, l'aéroport grouillait de gens qui faisaient la queue devant les comptoirs des compagnies aériennes, enregistraient leurs bagages et se dirigeaient vers l'unique terminal de l'aéroport. Colleen ne savait pas où l'avion de son père pouvait avoir atterri, alors elle se dirigea vers les baies vitrées du terminal qui donnaient sur la piste, s'attendant à voir quelque chose – des voitures de police, des véhicules du FBI ou de la DEA, ou n'importe quel autre signe que des gens avaient été là pour accueillir l'avion de son père. Mais rien, de l'autre côté de ces vitres, ne se distinguait le moins du monde du jour où elle était arrivée.

Un petit kiosque d'information trônait au milieu de l'aéroport, et une femme d'un certain âge, probablement bénévole, y était assise. Elle sourit lorsque Colleen s'approcha.

– Mon père vient d'atterrir, dit Colleen, puis elle s'interrompit. (Elle réfléchit à ce qu'elle pouvait dire, à la meilleure façon de lui expliquer ce qu'elle avait besoin de savoir pour pouvoir le trouver.) Il est avec le FBI, reprit-elle.

– Oh, dit la femme, comme s'il s'agissait de la chose la plus extraordinaire qu'elle avait entendue de la journée. OK. Eh bien, sur quelle compagnie volait-il ?

– Ce n'était pas une compagnie, répondit Colleen. Ils venaient de Oak Island. Ils ont dû atterrir il y a une demi-heure. C'est juste que je ne sais pas où le retrouver.

– OK, répéta la femme avec une lenteur qui donna à Colleen envie de hurler. Voyons cela.

La femme attrapa le téléphone de son bureau puis chercha sur une feuille de papier le numéro qu'il lui fallait appeler. Elle porta le combiné à son oreille et attendit.

Colleen regarda de nouveau vers la piste, mais elle se trouvait trop loin des baies vitrées pour distinguer quoi que ce soit. Elle se tourna vers l'intérieur du terminal, s'attendant à voir son père marcher vers elle, souriant et soulagé d'avoir atterri en un seul morceau. Mais il n'y avait aucun visage connu.

– Oui, dit la femme dans l'appareil. (Colleen se retourna vers elle et la dévisagea. La femme lui sourit, comme si réussir à obtenir un correspondant remplissait déjà la moitié de sa mission.) Y a-t-il aujourd'hui un vol en provenance de Oak Island ? demanda-t-elle. (Elle gardait les yeux fixés sur ceux de Colleen, hochant la tête comme si on lui transmettait des informations importantes.) Han han, dit-elle. OK. (Elle raccrocha.) Je suis désolée. Il n'y a aucun vol programmé en provenance de Oak Island aujourd'hui.

– Ce n'est pas un vol *programmé*, lui répondit Colleen. Je veux dire, ce n'est pas une compagnie aérienne. Ce que j'ai besoin de savoir, c'est où atterrirait un avion s'il était piloté par quelqu'un de la police ou du FBI.

– Je ne suis pas certaine de comprendre, dit la femme. Nous n'avons aucun vol aujourd'hui en provenance…

– Mon Dieu, dit Colleen.

Elle se détourna de la femme, revint vers les baies vitrées et regarda. Elle traversa la moitié du terminal, regarda depuis cet endroit-là. Elle ne voyait toujours pas l'avion, et elle ne voyait toujours ni son père, ni Groom, ni la police, ni le FBI. Elle percevait les battements de son cœur dans sa poitrine, et elle savait que sa vision se rétrécissait comme si elle regardait le monde à travers un périscope. Elle retourna au petit kiosque d'information. La femme la vit arriver et lui sourit d'un air hésitant.

– J'ai besoin de votre téléphone, lui dit Colleen.

– Je suis désolée, répondit la femme. Nous n'avons tout simplement aucun vol…

– Je sais, coupa Colleen d'une voix plus forte qu'elle ne l'eût voulu. Je comprends. J'ai tout de même besoin de votre téléphone.

La femme garda les yeux fixés sur Colleen, prit le téléphone sur son bureau et le posa sur le comptoir entre elles deux.

– J'ai également besoin d'un annuaire.

La femme hocha la tête, se pencha et farfouilla dans un ou deux rangements à ses pieds. Elle trouva l'annuaire et le lui tendit. Colleen le feuilleta et trouva ce qu'elle cherchait. Elle composa le numéro. C'était un vendredi, à neuf heures du matin passées : le bureau serait ouvert. C'était là-bas que devait se trouver son père. Ils avaient dû l'emmener au lieu de le laisser attendre à l'aéroport.

Une voix de femme répondit à l'autre bout du fil.

– FBI, agence locale de Wilmington, dit-elle. Quel poste demandez-vous ?

– Je cherche mon père, dit Colleen. (La femme derrière le comptoir la dévisagea avec insistance, alors Colleen lui tourna le dos et parla plus discrètement dans le combiné.) Il s'appelle Winston Barnes. C'est le shérif du comté de Brunswick.

– Très bien, dit la femme. Voyons…

Colleen entendit divers bruits – des bruissements de papier, du bruit blanc parasite. Elle entendit la femme parler à quelqu'un d'autre dans la pièce, la voix assourdie comme si elle avait posé la main sur le micro du combiné. Colleen ferma les yeux et s'efforça de se souvenir du nom des autres agents que son père avait mentionnés.

La voix de la femme revint en ligne.

– Désolée, dit-elle. Pouvez-vous…

– Rollins, dit Colleen, le nom de l'agent lui revenant soudain à l'esprit. L'agent Rollins.

– Très bien, répéta la femme.

– Il y a quelque chose qui ne va pas ? lui demanda Colleen. Je suis venue à l'aéroport récupérer mon père.

– Accordez-moi encore un instant, dit la femme.

Colleen maintint le combiné contre son oreille avec son épaule gauche et croisa les bras sur sa poitrine. Elle ferma les yeux, réalisant qu'elle avait retenu son souffle, tandis que la ligne restait silencieuse à l'autre bout. Puis une voix d'homme résonna.

– Agent Rollins, dit-il. Vous êtes… ?

– Colleen Barnes, répondit-elle. La fille du shérif Barnes. Je le cherche. Il était censé me retrouver…

– Et vous dites que vous êtes…

– Colleen Barnes. Bon sang, Colleen Barnes. Mon père est Winston Barnes.

– Madame, dit Rollins, j'imagine votre frustration. Je connais votre père. J'ai travaillé avec lui. Nous nous efforçons de comprendre ce qu'il s'est passé.

– Qu'est-ce que vous voulez dire, « ce qu'il s'est passé » ? Que s'est-il passé ? Qu'est-ce que vous racontez ?

– Madame Barnes, cet avion n'a pas atterri. En cet instant, nous ne pouvons confirmer…

– Non, ce n'est pas possible. (Elle sentit ses genoux mollir et son corps s'affaisser. Elle se redressa. Elle tint le combiné de sa main gauche et s'appuya sur le comptoir de sa main droite pour maintenir son équilibre.) Non, non, non : je l'ai vu décoller.

– Nous savons qu'il a décollé, madame Barnes. Nous sommes en contact avec l'aéroport de Oak Island depuis le début. L'avion aurait dû atterrir il y a quarante-cinq minutes. Nous nous efforçons de le localiser en cet instant même.

– Trésor, dit la femme derrière elle. (Colleen réalisa qu'elle s'était affalée contre le comptoir, et elle vit en se retournant que la femme s'était levée et tendait les bras vers elle comme pour l'aider à retrouver l'équilibre.) Vous allez bien ? demanda-t-elle.

Colleen regarda le combiné dans sa main. La voix de l'agent s'en échappait toujours. Elle avait envie de raccrocher et d'appeler quelqu'un d'autre qui saurait lui donner des réponses, mais qui ? Scott ? Sa mère ? Le bureau de son père ? Elle savait que personne ne pourrait lui dire quoi que ce soit parce qu'il n'y avait rien à dire. Elle raccrocha le téléphone.

*

Elle était en larmes lorsqu'elle atteignit les baies vitrées du bout du terminal. Elle porta les mains à son visage et colla ses doigts devant sa bouche comme dans une prière, mais elle ne priait pas. Elle scrutait la piste en quête de quiconque ou de quoi que ce soit qui ressemble à son père, à Groom ou à l'avion. Elle s'efforça de contrôler sa respiration, et sécha les larmes de ses yeux pour ne rien rater de ce qui pourrait se présenter.

Colleen ne le savait pas alors, n'aurait pu le savoir, mais en mai, elle serait enceinte pour la deuxième fois, et elle et Scott se seraient déjà réinstallés en Caroline du Nord, en ayant acheté une maison à Wilmington assez grande pour accueillir le bébé à venir et sa mère, si jamais elle décidait de venir vivre avec eux. Scott accepterait un emploi de procureur au tribunal fédéral, en centre-ville, et elle passerait l'été précédant la naissance du bébé en septembre à réviser pour l'examen du barreau de Caroline du Nord.

Elle serait assise à son bureau, ses fiches de révisions, des pages et des pages de questionnaires à choix multiples, étalées devant elle, lorsqu'elle recevrait l'appel téléphonique de l'agent Avery Rollins l'informant que le corps de son père avait été découvert par des chasseurs dans les bois à quelques kilomètres au nord de Burlington, dans le Vermont, près de la frontière canadienne. Tout lui aurait été enlevé – son insigne, son ccinturon, son arme, les caisses de preuves qu'il avait prévu de livrer – mais ils l'identifieraient tout de même grâce aux écussons sur les manches de son uniforme et à la montre que la mère de Colleen lui avait offerte. On découvrirait plus tard que la balle qui l'avait tué correspondait à celle qui avait tué Rodney Bellamy, mais l'arme ne serait jamais retrouvée. Quelques jours plus tard, le bureau de Miami du FBI publierait finalement un communiqué annonçant que l'agent Tom Groom avait pris un congé le jour même où le DC-3 avait atterri sur les côtes de la Caroline du Nord ; qu'ils n'étaient pas informés de sa présence dans l'État ; et qu'ils ne l'avaient absolument pas chargé de réparer ou de piloter cet avion. L'avion avait disparu, et Groom aussi.

Mais Colleen était encore à des mois d'apprendre toutes ces choses. À cet instant, elle se tenait devant ces baies vitrées à l'intérieur de l'aéroport, sans pouvoir dire depuis combien de temps elle était là, sans savoir qu'elle attendait un avion qui n'arriverait jamais. La certitude de la mort de son père et la possibilité d'une nouvelle vie ne lui apparaîtraient pas avant des mois. Elle vit un vol commercial décoller sur la piste et s'élever au-dessus des arbres. Elle regarda l'avion briller au soleil dans son envol, et elle imagina les passagers à l'intérieur qui regardaient la terre s'éloigner à travers les hublots, tandis que les fantômes de ceux qu'ils laissaient derrière eux flottaient à leur côté, regardant eux aussi par les hublots, tapotant aux vitres, implorant qu'on ne les oublie pas.

RÉALISATION : NORD COMPO À VILLENEUVE-D'ASCQ
ACHEVÉ D'IMPRIMER SUR ROTO-PAGE
PAR L'IMPRIMERIE FLOCH À MAYENNE
DÉPÔT LÉGAL : FÉVRIER 2024. N° 150119 (103899)
IMPRIMÉ EN FRANCE